Jens F. Meyer
Beetgeflüster 2

Bibliografische Information der Deutschen Nationalbibliothek
Die Deutsche Nationalbibliothek verzeichnet diese Publikation
in der Deutschen Nationalbibliografie; detaillierte bibliografische Daten
sind im Internet über http://dnb.d-nb.de abrufbar.

Copyright
© 2017 Deister- und Weserzeitung GmbH & Co. KG
www.dewezet.de
Alle Rechte vorbehalten

Abbildungsnachweis
Jens F. Meyer, Anke Steinemann (Titelbild), Udo Lüders (Seite 14),
Matthias Großmann (Seiten 77, 78–79 und 82)

Covergestaltung
C. Riethmüller (CW Niemeyer Buchverlage GmbH, Hameln)

Herstellung und Satz
R. Frankowitz (CW Niemeyer Buchverlage GmbH, Hameln)

Druck und Verarbeitung
Quedlinburg Druck GmbH, Quedlinburg

ISBN
978-3-8271-9189-2

Printed in Germany. Alle Rechte vorbehalten

Jens F. Meyer

Beetgeflüster 2

DEWEZET

Encore une fois pour toi, mon amour

Inhaltsverzeichnis

Letzte Worte, bevor es richtig anfängt: Mick Jagger und ich	9
Trip	12
Der Knoblauchbaum	15
Glücksklee – viel zu oft vom Pech verfolgt	19
Lerchensporn, Vergissmeinnicht, Waldmeister und Lungenkraut – das Quartett der Schattenkünstler	24
Der April ist ein Amuse-Gueule auf das Mehr-Gänge-Menü des Sommers	31
Zwei glorreiche Halunken	40
Am Weiher	43
Vom Leiden und Hoffen einer himalayahochjauchzenden Schönheit	45
Freude und Ärger im Garten	51
Das Meer in der Gartenlaube	54
Mitten ins britische Herz	57
Im Namen der Rose	68
Das 'Wesergold' und ein ährenhaftes Vorhaben	71
Güte, Garten, Gärtnerseele	84
Der Spiegel der Seele	97
Versagerweigelie	101
Akuter Notfall	104
Im Augenblick glücklich	106
Vieles hat mit dem Glauben zu tun und genauso viel mit dem Aberglauben	107
Gänseblümchen und Gutmenschengefasel	124
Eine Reise durch den Garten Frankreichs	129
Minze, Salbei, Thymian, Melisse – das Quartett der Unverzichtbaren	146
Das gelbe Luder	157
Vielfalterei und Wildkräuterei	161
Nachtfalter	171
Das Feuer der Begeisterung	172

Der schwarze Lord und sein Gefolge	179
Wir sind wie die Spatzen	193
Der Zufall ist ein Meister der Schönheit	194
Selbst das schwierigste Terrain muss nicht an Alternativlosigkeit leiden	202
Julinacht	208
Die Pfingstrosen, der Schwarze Holunder und das goldene Licht der Erinnerung	210
Mit einem Durcheinander verschleudert man das Talent der Fläche	223
Berlepsch, Boskop, Champagnerrenette und Gravensteiner – das Quartett der Saftigen	229
Das Apfeltrauma	236
Die Philosophie der Herrlichkeit verkündet Wellen weniger Arten, nicht Pfützen vieler	237
Maus am Mais	243
Fristgemäß frostgemäß	244
Zum letzten Gebe(e)t ...	247
An meinen Sommer	250
Der schmale Grat zwischen dem Verwildernlassen und dem Antlitz des Verwunschenen	251
Letzte Worte, bevor es wirklich endet: Gesegnet sei die Ringelblume	259
Anhang/Register	268

Spieglein, Spieglein: Stolze Pfauen suhlen sich auf Château du Rivau (Loire, Frankreich) in der eigenen Schönheit.

Letzte Worte, bevor es richtig anfängt

Mick Jagger und ich

Der junge Mick Jagger, milchgesichtige Quarkbacke der frühen sechziger Jahre, und ich haben etwas gemeinsam: Wir können kein Instrument spielen, jedenfalls nicht wirklich fein, und Spötter behaupten, beim Rolling-Stones-Chef habe sich das bislang nicht geändert, was nicht stimmt, weil er sich das Gitarrespielen dann doch selber beigebracht hat. Außerdem kann er singen und tanzen und eine mitreißende Show geben. Supertyp. Nicht, dass ich auf den Trichter käme, mich mit ihm zu vergleichen, aber als ich grazil durch die Beete scharwenzelte, um in der Hoffnung aufs Remontieren einiger Stauden dem Verblühten mit scharfer Klinge entgegenzutreten, rock-'n'-rollte mir Sir Mick in den Sinn, weil die Früchte der Lupinen nicht stillhalten konnten. Es war windig und sie spielten ein Lied mit ihren Samenständen. Raschelbande.

Ich schnitt sie ab und fing an zu schütteln, so wie Jagger es einst tat, gewiss nicht mit Lupinenfruchtständen, sondern mit Maracas. Er hatte in den Anfangszeiten der Stones schwer damit zu kämpfen, kein Instrument spielen zu können. Alle anderen um ihn herum taten es, ob Keith und Brian mit der Gitarre oder Charlie mit den Drums. Jagger

Hier werden andere Saiten aufgezogen: Die Samenstände der Lupinen sind eine ganz besondere Raschelbande.

selbst hatte nur seine Stimme – so was nagt am Selbstwertgefühl, ich kenne das und leide bis heute. Er begann also zu üben und behalf sich mit dem Schütteln der Maracas, meisterhaft und wild, zwar nicht wirklich stilprägend, aber doch sehr überzeugend. Er rasselte sie wie wahnsinnig (was er wahrscheinlich auch war) und unterstrich auf diese Weise unter anderem seine Sympathie für den Teufel. Kein Intro ist feuriger.

Diese Zeitreise in die Anfänge der heiß vibrierenden, flirrenden Rockmusik wirkt im Kontext eines Beetflüsterns vermutlich deplatziert, aber immerhin bringt es mich dazu, den Garten als Open-Air-Konzertsaal zu erachten, denn wo von Pflanzkompositionen und Beetsinfonien die Rede ist, soll es am Klang nicht scheitern. Die Rasseln der Lupinen bekommen also ihr Solo, sicher erst bei stärkerem Wind, weil sie kräftig sind, aber sie bekommen es. Das leise Knistern verschiedener Gräser wie Lampenputzer oder Mähnengerste ist dagegen fast jeden Tag zu hören, kleinste Lüftchen reichen dazu. Besonders himmlisch können die Kapseln des Schlaf-Mohns klingen, natürlich nur in geschlossenem Zustand, wenn die Körnchen sich noch darin befinden, und das, so sie doch eher als teuflisches Zeugs verschrien sind mit all ihrer im Opium liegenden dunklen Macht (wobei diese Macht nur in den Pflanzensäften und nicht in den Körnchen steckt, denn sonst würden wir nach jedem Frühstücksmohnbrötchen ja vollkommen zugedröhnt den Vormittag verpassen). Sei's drum: Man verwende also anstatt Maracas doch die Kapseln des Drogen-Mohns fürs Zelebrieren von „Sympathy for the devil".

Filigrane Leichtigkeit rieselt aus den Balgfrüchten der Akelei, woraus nicht zu schließen ist, folglich eine Akeleier spielen zu können. Es wäre hingegen ein flachbrüstiges Wortgewusel, hier die Engelstrompeten zu bemühen, denn die haben tatsächlich noch niemals einen Ton hervorgebracht. Aber das macht nichts, denn wer dem Gesang der Vögel lauscht, das Ächzen und Grunzen des Igels als Musik zu interpretieren weiß, das Allegro des Windes für eine Konstante seiner eigenen Fröhlichkeit nutzt und im Larghetto des plätschernden Wassers selbst dem kleinsten Brunnen eine musikalische Qualität zuerkennt, dem ist der Hörgenuss gewiss. Jazz, Rock, Klassik, alles fließt ineinander und bildet eine Fläche, ist rubato, frei im Vortrag, fröhlich und friedvoll. Denn wo man singt (und spielt), da lasse man sich nieder, schlechte Menschen haben keine Lieder. Selbst wenn sie wie Sir Mick vom Teufel singen, klingt es absolut himmlisch. Raschelraschel.

Trip

An einem Juniabend im September
Sah ich ein Blau, das war so rot.
Es tauchte mich in wilde Träume.
Lebendig war'n sie fast schon tot.
Als rücklings ich nach vorne schaute,
Schloss ich die Augen freudversunken.
Ich hörte nichts, ganz schrille Laute.
So nüchtern war ich selten trunken.

Die Dinge war'n im Dunkel heller.
Die Farben alle grau in grau.
Mein Puls pulsierte langsam schneller.
So dumm war ich, doch äußerst schlau.
Wie wild ich meine Ruhe fand,
Trug ich an Leichtigkeit so schwer.
Ich saß, als ich im Garten stand,
Des Geistes voll, der Seele leer.

Ich lachte Tränen tiefer Trauer.
Mit freiem Blick durch eine Mauer.
Weiß wie Pech der Sommerschnee.
Wurde zu Eis im warmen See.
Geruchlos stieg der Duft von Rosen
Bis zu dem höchsten tiefen Punkt.
Und unempfindlich wie Mimosen
Schloss ich mit Satan meinen Bund.

Das Höllenfeuer kühlte mich
Wie Wüstenwind die kalte Nacht.
Mit sorgenvollem Mienenspiel
Hatt' ich ihn höhnisch ausgelacht.
Nach dieser Reise denk ich ständig:
Wie könnt ich schöner sterben als lebendig?

In heißen Flammen, die gefroren,
Ward ich, obwohl noch gar nicht tot,
Schon wieder ziemlich neugeboren,
Und das Blau war nicht mehr rot.
Ich freute mich über die Farben,
Ich freute mich über das Hier und Heute.
Ich musste nicht mehr Freude darben.
Ich freute mich, dass ich mich freute.
Nach dieser Reise denk ich ständig:
Wie könnt ich schöner leben als lebendig?

1

Der Knoblauchbaum

Der Knoblauchbaum hat ausgedient; es wurde auch Zeit, die Knollen fingen an zu müffeln. Aber was haben wir gelacht im sonst so karg beblümten Büro, als uns doch erstaunlicherweise einige wenige Einzeller auf den Leim gegangen waren, nachdem wir ein Zimmergrünzeug mit drei Knollen versehen hatten. Kunst im weitesten Sinne.

Es mag ein Fünkchen Langeweile ausschlaggebend gewesen sein, nicht an Ort und Stelle, nein, dort im Büro zwischen Feinstaub spuckendem Drucker und Elektrosmog versprühendem Computer ist genug zu tun. Aber wer es gewöhnt ist, seinem Bewegungsdrang unter anderem mit dem Pflegen, Pflanzen und Beackern seiner eigenen Scholle nachzukommen, verspürt schon gegen Weihnachten ein stilles, stetes Kribbeln, sofort und auf der Stelle in die Gartenhütte zu stolzieren, per dreifachem Rittberger in die Gummistiefel zu hüpfen, die Handschuhe überzustreifen und den Spaten zunächst zu liebkosen, um ihn daraufhin mit Zunder in die Erde zu rammen und Boden zu bewegen.

Der Knoblauchbaum, die Kreation einer findigen Bürogemeinschaft, war eine Art Übersprunghandlung, eine bei-

Weiße Knollen im kargen Büro-Grün: Ist künstlerisch wertvoll,
aber Knoblauch wächst nicht auf Bäumen.

spiellose Schöpfung, eingebettet in einer Affektstauentladung sondergleichen. Allium platanoides. Aus dem Wunsch nach Nonkonformismus sind ja schon ganz andere Dinge entstanden. Wir konnten nicht ahnen, dass der Strunk von einigen allzu naiven Honks als Knoblauchbaum für bare Münze genommen würde. Was denken die wohl sonst so? Dass der Brotfruchtbaum Gerster mit Marmelade ausbildet und Maulbeeren Zähne haben?

Ich befürchte Schlimmes. Sie fragen seit Wochen nach dem Gewächs im Fachhandel mit dem Hinweis darauf, dass der Beetflüsterer und dessen langhaarige Vasallen den Knoblauchbaum doch auch zum Fruchten gebracht hätten. Damit wäre die Lobbyarbeit der vergangenen Jahre in eigener Sache wohl für die Katz. Mist. Nun aber, da das Kind ohnehin schon in den Brunnen gefallen zu sein scheint, will ich den paar Versprengten, die noch immer verzweifelt einen Knoblauchbaum suchen, zurufen, dass sie keinen finden werden. Nirgendwo. Nicht in der Baumschule, nicht im Gartencenter und auch bei keiner noch so fleißig neue Sorten züchtenden Gärtnerei. Allium sativum wächst nicht auf Bäumen, sondern in der Erde. Man kann ihn selber ziehen, er ist frosthart und muss deshalb auch nicht aus China importiert werden, was ohnehin bescheuert ist, weil Europa groß genug sein dürfte, um die Gewürz- und Heilpflanze hier unters Volk zu mischen. Einfach ein Tütchen Pflanzknoblauch kaufen, die einzelnen Zehen im Abstand von fünf bis acht Zentimetern in die Erde einbringen, sodass sie nur leicht bedeckt sind, und nicht zu feucht stellen, dennoch das Gießen nicht vergessen. Wichtig auch: Niemals

*Knoblauch wird Zehe für Zehe gesteckt.
Daraus entwickeln sich neue Knollen.*

die Zehen in einen Boden stecken, der zu schwer ist und zu Staunässe neigt. Darauf wird kein Knoblauch wachsen. Sicher, er mag nicht Kies und Sand im Überfluss, aber die gute Erde, die er verlangt, muss schon wenigstens so durchlässig sein, dass überschüssige Feuchte schnell verschwindet. Auf diesem Fundament wird er … atemberaubend stark. Nach mehr oder weniger sieben bis acht Monaten sind neue Knollen entstanden. Kein Baum, bedauerlicherweise …

Aber wir hatten unseren Spaß!

2

Glücksklee – viel zu oft vom Pech verfolgt

Wetten, dass es Glücksklee gibt, der noch eher zugrunde geht als mancher gute Vorsatz fürs neue Jahr? Ich weiß es, ich habe schon zu viele Oxalis tetraphylla dahinsiechen sehen in überheizten Wohnstuben und auf staubigen, in Vergessenheit geratenen Fensterbänken. Es ist mir ja selber passiert, es ist nicht so, dass ich dieser hübschen Pflanze per se immer schon viel Bedeutung geschenkt habe. Heute bin ich klüger und dennoch froh behaupten zu können, trotzdem nicht weise geworden zu sein, denn althergebrachtes Geschwafel nützt keinem, dem Klee wohl vermutlich am allerwenigsten. Freilich ist es seltsam, dass der vierblättrige Genosse als Bote des Glücks in unzähligen Fällen so mies behandelt wird. Als wolle diese Pflanze nicht ebenso sehr gepflegt werden wie der Dusel. Doch das Grün, das goldene Zeiten heraufbeschwören und dem Schicksal günstige Wendungen geben soll, kann gegen unverblümt ignorante Hasardeure landauf, landab genauso wenig ausrichten wie gegen die vom Pech Verfolgten, die sich zwar redlich mühen, Gummibäume, Kakteen, Aloen und andere am Leben zu halten, aber unter deren Obhut dann leider auch Plastikblumen einzugehen drohen. Das gibt es; die haben kein Händchen für Blumen, woraus ihnen kein Vorwurf zu

Als sommerliches Begleitgrün wird dem Glücksklee viel zu wenig Beachtung geschenkt, obwohl er vollkommen pflegeleicht zum Blühen gebracht werden kann.

machen ist. Aber im Falle des Glücksklees bleibt dann nach nur wenigen Tagen bis Wochen eben nur ein graubraunes Totgestrüpp zurück, aus dem ein auf Spieß gesteckter Schornsteinfeger mit Leiter und rosigem Schweinchen im Arm herauswinkt. Dass er lacht, liegt daran, dass seine Pappmaschee-Rübe nicht anders kann. Wäre er aus Fleisch und Blut, würde er seines Lebens nicht mehr froh werden, denn kein Kaminkehrer, ja, kein Irgendwer, möchte auf einem tristen Terrain wie diesem unnötig Zeit verschwenden.

In der Tat scheinen die Perspektiven von Beschenkten und Beschränkten grundsätzlich sehr unterschiedlich zu sein. Aber es sollte kein Zweifel daran bestehen, dass es nicht um das im fernen China zusammengeschusterte Drei-Cent-Zylindermännlein geht, sondern um die Pflanze. Nur mit Akribie – nicht zu viel Wasser, nicht zu wenig – wird sie die Tage und Wochen des neuen Jahres und sogar die meisten gut gemeinten Vorsätze überdauern. Mäßig will Oxalis gegossen werden. Staunässe ist genauso dringlich zu vermeiden wie vollkommene Trockenheit. Dünger braucht er erst einmal nicht, das kommt später. Und in die allerdunkelste Ecke des Hauses muss der Kleene ja nicht gerade verbannt werden. Alles in allem kann dieser als normal zu bezeichnende Umgang mit einer Zwiebelblume zum lang anhaltenden Erfolg führen. Bis hin zur Blüte! Oh ja, das sollte das Ziel sein: den vierblättrigen Glücksklee zur Blüte zu bringen. In wintermüden Stuben, wo Mitte Januar die Weihnachtsbäume rieseln und selbst Silberfischchen sich jetzt wünschten, niemals hier eingedrungen zu sein, wird er dazu kaum in der Lage sein, aber kommt das Frühjahr, kehrt das Licht zurück, weht dem Glücksmacher frische Luft um seine hübsch gezeichneten Blätter. Ein bisschen neue Erde an die Sohlen gepackt – er wird sich freuen.

Und es war Sommer, nicht das erste Mal im Leben, aber der erste Sommer, in dem der Glücksklee so sehr strahlte! Zartrosafarbene Blüten leuchteten über dem Blättergewusel, im Halbschatten zu Füßen von Kletterrose und Päonien an einem idealen Platz. Als sich mir dieses liebliche Bild vor einigen Jahren zum ersten Mal bot, konnte ich das Glück kaum fassen; noch niemals zuvor hatte ich diese Freudenbecherpflanze blühen sehen. In der Zwischenzeit tat sie es immer wieder, aber niemals verschwenderisch, sondern stets mit Zurückhaltung. Das Glück selber wälzt sich auch nicht gierig vor uns allen wie ein Hund im Aas, sondern ist kostbar. Ob es übertrieben wäre, den Glücksklee als ebenso kostbar anzusehen? Vierblättrige Kleeblätter sollen gegen böse Geister helfen und verkörpern in der christlichen Symbolik ein Stück vom Paradies. Das ist die Grundaussage. Botanisch betrachtet fällt der Glücksklee nicht in die klassische Kleegemeinschaft Trifolium, sondern gehört zur Gattung Sauerklee, also Oxalis, und darunter sind vierteilige Blätter gar nicht so selten. Das soll dem Glück aber nicht im Wege stehen; manchmal muss ihm eben ein wenig auf die Sprünge geholfen werden.

Auf jeden Fall kann diese bedeutungsschwangere Topfpflanze mehr als ein saisonal begrenztes Grün sein. Das funktioniert dann am besten, wenn die kleinen Zwiebeln

Fröhliches Lächeln: Die Blüten des Glücksklees sind relativ klein, aber das Strahlen, das sie aussenden, ist schon von Weitem zu erkennen.

im Verbund in ein Netzkörbchen gepflanzt werden. Vor dem ersten Frost, am besten Ende September, wird die Pflanze dann hereingeholt, aber nicht ins Wohnzimmer, sondern in den kühlen, dunklen Kellerraum. Das trockene Laub bleibt dran, die Zwiebeln gehen schlafen, wie es die Knollen von Dahlien und Kalla tun. Für den nächsten Jahreswechsel wird ein neuer Glücksklee gekauft, meinethalben an der Kasse im Supermarkt, wobei ich den Erwerb von Gewächsen grundsätzlich in einer Gärtnerei oder bei einem Floristen vorziehe. Die Pflege beginnt dann von Neuem. Wer nach diesem Schema jahrelang gärtnert, legt sich nach und nach einen Vorrat an und baut Pflanze für Pflanze eine sommerliche Glücksklee-Allee. Sie wird blühen, im Halbschatten schöner als in der sengenden Sonne, ganz bestimmt. Dass mit fortschreitendem Sommer der Glücksklee unschöner wird, liegt an der Zeit. An seiner Zeit. Denn was macht so eine Zwiebelblume nach ihren schönsten Tagen und Stunden? Sie will sich schlafen legen. Sie will ihr Grün dem Oberirdischen entziehen. Das ist nicht schlimm, denn wer auf das Glück zu hoffen vermag, wer als Glücksritter weiter als nur bis zur nächsten Ecke denkt, muss ihm, dem Vierblättrigen, eine Verschnaufpause einräumen, damit er nicht zum Unglücksklee wird. Die nicht frostfesten Zwiebelchen werden dunkel überwintert, irgendwo dort unten im Kellerregal, auf Sägespänen gebettet, neben Dahlien- und Begonienknollen. Sie erholen sich schlafend und werden umso mehr Glück versprühen im nächsten Sommer.

PS: In Ermangelung guter Vorsätze – bisweilen ist es ja schwierig, nach so vielen Pleiten, Pech und Pannen der Vorjahre sich noch sinnvolle Ziele zu stecken – versuche man sich zum nächsten Jahreswechsel daran, den Glücksklee am Leben zu lassen. Es wäre ein Anfang.

3

Lerchensporn, Vergissmeinnicht, Waldmeister und Lungenkraut – das Quartett der Schattenkünstler

Wenn es dem vielfältigen Ast- und Blattwerk verschiedener Sträucher und Bäume gelingt, die Sonne nur potenziell bis zum Boden scheinen zu lassen, egal zu welcher Tages- und Jahreszeit, dann verbirgt sich darin eine unschätzbare Kraft der Gestaltung. Sonnenstrahlen wirken wie Spotlicht, das an- und ausgeschaltet wird, und je nachdem, was es erfasst, feiern immer neue Inszenierungen von Blatt und Blüte Premiere, Sekunde für Sekunde, Stunde um Stunde. Obwohl das Licht die beherrschende Macht in diesem Stück ist, übernimmt das Schattenspiel die Regie. Die durch Wind und Wirbel wandernden, tanzenden Sonnenflecken wären nichts ohne die Schattierungen der umstehenden Gehölze, zu deren Füßen sich besonders hübsche und vor allem anspruchslose Stauden mannigfach entfalten können. Dass sich die Auswahl für Halbschatten und Schattenbereiche auf einige wenige beschränkt, stimmt nicht – es gibt viele, und selbst wenn die Funkien als prächtige Blattstauden in ihrer riesigen Fülle hier zuallererst zu nennen sind, gibt es doch auch zahlreiche weitere (Halb-)Schattenkünstler, deren apartes Wesen sich bisweilen auch erst auf den zweiten oder dritten Blick zu erkennen gibt. Was sie nur noch wertvoller erscheinen lässt. Lungenkraut, Waldmeister, Lerchensporn und Kaukasus-Vergissmeinnicht sind ein Quartett, das lichte und gewissermaßen wäldliche Akzente in absonnige Bereiche zaubert. Denn der Waldmeister trägt nicht ohne Grund seinen Namen. Er wächst auf humusreicher Unterlage, die feucht, aber nicht nass ist, am allerliebsten. Ein Spaziergang durch den Forst gibt Aufschluss darüber, wie sehr er mit der unberührten Natur verbunden ist. In der Gartengestaltung müsste Galium odoratum daher eine weit größere Bedeutung zukommen, denn unter Gehölzen, die zum Beispiel als Sichtschutzhecke zu Nachbargrenzen gesetzt worden sind, zieht der Waldmeister mit seinem frischen Grün und den ab April weiß leuchtenden winzigen Blüten in spärlichen Dolden ein bemerkenswert hübsches Muster. Er vermag zwar in Bowle mit Weißwein auch eine betörende Wirkung zu erzielen, doch sein Augenschmaus ist weit höher einzuschätzen. Die Frosthärte steht außer Frage, und besonders forsch wächst der Waldmeister auch nicht, bleibt horstig und damit berechenbar, sodass diese Staude Spielraum für eine naturnahe Gestaltung lässt.

Über jeden Zweifel erhaben ist der Lerchensporn, der gerade auch im Weserbergland Jahr für Jahr in den wäldlichen Höhenzügen des Iths und anderen Forstgesellschaften weitverbreitet ist. Wanderer erfreuen sich an Corydalis, der große Flächen wie ein überdimensionales Gemälde ausmalt. Über und über ist der Waldboden dann mit Blüten gespickt. Wenn das kein Vorbild ist für den eigenen Garten! Vorsicht nur bei der Auswahl, denn die weltweit über 300 Arten und die daraus resultierende Hybridisierung führten dazu, dass es sowohl Lerchensporne für vollsonnige Bereiche gibt, die nur in durchlässigen Steingärten wachsen, als auch Arten und Sorten, deren Zuspruch ganz eindeutig den schattigen Bereichen gehört. Auch hier ist Humus, also mit frischem Kompost verbesserter Boden, die richtige Wahl. Als sehr blühfreudig erweist sich die Art Corydalis flexuosa auf kühlem, feuchtem Boden. Sortentipp: 'Purple Leaf' – das rötliche Laub, changierend zwischen Bordeaux und Purpur, wird im Frühling bis zum Sommer gekrönt durch blaue Röhrenblüten mit kurzem Sporn. Und C. flexuosa besitzt im Vergleich zum Gelben Lerchensporn, der auf allen Böden zuhause ohne Zweifel die pflegeleichteste Art ist, einen entscheidenden Vorteil: Sie verbreitet sich nicht rigoros, sondern gesittet und hat daher mehr Potenzial, um zielorientierter bei der Gestaltung eingesetzt zu werden.

Von zielorientierter Ausbreitung hält das Lungenkraut indes wenig, aber dennoch ist es beliebt. Es blüht schön und reichlich, und das schon sehr früh im Jahr. Dekorativ ist zudem seine Blattzeichnung. Die Frühlingsbeblümtheit der Beete und Rabatten im April ist zauberhaft. Im Laufe des Monats, der ja irgendwie von seinem schlechten Image nicht loskommt, weil er sich angeblich so wechselhaft verhält, quellen die Traubenhyazinthen in Blau und Weiß wellenartig hervor, umzingeln die duftenden Hyazinthen und meiden auch andere Vergesellschaftungen nicht. Unter den noch lichten sommergrünen Gehölzen, die knospend auf ihren Aufbruch warten, mischen sie sich gut, vor allem mit

Vier Freuden für schattige Stellen: Blau blühender Lerchensporn 'Purple Leaf', himmlisch duftender Waldmeister, zauberhaftes Lungenkraut und Panaschiertes Kaukasus-Vergissmeinnicht 'Jack Frost'.

dem Lungenkraut – ohnehin eine unterschätzte Staude, die sowohl mit ihren Blüten als auch einem abwechslungsreichen Blattspiel das Zeug hat, als Bodendecker doch noch berühmt zu werden. Mögen diese Zeilen dem Lungenkraut wieder (wie früher) zu mehr Beachtung verhelfen. Es mag an der Größe liegen, dass es nicht jedem Betrachter sofort ins Auge springt. Die meisten Arten und Sorten werden kaum höher als 15 Zentimeter. Aber sie verblüffen sowohl mit Blatt als auch mit Blüte. Hoch-Zeit ist von April bis Mai. Im Ursprung handelt es sich beim Lungenkraut um eine Wild- und Waldpflanze, deren deutscher Name auf die Verwendung als Heilpflanze deutet. Das ist im Laufe der Zeit zwar in den Hintergrund gerückt, jedoch enthält das Lungenkraut in seinen Pflanzenbestandteilen eine gehörige Portion Kieselsäure, die bei Husten und Bronchitis lindernd wirken soll. Schleimstoffe und Saponine sprechen ebenfalls dafür, das Lungenkraut durchaus einmal anzuwenden. Wie man das macht, ist einfach: via Tee-Genuss. Zwei Esslöffel frisches Lungenkrautgrün werden mit einem Viertelliter abgekochtem, heißem Wasser übergossen. Die Ziehzeit beträgt zehn Minuten. Wer wenigstens drei Tassen pro Tag trinkt, kann damit seine Bronchitis- und Hustenbeschwerden angeblich mildern.

Abgesehen von der heilenden Wirkung sehen die Pulmonaria-Pflanzen sehr schön aus, vor allem dort, wo es anderen eher weniger gut gefällt: auf kühlen, auch feuchten Böden im Halbschatten. Die kleinen Trichterblüten sind rotviolett bis blau, aber erstens gibt es mit dem Roten Lungenkraut auch eine Art, die ziegelroten Flor hervorbringt.

Und außerdem wurden in den vergangenen Jahrzehnten zusätzlich hübsche Hybriden kreiert, so zum Beispiel 'Sissinghurst White' als reinweiß blühende Sorte oder 'Blaues Meer' – der Name ist Programm. Noch dazu sehen die weiß gefleckten Blätter das ganze Jahr über attraktiv aus. Und mit 'Highdown' gibt es dann sogar noch eine Alternative, deren Laub silbrig glänzt.

Einen krönenden Schlusspunkt auf dieses Quartett setzt das Kaukasus-Vergissmeinnicht: Brunnera macrophylla bringt alle Voraussetzungen mit, um der Sonne abgewandte Bereiche perfekt in Szene zu setzen. Selbst harter Frost macht dieser anspruchslosen Staude nichts aus, nein, da sind die Nacktschnecken schon eher ein Problem, wenn sie die frischen Austriebe der äußerst dekorativen Staude zerstören. Deshalb ist es wichtig, hier gerade in der Zeit des Wachsens mehr als einen prüfenden Blick zu werfen und Schnecken notfalls abzusammeln. Die Mühe lohnt sich, denn die herzförmigen Blätter wird das Kaukasus-Vergissmeinnicht auch nach langen, kalten Wintern in jedem neuen Frühling entwickeln, wird mehr als nur ein Zeichen setzen, auf dass es nicht vergessen werde. Unter Bäumen und Sträuchern ein krönendes Beispiel der Pflanzenwelt. Zu schön, um darauf zu verzichten, vor allem auch im Hinblick auf die attraktiven Sortenzüchtungen. Die Hybride 'Hadspen Cream' bezirzt ihre Betrachter mit blassgrünem Laub und cremefarbenem Blattrand, was schattige Bereiche erfrischend freundlich ausgestaltet. Noch wirkungsvoller ist die Sorte 'Jack Frost'. Die grün auf weiß geäderte und gerändete Zeichnung ihrer Blätter erfährt mit den zartblauen Blüten im Frühling eine leuchtende Krönung. Und wer dann noch Platz hat, pflanzt noch zusätzlich 'Dawson's White', die mit ihren großen, herzförmigen Blättern mit silbriger Marmorierung und weiß umsäumter Mitte bezaubernd aussieht.

Ist es also nicht fantastisch, wie sehr die Schattenseiten eines Gartens, die unbedingt wichtig sind, damit die sonnigen Bereiche umso mehr hochgeschätzt werden, mit Licht und Farbe glänzen können? Lerchensporn, Vergissmeinnicht, Waldmeister und Lungenkraut sind keineswegs das Maß aller Dinge, weil die Möglichkeiten noch vielfältiger sind als die Voraussetzungen, die uns auf den unterschiedlichsten Terrains gegeben. Wind spielt eine Rolle, Boden sowieso und Feuchte ohnehin. Aber gerade hier kann dieses Quartett seine Stärken einbringen, weil es nichts Außergewöhnliches fordert, um dennoch ein außergewöhnliches Ergebnis hervorbringen zu können. Weil alle vier so unterschiedlich sind, können sie überdies gut miteinander kombiniert werden, was nicht auf einer einzigen Fläche möglich sein dürfte, aber im Verlauf einiger sich aneinanderreihender Quadratmeter zu Füßen von Laub abwerfenden Gehölzen.

4

Der April ist ein Amuse-Gueule auf das Mehr-Gänge-Menü des Sommers

Alles hat seine Zeit. Der Winter ist längst meilenweit, ich habe ihm adieu gewunken. Über Nacht schwebt mitunter noch ein Hauch seines Präteritums durch das weitestgehend kahle Geäst und legt sich als weißer Glanz auf Buchsbaum und Thuja nieder, aber der April, der allem Anschein nach immer macht, was er will, weil ihm die Bürde des Kupplers zwischen Winter und Frühling aufgetragen wurde, was er von Jahr zu Jahr mit lakonischer Launenhaftigkeit auszudrücken vermag, ist mehr wert, als ihm zugesprochen wird. Er ist der Hoffnungsschimmer für Menschen und Pflanzen, weil er mit der ersten richtig warmen Sonne etwas verspricht, was der März noch nicht konnte. Erst im April duftet es nach dem Frühling, kehrt der Neuaustrieb in den Beeten und Rabatten sichtbar zurück. Trotzdem – und auch seltsamerweise – hat keine andere Ära im Jahr eine schlechtere Lobby. Viel Regen sagt man dem April nach, was beim Blick auf die Wetterdaten nach der Jahrtausendwende zumindest in vielen Regionen überhaupt nicht zutrifft. Selbst wenn es so wäre; es wäre ja gut! Das köstliche Nass aus himmlischen Gefilden ist so wichtig, da werden noch viel trockenere, jähere Zeiten kommen. Also, wehe, der Wandelmonat wird komischstaubig, so kümmern die Stauden und Gehölze, noch bevor sie ihre Säfte aus den Niederungen ihres Wurzelstocks hinaufschießen in Stämme, Kronen, Blätter und Blüten. So sehr der April den schlechten Ruf als zeitverschwenderischer Nichtsnutz im Zwölfmonden-Jahr schüren mag, so wichtig ist seine Rolle als Wegbereiter.

Wo des Winters Grimmen nur noch letzte Zuckungen verspricht und Meister Lenz mitunter der Frühjahrsmüdigkeit anheimfällt, weil ihm die Winterpocken sein blaues Band vergräueln, scheint die Zeit sich für keine der beiden Seiten entscheiden zu wollen. Der April wogt wie ein schwankendes Boot in rauer See hin und her, doch im Unterschied zum maritimen Getöse kentert er nicht, sondern bläst unter dem Zutun der himmlischen Kräfte seine Gischten zum großen Festakt. Ende des Kalten, Anfang des Warmen, beides überlappt sich, wird eins, reißt wieder auseinander. Bei diesem ewigen Gezerre wird das Gärtnern zu einem Vabanque-Spiel, aber die Spannung steigt ins Unermessliche. Die einjährigen Sommerblumen, als junge Sprösslinge seit Ende Februar hübsch in friedvollen Kompanien stehend auf dem Fenstersims im warmen Haus, jetzt auszupflanzen, wäre ein Risiko. Es ist immer eine Frage der Geduld, wie weit man gehen oder wie lange man warten will. Den Liebling der Aurora, die Tithonie, hatte es vor einigen Jahren böse erwischt und fand sich als Häufchen schlaffes Elend dann auf dem Kompost wieder. Mit nächtlichem Frost ist nicht zu spaßen. Bleibt er aus und kehrt nicht vor November zurück, ist das Spekulieren gut gegangen. Wie an der Börse: blühende Landschaften. Aber Hausse und Baisse sind bisweilen nur von einem Wimpernschlag getrennt. Den April als Heilsbringer herauszufordern, der dem sommerlichen Blütenreigen einen Vorsprung in den späten Frühling verschafft, ist wenig ratsam; er lässt sich nicht in die Karten schauen.

Deshalb mag ich den April! Er ist kein Monat für Weicheier, weil er die Bereitschaft zum Risiko einfordert und sie mitunter belohnt durch sein stetes Engagement, der Sonne bei all den Unbilden, die dauerhaft noch drohen, doch auch genügend Raum zum Scheinen zu verschaffen. Und überall ist die Freude des Aufbruchs zu spüren, einerseits in den Staudenbeeten und andererseits bei den Gehölzen. Will das brennende Gestirn vor lauter Wolken nicht in seinem schönsten Kleid strahlen, dann macht das wenigstens die Forsythie. Ihre gelben Blüten sind augenscheinlich schon weit vor dem April in Lauerstellung gewesen und erreichen ihren Zenit jetzt. Ebenso die Zierjohannisbeere, der ich das Synonym für Blutjohannisbeere seit dem Tag an nicht mehr uneingeschränkt zugestehen möchte, als die weiß blühende Hybride 'Icicle' geschaffen wurde. Sie ist schön, aber dennoch nicht bedeutsam genug, um den rot blühenden Sorten 'Pulborough Scarlet' oder 'King Arthur VII' in Anmut und Fülle das Wasser reichen zu können. Bei den meisten anderen Sträuchern und Bäumen ist die Blüte noch weit entfernt. Bei den einen präsentieren sich die Knospen kurz vor ihrem Aufbruch, bei den anderen sind sie noch deutlich zurückhaltender. Auge um Auge stehen sie, am Fruchtholz, am Zierholz, Ast für Ast. So schreite ich jeden Tag im April, ob Sonne, ob Regen, an der gemischten Heckenpflanzung entlang, um ein Zeitzeuge zu werden; ein Zeitzeuge, der bereit ist, die Langsamkeit auf sich wirken zu lassen und schließlich doch überrascht wird, wie explosiv die Natur sein kann. Noch gestern Morgen ließ der Austrieb des Liebesperlenstrauchs zu wünschen übrig, nichts als Holz habe ich gesehen, kein Fünkchen Grün und Schimmer an nackten Zweigen, aber ich spürte die blaue, heiße Flamme der Zuversicht tief in mir, dass die Schönfrucht doch was werden möge, zumal als ordentlich frostfeste Sortenzüchtung namens 'Profusion'. Dass dieses Gehölz nicht ganz unschwierig ist, darf keineswegs bedeuten, darauf zu verzichten. Ich musste nichts anderes tun, als eine Nacht darüber zu schlafen (zu wachen würde nichts bringen, man muss der Natur vertrauen), und als ich vierundzwanzig Stunden später, begleitet vom Gesang der Blaumeisen, die schon ihr Nest im Häuschen bereitet und eine Familie gegründet hatten, erneut nach Lebenszeichen des Liebesperlenstrauchs suchte, fand ich sie in Form eines unscheinbaren Austriebs an den Zweigspitzen. In der Nacht hatte es geregnet, der Wind sauste ums Haus und durch den Garten, forsch und frech wie eine Horde Spatzen. Am frühen Morgen hatte der April aufgehört zu wettern und schob Sonnenstrahlen nach. Ich dankte ihm, mit dieser mahnenden Prozedur des Unsteten auch die leicht verdrießliche Schönfrucht doch noch aus ihrer Lethargie aufgeweckt zu haben. Hätte es der Mai gekonnt? Vermutlich, aber der April hat es ihm abgenommen.

Überhaupt bereitet er dem Wonnemonat die Bühne. Der Rotdorn hat sein grünes Kleid schon übergestreift, die Blätter werden von Tag zu Tag größer, was auch beim Schneeball sichtlich der Fall ist. Der Hartriegel braucht länger, um sich in Schale zu werfen, aber Cornus-Gewächse benötigen ohnehin für alles mehr Zeit, um groß zu werden, sowohl über die Jahre betrachtet als auch im Jahresverlauf. Dennoch spielt der April für sie eine große Rolle, denn wenn die strenge Kälte fort ist und flirrende Hitze noch weit entfernt in der Zukunft liegt, ergeben sich die besten Möglichkeiten, in geordneten Verhältnissen aufzuwach(s)en. Selbst wenn der Winter noch einmal zubeißen würde, kann er den spät blühenden Ziergehölzen wenig anhaben. Der Blick auf Obstgehölze wie Apfel, Birne, Kirsche und Nashi ist im Vergleich mit mehr Besorgnis getrübt: Solange die Knospen sich nicht entfaltet haben, kann ein nächtlicher Frost nicht allzu viel Schaden anrichten. Aber wehe, der Frühling macht sein Bett mit Macht, sodass die Blüten früh aufgehen und dann nach einem Wetterumschwung doch erwischt werden ... Verweht sind all die Früchteträume, die man ,geträumt' den Winter lang, über Nacht binnen weniger Stunden. Das Damoklesschwert der Übellaunigkeit Petrus' kann zerstörerisch wie eine Lawine sein. In solchen Momenten steht die Welt still, und kein noch so guter Gartenmeister, der sich davor schützen könnte.

Doch es liegt dem April nicht, im Jammertal zu verharren, da muss man durch – lieber heute noch als morgen. Der Wind dreht sich schnell, aus dem verächtlichen Gebaren des Himmels wird ein freundliches Lächeln, dessen blaues Band die Zuversicht übers Land streuselt. „Der Pessimist klagt über den Wind. Der Optimist hofft, dass der Wind sich dreht. Der Realist setzt die Segel!", hatte der englische Literaturhistoriker Sir William Ward schon im 19. Jahrhundert festgestellt, und daran hat sich bis heute nichts geändert. So soll es sein. Die Temperaturen steigen ja auch an, die Regenwahrscheinlichkeit nährt den Boden. Die Gehölze stehen Spalier, schon blühend oder noch in froher Erwartung auf einen reichlich bemessenen Flor, und bisweilen schüttelt der Wind in den noch jungen Blättern und entringt ihnen einen Applaus für die Zwiebelblumen, die ihren großen, bunten Auftritt mit Traubenhyazinthen, Tulpen und allerlei weiteren Protagonisten ebenso genießen wie die Stauden. Die Elfenblumen haben sich wieder fein gemacht und bilden einen Blütenteppich, der in Fülle und Pomp nachgerade unerreicht ist, weil die zauberhafte, engelsgleiche Darbietung ihrer Tausenden Petalen mit dem Verblühen übergeht in einen dichten Blätterwald mit kunstvoller Zeichnung. Überhaupt sind es die bodendeckenden (Polster-)Stauden, die im vierten Monat des Jahres nahezu unanständig aufdringlich das Feld der Schönheit bereiten, weil sie – nicht aus Ruinen, aber doch aus einem Minimum an Existenz – auferstehen. Pompös sind die Blaukissen, die kaskadenartig an Mauern hinabgleiten. Prahlerisch werfen sich Lerchensporne in Schale. Ein kleines Wunder steht dem nächsten zur Seite und verkündet Lebensmut und Heiterkeit. Dabei hat die Hoffnung nicht zwingend mit dem Blütenreigen zu tun. Keine Prachtstaude, die es jetzt schon zu etwas gebracht hätte in dieser Hinsicht, nein, sicher nicht, aber Laub und Stängel stehen schon ordentlich im Saft. An geschützter Stelle hat sich der Rittersporn zu einem Meter Höhe emporgeschraubt. Seine gefiederten Blätter sind eines Königs würdig, sein Wuchs kaiserlich erhaben, doch bleibt er Ritter, ein edler immerhin, einer aus der Ta-

Silberne Perlen auf jungen Blättern der Akelei: Dennoch ist der April bisweilen viel zu trocken.

felrunde der schönsten Leitstauden überhaupt, die in Form zahlreicher Sorten sich selber krönt. Keiner ist schöner, kein Meer ist blauer als das Blau des Rittersporns, doch noch zeigt es sich nicht, die Knospen sind weit davon entfernt, sich den Blicken zu öffnen. Aber verheißungsvoll stehen die Pflanzen in den Rabatten und Anlagen, anbetungsvoll im eigentlichen Sinn, und nur wer die Zeit nicht als ein nimmer endendes Stück begreift und sie sich in kleinste, diamantene Augenblicke aufzuteilen weiß, kennt das Glück, vor diesen Pflanzen zu stehen und das Wort Freude als Vorfreude zu begreifen. Ist der Blütenflor erst da, ergötzt man sich daran, weiß aber auch, dass mit dem ersten Knospengang der Anfang vom Ende getan ist. Jetzt, zu früher Zeit, noch weit von den bunten Stunden entfernt, kündet die Pflanze von einer Blüte, die vielleicht Ende Mai, vielleicht auch erst Mitte Juni ihren Zenit erreichen wird. Beim Blick auf die saftig erscheinenden Fingerhüte, das leichte Blattwerk der Akeleien und vieler anderer in der Warteschleife sich nach oben schraubenden Pflanzen wächst die Lust auf den Frühling und den Sommer.

Der April ist ein Appetitmacher, ein Amuse-Gueule auf das Mehr-Gänge-Menü, das der Garten im Laufe des Jahres uns zu servieren in der Lage ist. Keinem Monat wird ein schlechteres Gewissen eingeredet. Es regne zu viel, es sei zu kalt und unbeständig, es müsse endlich Frühling werden – alles Larifari und alles Lamentieren hilft wenig, wer die Zeichen nicht erkennt, die der April zu setzen weiß. Ausnahmslos Ausrufungszeichen, Konstanten mit Gebrüll! Der Garten erwacht jetzt und in keinem anderen Monat besser, und das, was sich da Bahn bricht, zwingt den Winter zu einem letzten Gähnen, bis er ganz verschwindet. Man schaue nur die Kräuter an! Das Currykraut hat an kalten Tagen durchgehalten, stand unbeeindruckt der frostigen Temperaturen auch im Januar und gab dem ebenso stoischen Ysop und dem Heiligenkraut Halt. Aber kaum war der März vorüber und trafen die ersten Wärme versprechenden Sonnenstrahlen auf die immergrünen Küchenkräuter, da entsandten sie ihre würzigen Düfte hingebungsvoll. Der Lavendel macht es ihnen nach, das Berg-Bohnenkraut ist auch mit von der Partie, und dass der

Thymian und die Eberraute nun ebenfalls ihren Odor aufs Geratewohl in die Welt entlassen möchten, ist nur logisch. Der April macht es möglich.

So will ich eine Lanze brechen für ihn, den Unverstandenen, den vierten im Bunde der zwölf. Ein Heilsbringer ist er, ein Licht am Ende des Tunnels. Über keinem anderen Monat stülpt sich ein größerer Spannungsbogen und alle Wetter, die möglich erscheinen, sind in der Lage, sich binnen dieser dreißig Tage zu treffen. Darin liegt eine unbeschreiblich große Macht, ein Risiko, dessen Schwere das Glück herausfordert. Es mag gut gehen, die empfindlichen Zöglinge von allerlei Sommerblühern, im März pikiert und in größere Töpfchen umgesetzt, schon im Laufe des April an den Ort hinauszupflanzen, wo sie den Sommer bunt besprenkeln sollen. Andererseits richtet jeder spät sich über das Land hauchende Nachtfrost, der noch durchaus möglich ist, sie unwiederbringlich zugrunde. In diesem Spannungsfeld zu gärtnern, täglich den Blick zwischen Wetterstation und Firmament wandern zu lassen, um schlussendlich etwas zu tun oder zu lassen, ist wundervoll. Und wundervoll heißt ja: voller Wunder! Werden sie im April auch nicht gleich sichtbar, so macht er sie doch möglich, der Meister des Wechselhaften, er ebnet ihnen den Weg. Mit Wind und mit Wasser, mit kühler Zurückhaltung in dunklen Nächten und heißem Atem an sonnigen Tagen.

5

Zwei glorreiche Halunken

Elfen sind zarte Wesen. Ich weiß von keinem Märchen, in denen sie als Haudegengesellschaft dargestellt werden. Samtweich ihre Seele, wunderhübsch ihr Antlitz. Bei den Elfenblumen stimmt das mit dem Antlitz auch, zur Blütezeit, die besonders üppig ist, sowieso, aber auch davor und danach, weil sich das Blattspiel je nach Sortenzüchtung in einem einzigartigen Reigen der Veränderung zur Kunst erhebt, über ein Lindgrün und hübsch geädert bis zum Kupferbraun im Herbst. Als wenn, ganz elfengleich, die Schönheit nicht enden will. Sie macht nur ein paar Wochen Pause, dann, wenn im zeitigen Frühling der Schnitt zehn Zentimeter über dem Boden zu tun ist, um dem neuen Austrieb Platz zu machen. Vermutlich würden sie es auch ohne diesen Schnitt schaffen, den ich in der Regel spätestens Mitte bis Ende März mit der Einhandheckenschere in die Tat umzusetzen versuche, wieder zur Grazie zu gelangen, aber sicher ist sicher. Dass die Elfenblumen im Schatten und Halbschatten so rigoros unverwüstlich bleiben, zeugt von ihrem starken Charakter. Sie stehen im Vorgarten seit vielen Jahren, und nicht der härteste Winter vermochte ihnen auch nur den kleinsten Schaden zuzufügen. Ich bin mir nicht einmal sicher, um welche Sorte es sich handelt; die reizenden Rispen in Schwefelgelb sehen sehr elegant aus, es gibt aber zum Beispiel auch karmesinrot blühende Sorten (Epimedium rubrum). Elfenblumen sind ein Schatz für jeden Gärtner, denn sie sehen fantastisch aus, wechseln die Farben ihrer Blätter mit den Jahreszeiten, rascheln verheißungsvoll wie Gräser, wenn der Wind über sie streicht, und sie machen als beste bodendeckende Schattenstaude überhaupt sehr wenig Arbeit. Der Schnitt vor dem Frühling ist das Einzige, was man ihnen gönnen sollte. Dünger haben sie von mir in all den Jahren noch nie bekommen, und weil die Singvögel im Herbst und Winter von Zeit zu Zeit Unterschlupf in ihrem Dickicht finden, machen sie auch hier noch etwas Sinnvolles.

Die Dickmännchen – wer mag ihn ihren wampösen deutschen Namen gegeben haben ...? – stehen gleich nebenan; ein zweites Feld der Freude im absonnigen Bereich, obwohl Pachysandra terminalis ohne jeden Zauder auch sonnenbeschienene Teilflächen bedenkenlos bedecken kann. So spektakulär wie die Elfenblumen sind sie freilich nicht, aber wer in relativ kurzer Zeit eine größere Fläche mit Bodendeckern geschlossen haben möchte, trifft mit den auch als Ysander bekannten Pflanzen eine gute Wahl. Laub werfen sie nicht ab; als immergrüne Halbsträucher glänzen ihre lederartigen Blätter sogar im tiefsten Winter, solange kein Schnee darauf liegt. Kleine, weiße Blüten zeigen sich endständig im April, die Sorte 'Variegata' bildet sie vornehm cremefarben aus und unterfüttert diesen Flor mit grün-panaschierten Blättern. Auch schön. Alles allerdings, was diese ausläufertreibenden Giganten bändigen kann, ist eine feste Grenze, gebaut aus Stein oder Stahlkanten, weil sie sonst übermütig werden, sich voranrobben, und sei es bis zum Ende der Welt. Kaum zwanzig Zentimeter hoch, aber energiegeladen, das ist die Gattung Pachysandra. Das Heer der Dickmännchen ist schwer zu bändigen, unterwandert Rhododendren und Azaleen, umblümt die Gartenlaterne und sprengt sogar das Unkrautvlies unterm Kiesweg. Kaum etwas hält Stand gegen diese Macht. Erstaunlich, dass es wenigstens die Elfenblumen schaffen. An der Front, wo Pachysandra und Epimedium aufeinandertreffen, hält die Grenze ihren Verlauf seit Jahren mit einigen wenigen Irrverwachsungen ihre Linie. Es ist, als wenn Dickmännchen und Elfen einen märchenhaften Pakt geschlossen hätten. Leben und leben lassen. Zwei glorreiche Halunken, ausläufertreibend und rhizombildend, im Schatten auf der Sonnenseite des Lebens, weil ihnen dort kein Kraut gewachsen ist. Ich kenne wenige Pflanzenkombinationen, die sich derart gut ergänzen, noch dazu im absonnigen Sektor. Der zu recht hochgeschätzte Storchschnabel, über 300 Arten reich und aufgrund dieser Vielfalt für nahezu alle Areale einsetzbar, gilt noch als mögliche Alternative, aber toppen kann er dieses starke Duo nicht.

Am Weiher

Die Wasser sind so seltsam still
Und Wellen hab ich nicht entdeckt.
Der Spiegel bläut und leckt
An Ufern wider den Gezeiten,
Die sich verlier'n in andern Weiten.

Es scheint, der Spiegel trägt und hält.
Doch hält er nicht, was er verspricht.
Ein Schritt nach vorne und er bricht.
Und bricht sich Bahn in weiten leisen
Stumm geword'nen Wasserkreisen.

Bis dass der letzte Ring verläuft.
Kein Sterbenswort versinkt im Grunde;
Noch Himmel fängt die späte Stunde.
Sein Abbild ruht und alle Welt
Taucht lautlos unterm Sternenzelt.

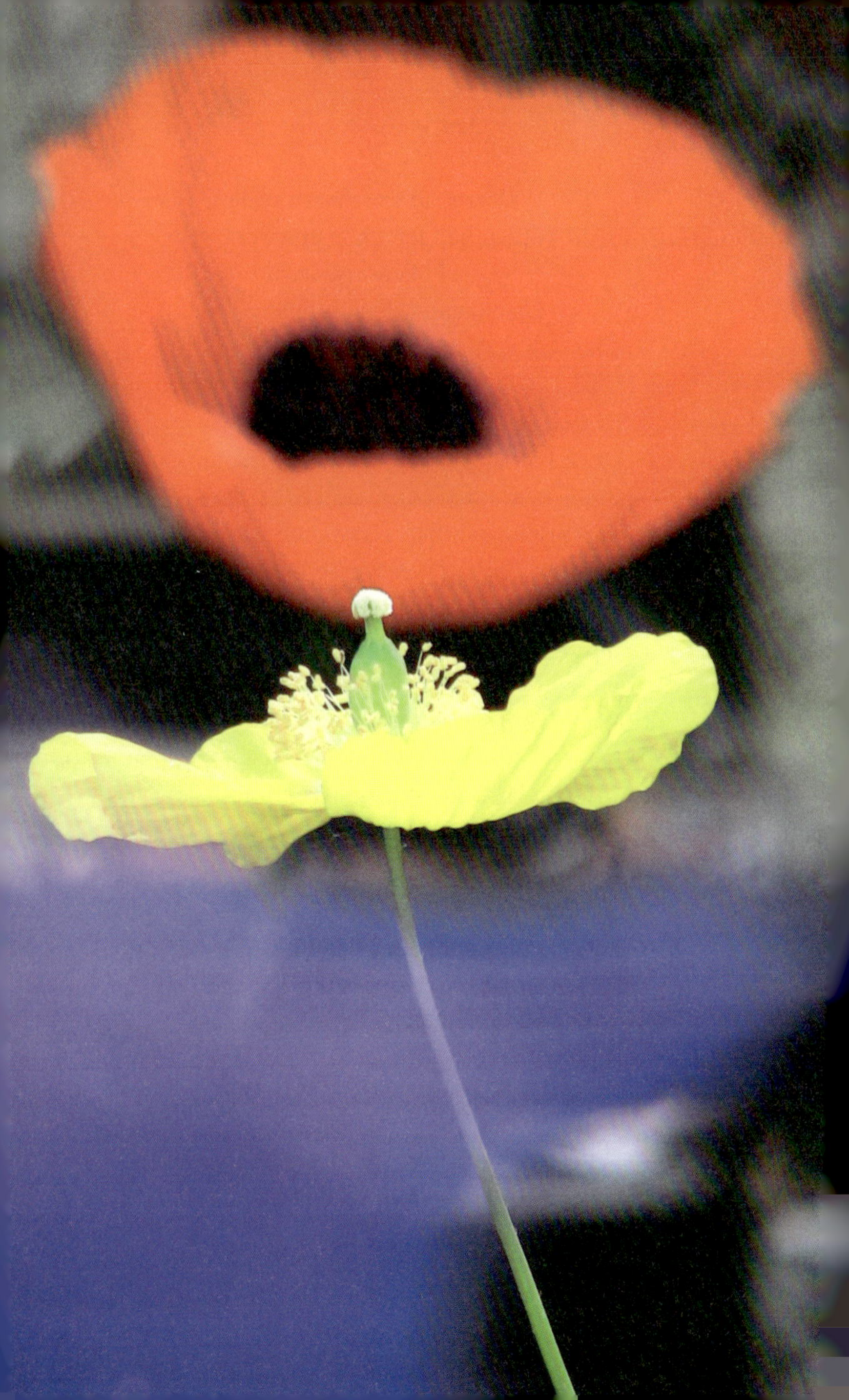

6

Vom Leiden und Hoffen einer himalayahochjauchzenden Schönheit

Das Feld ist bereitet. Nicht sonnig die Lage, umso sonniger das Gemüt. Halbschatten in mittelfeuchtem, durchlässigem Terrain, genau richtig. Das Pflanzloch ist ausgehoben, groß genug. Die Blume standhaft, noch klein, soll gleich rein in die Erde. Gut angießen, bisschen festtreten, nicht zu dolle. Dem schönen Schein von Meconopsis soll es an nichts mangeln. Möge er jenes tibetanische Blau, das sich an guten Tagen über den Himalaya wie ein Zeltdach spannt, mit seinem Flor zu Füßen von Blutjohannisbeere und Deutzie tupfen. Wahlweise möge er mir auch den Spaten runterrutschen, weil seine Exzellenz es bislang erfolgreich vermieden hat, auf jener Scholle zu erblühen, die ich für sie vorgesehen hatte. Aus diesem schlichten Grund möchte ich dem Charme des Schein-Mohns nicht ein weiteres Mal erliegen und das Geld lieber in Sämereien und Pflanzen stecken, bei denen die Aussicht auf Erfolg ungleich höher einzuschätzen ist. Island-Mohn vielleicht. Zinnien. Meinethalben Gänseblümchen. Schein-Mohn jedenfalls nicht mehr. Gute Saat aus England hatte ich mitgebracht, weil mich der Tibetische Schein-Mohn im lichten Gehölzschatten anderer Gärten um seine Blüten wickelte. Ausgesät, klar definiert nach Anleitung, nicht einen Zentimeter davon ab-

Gelber Scheinmohn sticht aus der Menge hervor, selbst bei so auffälligen Beetpartnern wie dem roten Türken-Mohn.

gerückt. Gegossen, besprochen, treue Liebe geschworen. Allein, er wurde nichts. Ich kaufte ihn auch auf Messen und Schickimicki-Gartenfesten, wo Prahlhans und Schaumschläger Champagner saufend über den Unterschied zwischen Geranien und Pelargonien diskutieren, noch teurer ein, und er wurde wieder nichts. Dann sah ich ihn im Berggarten zu Herrenhausen aus einem gemischten Staudenbeet aufragen, mannshoch und mit Blütenblättern, deren Couleur die meiner Jeanshose trug. Meconopsis grandis! Statt kleinkrämerischer Sämerei orderte ich gleich eine stabile Jungpflanze, nicht groß, aber unheimlich teuer, was ja wohl einen Grund haben müsste. Neue Erde, frisches Nass, lichter Schatten. Die gebetsmühlenartig wiederholte Prozedur führte zu keinem Erfolg, jedoch die Namensgebung mir klar und klarer wurde. Schein-Mohn – eben nur Schein. Nicht Sein-Mohn, nicht Mein-Mohn, nur Schein-Mohn.

Man muss sich nichts vormachen. Es liegt nicht immer an einem selbst. Es wird unerklärlich bleiben, weshalb die eine Pflanze gedeiht und die andere nicht, obwohl man beide gut behandelt. Der Schein-Mohn ist mein Waterloo, ließ mich himalayahimmelhochjauchzen und dann in tiefste Verzweiflung stürzen. Die Kamelie gehört auch in diese Reihe des mir glücklosen Grünzeugs. Nie wird sie was. Geschützter Standort, Bodenaustausch, leichter Erziehungsschnitt, Wintermäntelchen, ich mach's nicht mehr, die Lust ist weg. Kamelien schaue ich mir anderswo gerne an, aber nicht zu Hause. Sie wird nicht grundlos in Fachbüchern als „Pflanze für Wintergarten und Wohnraum" bezeichnet. Jedem Vollspaten, der mir weismachen will, dass es mittlerweile vollkommen frostharte, quasi mit sibirischer Seele gezüchtete Kamelien, gibt, schenke ich weder Zeit noch Vertrauen. Der Samen des Kalifornischen weißen Baummohns will im Gegensatz zur Kamelie ja erst richtig vom Frost in Wallung gebracht werden. Habe ihn ausgesät. In einer Schale. Sie dann in den kalten Winterwind gestellt. Mich gefreut, dass der Februar noch irrsinnig frostig wurde. Dann jeden Tag geschaut, ob was durchs Erdreich bricht. Wollte die kleinen Pflanzen vereinzeln und ins Beet setzen. Aber es kamen keine kleinen Pflanzen, nicht eine, nichts geschah. Romneya habe ich bis heute nicht selber kultivieren können, und verdammt, ich lasse es jetzt auch bleiben. Ein furchtbar schwieriger Geselle. Ich setze mich lieber ins Auto, fahre an Köln und Lüttich vorbei, mitten durch Paris hindurch und nehme Kurs auf das Loire-Tal, wo er im Garten von Château de Villandry himmlisch blüht. Ich habe die Gärtner gefragt, was sie Besonderes mit ihm anstellen. Sie antworteten „rien de spécial", nichts Besonderes. Das ist eine Basis, mit der ich mich anfreunden könnte. Ansonsten bleibt nur der Blick auf Alternativen, woraufhin nun noch einmal vom Tibetischen Schein-Mohn die Rede sein soll. Aus dessen Freudenbecher zu schöpfen, ist eben nicht jedem Menschen vergönnt: In vielen Fällen will die Pflanze auch unter optimalen Standortbedingungen nicht glücken, nun gut, das ist ein Mysterium, mit dem Meconopsis betonicifolia seinen Anspruch als geheimnisvoller Exot untermauert. Aber häufig wird der blaue Blüher auch einfach nur an die falsche Stelle gesetzt im Irrglauben, er würde an einem sonnigen Platz am besten gedeihen. Doch permanente Sonne mag er nicht, und abgesehen von der Tatsa-

*Als wenn er eine Krone trüge: Der Gelbe Scheinmohn weiß,
wie er sich seinem Betrachter darbieten kann.*

che, dass selbst die wärmegierigen Türken-Mohne im Halbschatten genauso schön zu leuchten beginnen und sogar noch länger durchhalten, handelt es sich hier ja auch nicht um einen Mohn im eigentlichen Sinn. Die Heimat der rund 50 bekannten Arten ist überwiegend der Himalaya, und wenn es dort etwas nicht gibt, dann ist es lähmende Sommerhitze, sondern allgegenwärtige Kühle, die diese Pflanze frisch hält. Auf kalkhaltigen Boden reagiert der Tibet-Scheinmohn sauer, Staunässe mag er nicht. Mir dünkt, er stünde im Steingarten nicht übel, solange es dort einen schattig-luftigen Platz für ihn gibt. Jedoch die wenigsten versuchen es und setzen ihn unter Gehölze. Kann glücken, muss aber nicht, denn ist der Boden zu „fett", wird Meconopsis dünn und vergeht.

Die Suche nach leichter zu pflegenden Alternativen versickert derweil wie das Wasser im Kies: Es gibt schlichtweg keine Blaublüter aus dieser Gattung, die es dem Gärtner einfach machen. Die Heimat Himalaya, ob Tibet oder Nepal oder wo auch immer, bietet keine simplen Lebensumstände, aber eben solche, die es hier nicht gibt. Und während sich dort der Yeti über die Blüten mit den papierartig-knittrigen Kronblättern freuen darf, stehen wir Enttäuschten vor den Scherben eines schönen Scheins, solange wir uns nicht von dem Gedanken verabschieden, dass der Scheinmohn blau blühen muss. Nur wer zur Abkehr dieses himmlischen Farbspiels einen Kompromiss einzugehen versucht, setzt sich über sämtliche bläulich begründete Unwägbarkeiten hinweg mit der Chuzpe eines meisterhaften Strategen. Gelb ist auch gut. Denn zitronengelb knipst der Kambrische Scheinmohn mit jedem nächsten Morgen von Frühling bis zum Herbst die Blütenlaterne an. Dieser Wald-Scheinmohn kommt mit den europäischen Bedingungen besser zurecht, weil hier seine Heimat ist. Die Unterlage ist Meconopsis cambrica fast egal, es darf nur keine Staunässe herrschen. So anspruchslos und wiederkehrend, wie er sich gibt, hat er das Zeug dazu, everybody's darling zu sein, nur wird dies nicht glücken, weil ihn kaum jemand kennt. Sein Fleiß ist erschütternd! Er ist der erste Mohn im Jahr, der in seinem Kulturkreis ins Blühen gerät, und wenn die Klatsch-, Orient- und Schlafmohne allesamt schon wieder Ge-

Wahre Schönheit, aber bisweilen launisch: blauer Scheinmohn.

schichte sind, schiebt er – als dauerblühendes Sahnehäubchen für den Altweibersommer – im lichten Schatten der Gehölzreihe zwischen Deutzie und Rotdorn noch eine nächste Blüte hinterher.

Es heißt, er sei kurzlebig. Aber die Staude ist das eine. Ihre Bereitschaft, sich aus dem Fleiß heraus selbst zu versamen, das andere. Auf diese Weise wird der Wald-Scheinmohn zu einem Ausbund an Treue und Schönheit.

7

Freude und Ärger im Garten

Freude und Ärger im Garten. Karl Foerster, bedeutender Staudenzüchter, Gärtner und Garten-Philosoph, sah die Dinge, wie sie waren: Schwierig und immer mit Verlust verbunden, wenn etwa die Schnecken erbarmungslos sich durch die Funkien fraßen oder Heerscharen von Staren binnen weniger Minuten den Kirschbaum um ein Vielfaches an Frucht und Würde erleichterten – aber auch hoffnungsvoll, weil der Garten dennoch auch genug Raum für andere fröhliche Überraschungen hergibt. Aktuell kann ich meine Freude über die unendlich in Blüte stehende 'Rose de Ronsard' kaum zurückhalten, möchte sie hinausrufen in die Welt und bin doch gleichzeitig zutiefst darüber betrübt, dass die Ligularien 'Othello' und 'Desdemona' leider überhaupt keine Chance mehr bekommen werden, in diesem Jahr bis zur Blüte zu gelangen, weil die Schnecken schon im frühen April jeden Ansatz eines Wachsens mit fortwährendem Mampfmampf unmöglich gemacht hatten. Auf diese Weise wird das Beetgeflüster zum tränenreichen Rabattengeschrei. Wut überkommt mich, Enttäuschung lähmt mich. Wieder ein Sommer ohne das Kreuzkraut und mit Schnecken. Andersherum wäre mir lieber gewesen. Bin ich nicht aber sogar selber schuld daran? Hätte ich nicht viel früher einen prüfenden Blick werfen müssen auf Ligularia dentata und all die anderen vom Schneckenfraß gefährdeten Stauden. Die Knospen der edlen Dichterrose verklärten meinen

Blick und kolorierten ihn rosarot. Freude und Ärger im Garten. An Schnecken hatte ich nicht gedacht. Ein Anfängerfehler. Wer erst im Mai beginnt, gegen die gefräßigen Biester zu Felde zu ziehen, darf sich später nicht wundern, wenn der Flurschaden ein nicht mehr reparables Ausmaß angenommen hat, dessen blühende Hoffnung ratzfatz ins nächste Jahr verschoben worden ist. Aber ich werde den Fehler kein zweites Mal machen und bringe Bier und Korn bereits im März aus, rein präventiv, gleich der jungen Garde in die Schleimspur gelegt. Das könnte helfen.

Warum der Säulenapfelbaum 'Flamenco' an Echtem Mehltau erkrankt ist, kann ich nicht sagen. Ich weiß aber, dass er Früchte tragen wird. Hier liegen Freude und Ärger also sehr dicht beieinander. Die beiden ihn begleitenden Beetgesellen namens 'Polka' und 'McIntosh' haben keinen Mehltau (oh, welche Freude!), tragen aber in diesem Jahr keine Früchte (ach, was für 'n Ärger!). Die Schweizer Minze hat sich gut entwickelt (Freude), verließ aber den ihr zugeteilten Bereich mit einem überraschend starken Wachstum (noch mehr Freude) und pflügt sich nun durch den Zierrasen (Ärger), um bei jeder Mahd ihren Duft zu verströmen (Freude). Der Currystrauch stellt sich an, in den kommenden Wochen in vollster Pracht zu blühen (Freude), verholzt aber schon jetzt trotz Rückschnitt im Frühling von unten heraus und fällt deshalb unschön auseinander (Ärger), um nach und nach die Kontur komplett zu verlieren (noch mehr Ärger). Freude. Ärger. Freude. Ärger. Die ganze Zeit geht das so. Dass ein Karl Foerster, König der Stauden und Gräser, davon zu berichten – und vor allem: vieles auch hinnehmen und nicht zu ändern – wusste, ist ein schwacher Trost, aber es ist wenigstens einer. Es hat sich bewährt, bei all den Enttäuschungen, die so ein Garten bereithält, sich die schönen Momente herauszupicken, ohne die Augen vor den Problemen zu verschließen. Heißt konkret, dass ich besonders viel Freude empfinde im Anblick des blütensprühenden Lavendels, für den ich endlich, nach dreijährigem Herumdoktern, den richtigen Platz und Boden ausgesucht zu haben scheine. Er sieht kräftig aus, er strebt nach der Sonne. Freude, Freude, Doppelfreude! Hätte ich doch gleich noch zwei Lavendel mehr gepflanzt und den weißblühenden Burschen, der dort drüben im viel zu feuchten Boden neben Halbschattenstauden nicht weiß, wie ihm geschieht, und auch nicht weiß aussieht, umgesetzt. Ich würde außerdem besserer Dinge sein – und der Lavendel erst recht –, wenn ich daran gedacht hätte, ihm Kalk zu verabreichen. Lavendel liebt Kalk; keine andere Kräuterpflanze ist so sehr darauf angewiesen wie dieser dufte Typ. Ich müsste also endlich daran denken, Magnesiumkalk einzuharken. Hätte ich all diese Dinge schon getan, es wäre jetzt bestimmt eine hübsche Allee. Es ist aber keine, weil die Versäumnisse wieder größer sind als das Getane. Muss ich eben noch ein Jahr warten. So ein Ärger. Hätte ich doch gleich noch zwei Lavendel mehr gepflanzt, es wäre jetzt bestimmt eine hübsche Allee. Muss ich eben noch ein Jahr warten. So ein Ärger.

Das Meer in der Gartenlaube

Versteckt in einer Gartenlaube
Zwischen Saat und guter Erde
Schlagen Wellen Purzelbäume.
Und es weht der Wind den Sand
Über einen weiß getünchten
Viel zu weit entfernten Strand.

Hin und her zerschellt das Meer
Mit seiner steten Drohgebärde.
Es füllt den Raum von vorne her
Direkt am Fenster, wo der Besen lehnt,
Bis zum Regal mit Blumentöpfen,
In dem ein müdes Pflänzchen gähnt.

Schläfriges Grün, das doch nicht weiß,
Wie sehr das Salz die Luft garniert.
Wie sehr sich dort die Zeit verliert,
Am Meer mit seinen wundervollen
Fischen, Sternen. – Wellen rollen.
Möwen kreischen. Windgeblähte
Weiße Segel und das stete
Auf und Ab des blauen
Wassers und die grauen
Wolken, die von Zeit zu Zeit
Darüber wehen und dann weit
Ins Land entschweben.
Wo sie gerade, gerade eben,
Noch über der See gewesen,

Lehnt nun wieder nur der Besen
Am viergeteilten Hüttenfenster.
Daneben Spinnentiergespenster.
Harke, Schere, Kordelband
Und ein Gedanke fliegt zum Strand.

Dass dieses Meer mich hier betört
Wie sommers an der Küste,
Dass es hier rauscht und unbeschwert
Sein Lied erklingen lässt, und Lüste
Wandeln durch den Schuppen,
Obgleich sie sich als Traum entpuppen.
Ich schwimme wie in Neptuns Reich
Durch einen Ozean der Fantasie
Dich nehm ich mit, und zwar jetzt gleich,
Jetzt ist es Zeit, jetzt oder nie.

Wenn ich doch nicht noch gießen
Und Rasen mähen müsste,
Würde ich Muscheln mit dir suchen
Wie sonst am alten Hafen.
So lang, bis die Gezeiten Fangen spielen
Und alle Meeressterne schlafen.

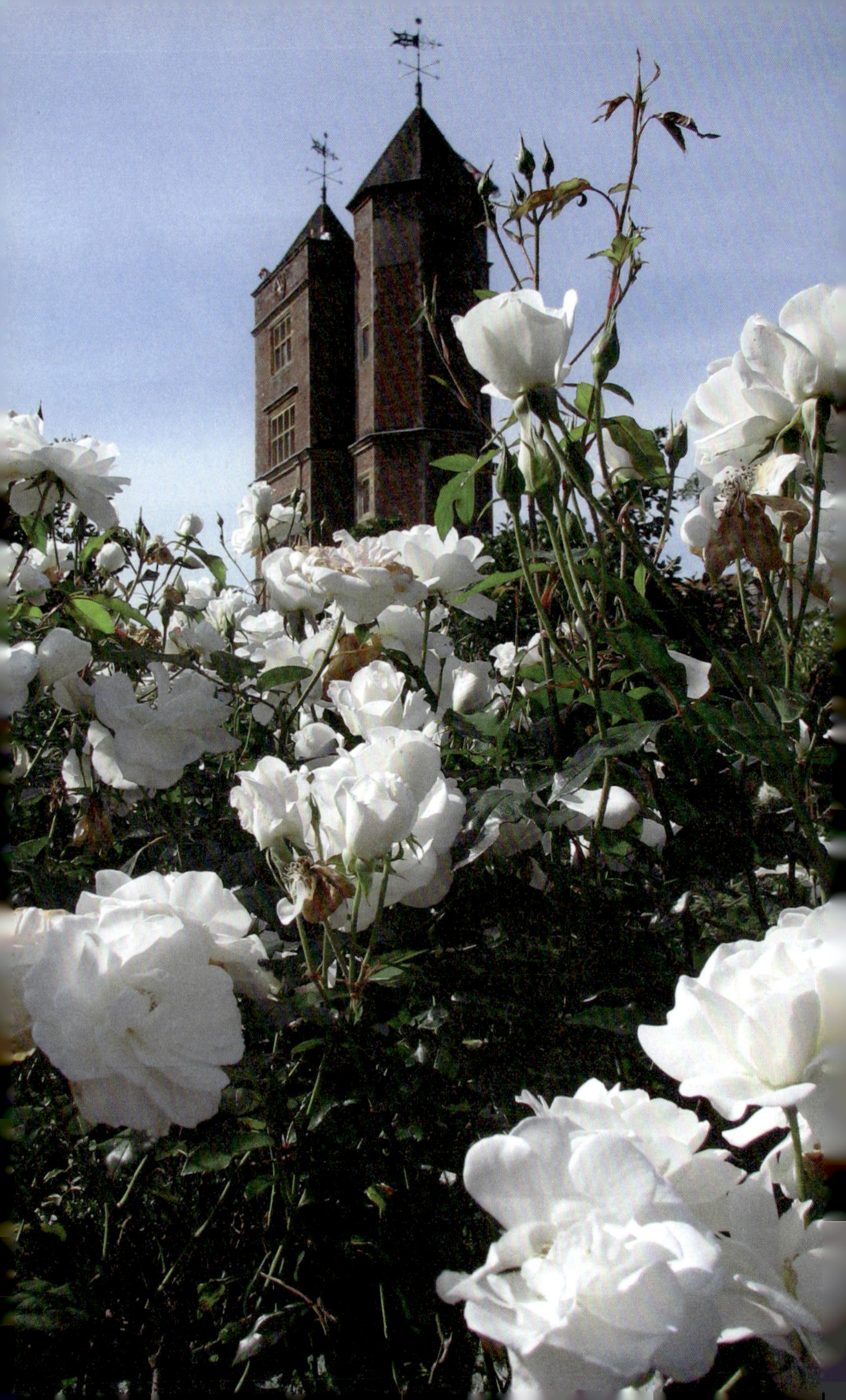

8

Mitten ins britische Herz

John Gullick begrüßte uns stets mit einem offenen, herzlichen Lächeln und der Frage nach Tee. Antworteten wir mit Ja, lehnte er seinen Spaten an die Backsteinhauswand seines Square Farm House im Örtchen Burwash, legte die Arbeitshandschuhe beiseite und schlüpfte aus den Gummistiefeln, um daraufhin ins Haus zu gehen und Wasser aufzusetzen. Einige Minuten später servierte er im Wohnzimmer, wo das Kaminfeuer brannte und die Sessel Lehnenschoner hatten. Hätten wir mit Nein geantwortet, hätte er dasselbe getan. Die Frage nach einer Teatime wird in England rein rhetorisch gestellt. Zum Tee, mit einem Tröpfchen Milch koloriert, gab's immer Ginger Biscuits, und während der butter- wie kalorienreichen Knusperei wanderte mein Blick stets vom hübsch gedeckten Tisch durch die unterteilten Fenster hinaus in den Garten, den John zusammen mit seiner Frau Liz bewirtschaftete; ein kleines Paradies mit englischem Rasen, feinem Steingarten und herrlichen Stauden. Nicht zu aufgeräumt, gerade genau richtig so. „Wo seid ihr denn heute gewesen?", fragte er dann interessiert. „Sissinghurst!" John zog die Augenbrauen hoch, schritt zu einem der Fenster, öffnete es und rief in den Garten hinaus: „Liz, Liz, die beiden waren in Sissinghurst!"

Aus dem weißen Garten Sissinghursts betrachtend, scheinen die Türme der weltbekannten Stätte fast zu schweben.

Es dauerte nur wenige Augenblicke, dann hatte auch Liz ihren Spaten an der Hauswand des 700 Jahre alten Cottages abgestellt, daneben den Eimer mit Unkraut, die Gartenschuhe abgestreift und war ins Wohnzimmer gekommen. Sissinghurst schweißt sie alle zusammen in England, Sissinghurst ist ein gelebter Gartentraum, Sissinghurst verbindet die Menschen auf unerklärlich magische Weise, und wenn dort ein Baum vom Sturm gefällt wird, dann blutet die englische Seele, dann sticht der abgeknickte Stamm mitten ins schmerzende, britische Herz.

„Our England is a Garden." So beginnt das populäre Gedicht „The Glory of the Garden" von Rudyard Kipling. Treffender könnte zumindest der Süden des britischen Königreichs kaum umschrieben werden, und wenn nicht ein Engländer wie Kipling, wer sonst auf dieser Welt hätte wohl das Geld eines Nobelpreises (in diesem Fall für das „Dschungelbuch") in die Anlage eines Gartens gesteckt ...? Bateman's in Burwash, von John und Liz fußläufig zu erreichen, ist vier Hektar groß und kein geschriebenes, sondern ein gepflanztes Meisterwerk des Schriftstellers. 34 Jahre lang hatte Kipling hier gelebt, zusammen mit seiner Frau Carrie etwas Schönes geschaffen, das nunmehr unter der Obhut des National Trusts bewahrt wird und in dem Reisende wenigstens für eine Zeit lang ihren Gedanken ganz in Ruhe nachhängen können. Und doch, obwohl rund 15 Kilometer weiter entfernt, geht von Sissinghurst Castle Garden eine größere Magie aus. Im Vergleich zu Hever Castle oder Petworth Park klein, doch mächtig in seiner Bedeutung. Vita Sackville-West, die mit epischen Gedichten („The Garden"),

Erzählungen und Romanen wie einst Kipling der schreibenden Zunft angehörte, schuf hier aus einem Gartentraum einen Traumgarten. Die Walzen-Wolfsmilch leuchtet nirgendwo heller, die Clematis rankt nirgendwo höher, kein weißer Garten ist irgendwo weißer als der in Sissinghurst, und keiner, der daran einen Zweifel aufkommen lassen wolle. Abends, wenn die Nebel aus den umliegenden Feldern der Grafschaft Kent emporsteigen, dann scheint es so, als sollten sie auf Geheiß der Royal Horticultural Society und aller britischen Gärtner das Heiligtum des National Trusts in Watte packen. Im Oberen Hof stehen mit geradezu militärischer Präzision getrimmte Säuleneiben, im Kräutergang duftet es verführerisch, im Lindengang spaziert man Arm in Arm mit seiner Liebsten – Sissinghurst ist ein entzückendes Ensemble, von dem man noch lange schwärmt. Wahrscheinlich, nein, ganz bestimmt sogar bis zum Winter, und dann fährt man zu den „winter openings". Oder noch mehr: Man schwärmt ein ganzes Leben lang von Sissinghurst und bewahrt es sicher in seinen Gedanken auf, trägt es mit sich wie einen Talisman.

Die größte Wirkung geht vom weißen Garten aus, der sich vor dem Priest's House befindet. Weiße Blüten von Rosen, Zimmerkalla und Elfenbeindistel sowie das silbrige Laub von Silberweide und gefülltem Schlafmohn bilden einen lebhaften Ruhepol, eine blühende Kulisse von höchster Eleganz. Dort wird Sissinghurst endgültig zum Kunstwerk erhoben, freilich keines mit musealem, verstaubtem Charakter, sondern ein lebendiges Zeugnis von Vergangenheit und Gegenwart. Was Vita Sackville-West begann, wird heute in ihrem Sinne von einem Team der besten Gärtner Englands in Diensten des National Trusts fortgeführt. Und obgleich die einschlägige Fach- und Reiseliteratur den Besuch dieses Zaubergartens zu jeder Jahreszeit empfiehlt, so bleibt doch festzustellen, dass die Stärken des Paradieses mit der weißen Weste, dem großen Obstgarten und dem Lindengang vor allem in der zweiten Jahreshälfte liegen. Rhododendrenblütenjäger und Azaleenentdecker, die von April bis Juni Englands überbordende Parkanlagen zu erkunden suchen und die unter Garantie in Stourhead Gardens oder Leeds Castle selig werden, haben in Sissinghurst nichts zu suchen beziehungsweise nichts zu finden, weil es sich eben nicht um einen in schönster Tradition bedeutender Landschaftsgärtner wie Humphry Repton und John „Capability" Brown angelegten Landschaftspark mit meterhohen Gehölzen handelt, sondern um einen Garten. Wolle man Gärten und Parks als fließende Einheiten begreifen, dann ist Sissinghurst Castle Garden wie ein fröhlich mäanderndes Bächlein zu betrachten, dessen Klang viel verspielter und leichter ist als jenes große Beethoven'sche Sinfonierauschen der Riesenanlagen wie Sheffield Park Garden oder Leonardslee Gardens. Wenn man so will, liegt darin schon ein Gutteil der Magie.

Ich bevorzuge, Sissinghurst also im September zu genießen. Eine von Hecken umrahmte Straße – typisch für England – führt ans Ziel. Die Herbstzeitlosen schauen drollig aus dem Rasen im Obstgarten, und der Cottage Garden, von dem die Besucher einen fantastischen Blick auf „Vitas Tower", das Torhaus, haben, blüht in vielen Farben, was er aber eigentlich schon das ganze liebe Jahr lang tut. Der weiße Garten strahlt majestätisch und irgendwie jungfräulich. Er ist nicht riesig, nein, ist er nicht, aber er ist der lebendig gewordene und bis heute gehaltene Traum von Victoria May Sackville-West, die 1892 als Spross des englischen Hochadels die Welt erblickt hatte und deren Schicksal sie an diesen himmlischen Ort führte, den sie zusammen mit ihrem Mann, dem Schriftsteller, Diplomaten und Politiker Sir Harold Nicolson zu dem machte, was er heute ist. Und der weiße Garten nimmt darin eine herausragende Stellung ein. Weiße Cosmea ('White Sensation'), die Rosen 'Iceberg' und 'White Wings', weißes Eisenkraut, weiß, weiß, wohin man schaut, weiß wie die Kreidefelsen von Dover, die schon von Weitem zu erkennen sind, wenn die Fähre von Calais an Kents stolze Küstenstadt übersetzt, weiß wie die Gischten, die die bisweilen auch raue Überfahrt mit sich bringt. Was für ganz Sissinghurst gültig ist, gilt in diesem nicht großen, aber grandiosen Teilstück insbesondere: Harmonie bis ins Detail. Das Weiß wird zur Farbe, obwohl es genau genommen keine ist. Aber bis heute zeigt der weiße Garten die feinen Unterschiede, gibt Nuancen preis und lässt wolkenweiß in reinweiß, cremeweiß in westenweiß, schneeweiß in kalkweiß übergehen.

Sissinghurst, das klingt so lieblich, wie es ist. Das kleine Dorf in der Grafschaft Kent nahe der Stadt Cranbrook mit dem für viele Menschen unbestritten schönsten Garten Englands ist ein lohnendes Ziel für Reisende und der Stolz einer ganzen gärtnernden Nation. Wer als Besucher auf die britische Insel übersetzt, irgendwo ein süßes „Bed &

Breakfast" gefunden hat und abends in einem gemütlichen Pub mit den gastfreundlichen Briten ins Gespräch kommt, der sollte nicht unerwähnt lassen, dass er Sissinghurst besuchen will. Denn sogleich wird er ins britische Herz geschlossen, weil er ein Teil der britischen Seele zu besuchen erstrebt. Es dauert für gewöhnlich nicht lange, bis ein nächstes Glas Sussex Bitter vor ihm auf dem Tresen steht. Natürlich gibt es andere großartige Gärten. Der verspielte Hever Castle & Garden in East Sussex etwa oder auch Stourhead Gardens in Dorset, dieser grandiose Park mit meterhohen Rhododendren, Grotte und See, der wie fast 200 andere Landschaftsgärten Englands die Handschrift des erfolgreichsten britischen Gartengestalters Lancelot „Capability" Brown (1716–1783) trägt. Die Qualität dieser Paradiese, die Bandbreite, die Fülle, das alles ist über jeden Zweifel erhaben. Aber keiner dieser Gärten und Parks ist wie Sissinghurst, jenes kentische Kleinod, das noch heute den Geist seiner Gestalterin in sich trägt. Es gibt sehr gute, professionelle Landschafts- und Staudengärtner, die Sissinghurst in einer Art Langeweile erstarren sehen, weil der Garten einen vermeintlich starren musealen und nur bewahrenden Charakter in sich trage. Sie vermissen die Überraschungsmomente, sagen sie. Ich vermisse sie nicht. Denn schon mancher Garten ist gerade aufgrund seiner Überraschungsmomente, die mehr gewollt als gekonnt waren, in die Bedeutungslosigkeit gezwungen worden. Sissinghurst hingegen ist gleich-

Klassisches Cottage mit Garten: An dieser Sichtachse hätte selbst Lancelot „Capability" Brown Gefallen gefunden.

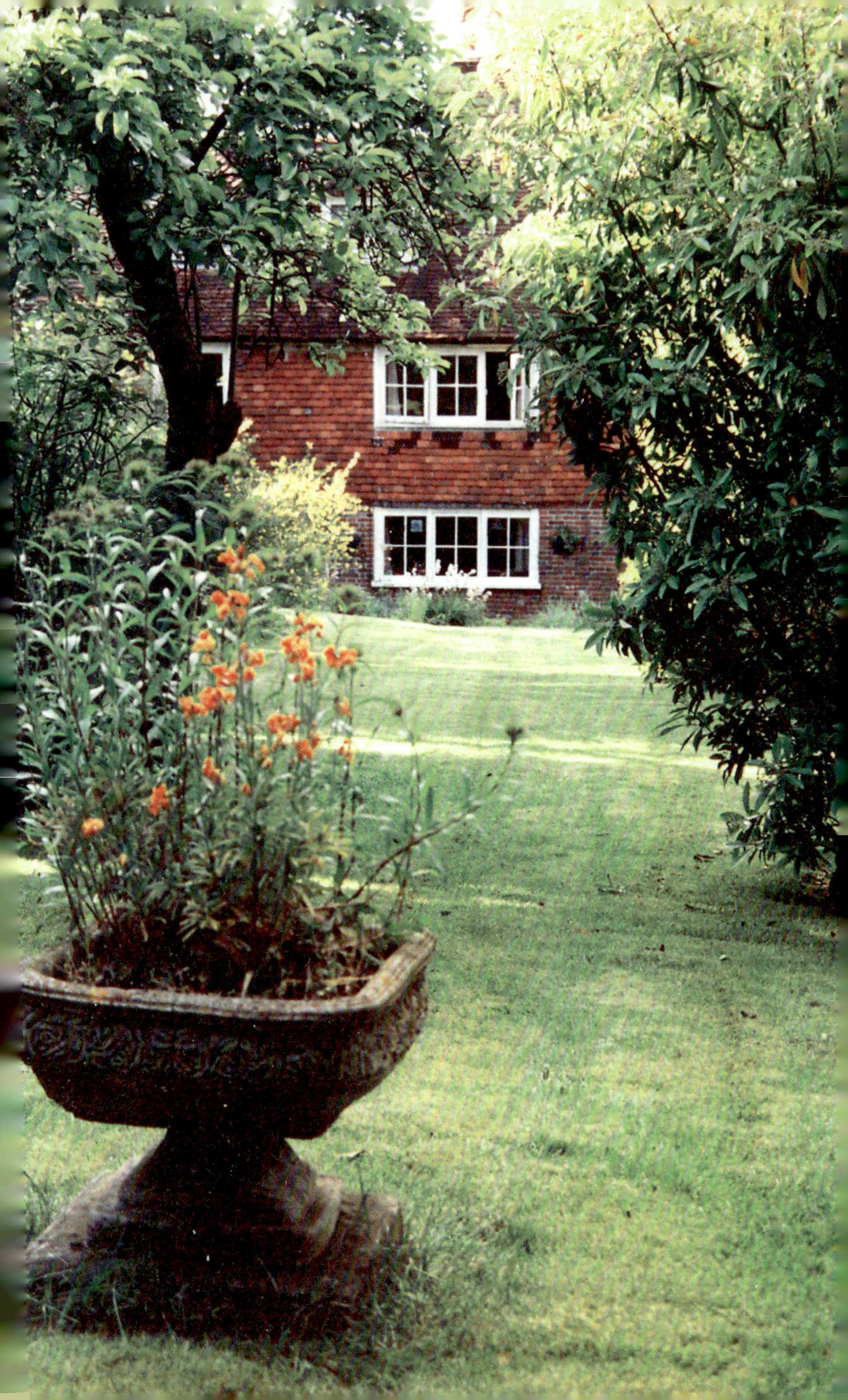

bleibend wunderbar. Eine verlässliche Größe, eine treue Seele für Beetflüsterer.

Für ihre epischen Gedichte und Romane wird sie geliebt, doch für ihre Taten als Gärtnerin und Gestalterin wird Vita Sackville-West vergöttert. Die Royal Horticultural Society zeichnete sie für ihre Verdienste aus. Heute ist Sissinghurst Ziel von mehr als 200.000 Besuchern jährlich. Es ist die Liebe. Sie geht in Südengland nicht etwa durch den Magen, sondern durch den Garten. Nicht irgendeinen Garten, sondern jenes vier Hektar große Wunderland, das wie ein unverrückbares Symbol für das blühende Leben steht. Diese Erfahrung muss natürlich jeder selber machen. Es geht nicht an, von Sissinghurst zu schwärmen, wenn man noch nie dort war. Man muss hinfahren, mitten hinein ins britische Herz, man muss den Pulsschlag fühlen, der von dort ausgeht. Hier fügt sich die Poesie der Praxis des Gärtnerns und all das tägliche Rasenmähen, Heckenschneiden, Staudenpflanzen und Ausputzen, all die viele Arbeit, schafft wiederum neue poetische Momente. Wirtschaftsexperten würden es als Win-win-Situation bezeichnen. So wie man ein Buch liest, liest man dort in den Blumen, Blüten und Blättern. Das schafft neben Sissinghurst auf jeden Fall auch Great Dixter. Die Gärten von Great Dixter sind wie ein Gedicht Mascha Kalékos, so unsagbar reich an tiefer Poesie und geprägt vom melancholischen Spiel zwischen Fröhlich- und Vergänglichkeit. Es ist ein Buch der Blumen, das mit jedem Fuß, den ich dort staunend vor den nächsten setzte, ein neues Kapitel aufschlägt. Wie hoch ist der Himmel, wie tief ist das Meer? In Great Dixter stellen sich keine Fragen nach dem Sinn des Lebens, sondern allein nach dem Sein. Es ist die farbenreiche Dichtung des Christopher Lloyd, der hier bis zum Januar 2006 mit schlohweißem Haar und weisem Blick seinen Traum gelebt hat, den Traum vom Gärtnern und Schreiben. Sein Eden hatte Lloyd, Schriftsteller, Autor und einer der geschätztesten Gärtner im Inselreich, bereits zu Lebzeiten; gottlob ist Great Dixter Garden aber auch heute noch ein Himmel auf Erden.

Genauer muss es heißen: Great Dixter Gardens. Der Plural ist berechtigt, denn die rund zwei Hektar Fläche sind in mehrere Themengärten unterteilt, und in besonderem Maße im Sunk- und High Garden ist die Blütenfülle sinnesraubend groß. Das Herrenhaus stammt aus dem 15. Jahrhundert und bildet architektonisch den Mittelpunkt der Anlage. Das Größte, was Great Dixter zu verdeutlichen in der Lage ist, liegt in der Fülle der Staudenbepflanzung. In der „long border" zeigt sich die Kunst dieser organisierten Überfülle am besten. Fast überall entspringt die Magie dieses Gartens aus einer kaum durchschaubaren Fülle, die noch dann sich zeigt, wenn der Sommer schon gegangen ist. Im September etwa entflammen Dahlien und Fackellilien zwischen Astern, Sonnenbraut und Fuchsia. Edle Gräser stehen just in ihrem Zenit, Strohblumen säumen die schmalen Gehwege in unzähligen Kompositionen, während die Herbst-Silberkerzen ihren verführerischen Duft versprühen und fette Kürbisse orange und gelb leuchten. Hier blüht im Herbst, was anderswo schon verblüht ist. Sträucher, Kletterpflanzen, Stauden werden in Great Dixter mit Einjährigen sehr, sehr wirkungsvoll kombiniert. Das hat zur

Folge, dass kaum ein Beet aufgeräumt oder gar wie ein Kunstwerk aussieht, sondern ein fröhliches Durcheinander bietet. Christopher Lloyd hielt wenig von strengen Regeln und schaffte auf diese Weise eine Spannung, der teils sogar ein disharmonisches Farbbild zugrunde liegt. Es ist eben nicht der Versuch, nach klassischem Vorbild einen Garten zu gestalten, sondern anstatt der Klassik ruhig einmal den Rock 'n' Roll zu spüren. Mir ist nicht bekannt, ob jemals irgendwer das Erbe Lloyds, das heute von Chefgärtner Fergus Garrett fortgeführt wird, im Ergebnis als Rock 'n' Roll bezeichnet hat. Sollte bislang davon Abstand genommen worden sein, möchte ich ausdrücklich feststellen, dass die Zeit dafür überfällig war. Ich habe es hiermit getan! Ja, genau in diesem Moment: Great Dixters „long border" ist Rock 'n' Roll. Grenzen sprengend, explodierend im allerschönsten Sinn, sinnesbetörend und farbrauschend und voll von leuchtendem Leben. Leises Laut und lautes Leise.

Zurück im Wohnzimmer des Square Farm House. Es war später Nachmittag und ich sank in den Sessel wie ein Häufchen Elend, zwar beschwingt durch die Reise, aber ermattet. Sissinghurst und Great Dixter an einem Tag zu verkraften, benötigt Charakterstärke; andernfalls droht der Verlust jedweden eigenen Willens. Ein solches Maß an gärtnerischer Qualität und Fülle birgt das Risiko, sich klein zu fühlen, wenn sich zwischen all die frischen Eindrücke die Gedanken an den eigenen Garten mit seinen unausgegorenen Projekten und vom Zufall begleiteten Strukturen schieben. Auf der anderen Seite des Zauns scheint das Gras stets grüner zu sein als auf der eigenen. Erstens stimmt das meis-

Bitte Platz nehmen: So sieht in England ein Thron für den Gärtner aus.

tens aber überhaupt nicht. Und zweitens wäre es ohnehin ein Fehler, sich davon unterkriegen zu lassen. Im Gegenteil: Man nutze die entdeckten Paradiese, um sein eigenes zu verbessern – das muss die Devise sein. Hund Ellis lag mir zu Füßen, Katze Sylvester ließ sich ausgiebig kraulen. John und Liz hatten gebannt zugehört, als ich von Great Dixter und Sissinghurst erzählte, beides nicht weit entfernt von ihrem hübschen Cottage. „Und wo wollt ihr morgen hin?", fragte John. „Auf jeden Fall Hever Castle", sagte ich, „und dann mal sehen ..." John und Liz hielten inne. „Hever? Great!" John stand im Türrahmen, lächelte und entschwand in die Küche, um Teewasser aufzusetzen.

9

Im Namen der Rose

Wer Rosen auf eine Weise verschenkt, die nach Misstrauen schreit, hat wohl etwas gutzumachen. Ich habe jedenfalls nicht begriffen, warum zum Weltfrauentag Chefs, Möchtegerne und Betriebsräte samt Entourage mit auffällig mild gestimmter Miene durch Büros und Werkhallen latschten, um Rosen an alle Mitarbeiterinnen zu verteilen. Eine für jede, noch dazu oftmals rot. Die Liebes-Bedeutung der Röte kennen die in finsterem Unwissen Wandelnden scheinbar ebenso wenig wie die Bedeutung des Weltfrauentags. Denn was nützt eine Rose als verschwindend schnell welkende Quasiliebenswürdigkeit, wenn es an allen übrigen 364 Tagen im Jahr an Respekt und Zuneigung fehlt, Sprüche gemacht werden, und nicht wenige Herren der Schöpfung die Mär vom zickigen Mädel wieder und wieder erzählen, obwohl sie höchstselbst die größten Diven sind. Verlogenes Spiel auf Kosten einer wunderschönen Blume. Eine Aufmerksamkeit als Entschuldigung für alle Unaufmerksamkeiten.

Mal so en passant: Der Weltfrauentag entstand auf der Basis im Kampf um die Gleichberechtigung, das Wahlrecht für Frauen und die Emanzipation von Arbeiterinnen. Von Rosen war nie die Rede. Nur leider werden die Heuchler im nächsten Jahr wieder Blumen verteilen, als wenn die Valentinstagsvirusinfektion vom Februar einfach nicht abklingen will. Ich sehe das floralistisch-pessimistisch. Ich denke an die armen Pflanzen, wahrscheinlich noch billig im Supermarkt oder an der Tanke eingekauft, um Kosten zu sparen, was im Umkehrschluss bedeutet, dass das hochgespritzte Material aus Ländern wie Kenia eingeflogen und dort unter übelsten Bedingungen herangezüchtet wurde – oft von minimal bezahlten Frauen bewirtschaftet, die die Pestizide einatmen, ohne Schutzkleidung. Zu teuer. Glückwunsch zum Weltfrauentag. Ungeniert würde ich behaupten, dass in dieser Woche also mitunter mehr Chemie als Blume verschenkt worden ist. Und selbst wenn die Schenkenden im Floristen-Fachgeschäft einkaufen ließen, wo die Herkunft der Blumen vielleicht eine bessere ist, setzt sich an den Maschinen und auf den Schreibtischen, in den Büros und Korridoren nun doch trotzdem das Elend fort. Die Blüte welkt, die Farbe verklingt.

Zum Tag des deutschen Butterbrotes 'ne Scheibe Käse an alle zu verteilen, wäre hilfreicher, als im Namen der Rose auf Gutmensch zu machen. Das geht meistens in die Hose. Und ich bewege mich jetzt Richtung Kräuterbeet und pflanze Baldrian, weil zum Muttertag im Mai die ganze verlogene Bande schon wieder unterwegs ist.

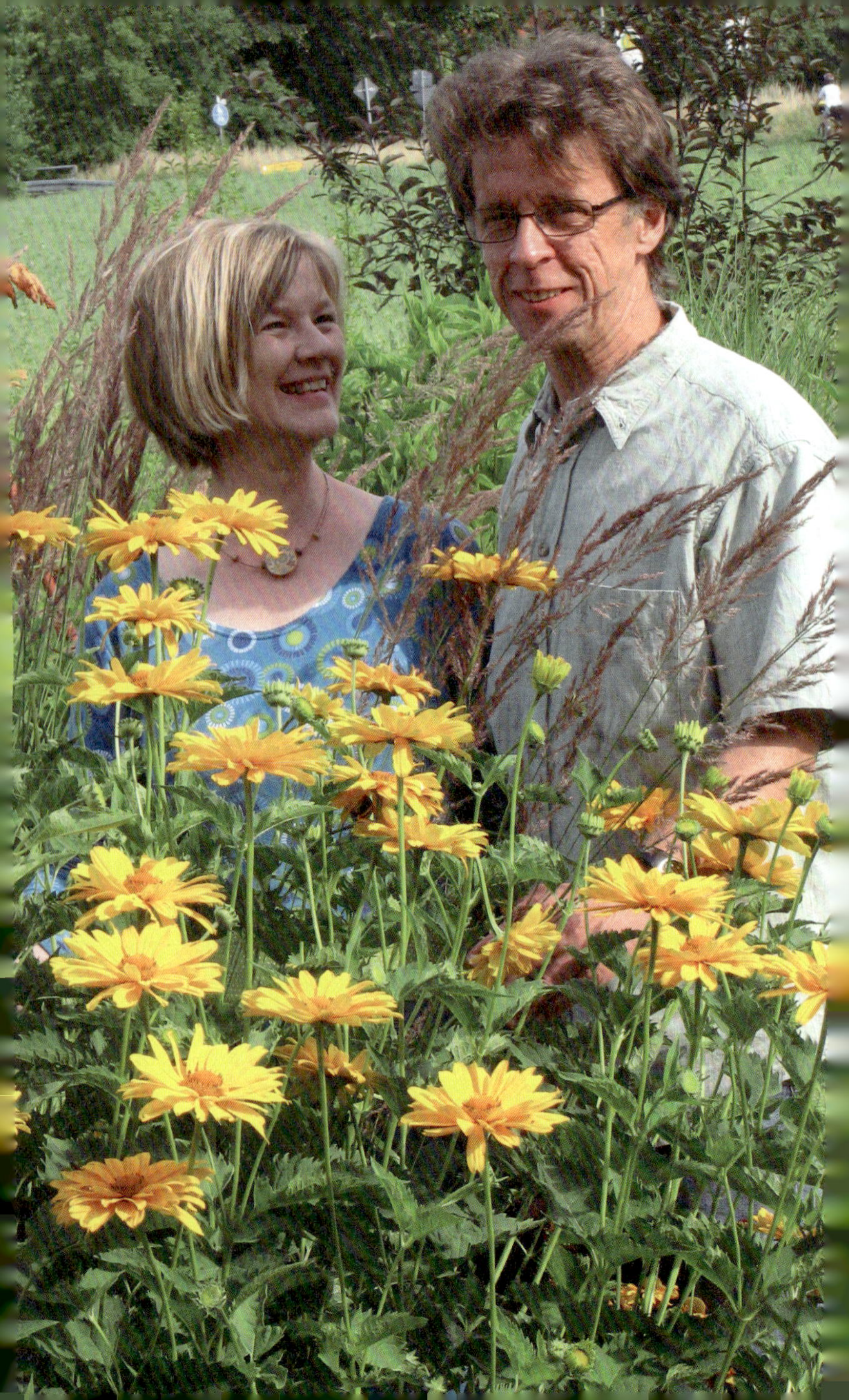

10

Das 'Wesergold' und ein ährenhaftes Vorhaben

Sonnenstrahlen brechen sich durch Baumkronen Bahn. Hauswurz, Fetthennen und Nelken aalen sich auf dem Dach des Kassenhäuschens, und von irgendwo aus Richtung Nord-Nordost, eingebettet vom Plätschern des Wassers in den Becken der Seerosen und dem Harfenspiel des Windes im China-Schilf, dringen Stimmen durch diesen paradiesischen Flecken Weserbergland. Die Stauden-Gärtnerei Junge in Wehrbergen, kurz vor den Toren der Stadt, wo die Weser einen großen Bogen macht, trägt die Seele eines Gartens; darin liegt ein Gutteil ihres Erfolgs. Atmosphäre zu schaffen hat viel mit natürlichem Charme zu tun. Susanne Großmann, Ehefrau des Inhabers Matthias Großmann, der das Unternehmen in vierter Generation leitet, hatte eines Tages die Idee, „einen Schaugarten anzulegen, in dem die Kunden sehen können, wie unterschiedliche Stauden und Gräser in Kombination wirken und für Fülle sorgen". Dieser Schaugarten, vis-à-vis zu den Parkplätzen und mit mäandernden Graswegen durchsetzt, ist Teil eines sehr stimmigen Konzepts, das ein wenig englisch anmutet. Auf der britischen Insel vermögen Gärtnereien und Baumschulen die Präsenz einer Kathedrale in den Hintergrund drängen zu können. Matthias Großmann macht sich darü-

Susanne und Matthias Großmann leiten eine der bedeutendsten Staudengärtnereien Norddeutschlands.

ber wenig Gedanken. Ob seine Stauden-Gärtnerei britische Komponenten in sich trage, wisse er nicht, jedenfalls seien sie nicht vordergründig gewollt. Aber wenn es so sein sollte, dann könnte es an seiner Ausbildung liegen. Sie führte ihn in den Neunzigerjahren für eine Weile dorthin, wo das Pflanzen und Pflegen ein Lebenselixier ist. „Ich habe in einer kleinen Gärtnerei in der Nähe von Cambridge gearbeitet, um nach meiner Ausbildung noch Erfahrungen zu sammeln, die ich dann in den elterlichen Betrieb einbringen wollte." Das hat er dann erfolgreich getan.

Großmann und die Gärtnerei sind nicht zu dividieren, sie sind eine Einheit. Dabei hält sich der Fachmann lieber im Hintergrund, drängt sich ungern ins Licht und macht keinen großen Hehl aus sich und seinem Tun. Während das Marketing als womöglich einziges noch verbesserungswürdig zu erachtendes Element also leicht dehydriert, besteht an dem Traditionsbetrieb und dem, was ihn ausmacht, kein Zweifel. Deutschlandweit zählt er zu den Besten seines Genres, und der Chef weiß genau, dass er diesen Umstand nicht nur der Unterstützung durch seine Frau Susanne, seiner Mutter Gisela, ehemalige Inhaberin der Stauden-Gärtnerei, sondern auch seinem Team, bestehend aus Elisabeth Küfe-Völkel, Annette Rathing-Ostermeier, Kornelia Charpey und Viola Stapel, zu verdanken hat. Zudem kümmern sich rund zehn weitere absolut treue und verlässliche Mitarbeiter in der Aufzucht, „ohne die es gar keine Pflanzen gäbe". Geht es um Seerosen, ist der Wehrberger Gärtnerei sogar eine Spitzenstellung sicher. Gerade hier trifft eine ehrenvolle Vergangenheit auf die glanzvolle

Gegenwart. So war es Großmanns Großvater Fritz Junge, der sich auf dem Gebiet der Seerosen einen Namen gemacht hatte – im wahren Wortsinn, denn die hauseigene Schöpfung 'Fritz Junge' gehört im kaum noch zu durchdringenden Sortendickicht auch nach über vierzig Jahren zu den verlässlichsten ihrer Gattung. Keine reine Züchtung, aber doch eine charakterstarke Selektion, die der Gärtnermeister in den Siebzigerjahren erfolgreich im Segment verankern konnte und von der zahlreiche Hobbygärtner sowie Fachleute schwärmen, weil sie relativ lange bis zur Dämmerung noch ihre Blüten geöffnet hält. Unzähligen anderen Seerosen, mögen sie in ihrer Farbgebung auch direkter und in der Blütenentfaltung charismatischer sein, will dies partout nicht gelingen, sie werden müde und gehen eher schlafen. Nicht so 'Fritz Junge'! Es muss den Enkel stolz machen, eine Gärtnerei zu leiten, die im Seerosen-Segment ein Monument gesetzt hat. „Natürlich ist das eine großartige Geschichte. Sorten, die mit dem eigenen Namen verbunden sind – ob Züchtung oder Selektion –, sind zwangsläufig eine Motivation, auf diesem Weg weiterzugehen", sagt Matthias Großmann. Selber tüftelt er auch; zu einer eigenen Kreation habe er es noch nicht geschafft, aber dazu brauche es ja erstens auch Geduld, und zweitens machten es weder die Europäische Union noch die Industrie den Gärtnereien einfach, neue Vielfalt zu kreieren. Beispiel Echinacea-Sonnenhut: „Alle Hybriden sind geschützt. Will ich sie verkaufen, muss ich die Pflanzen selber kaufen. Will ich sie züchten und vervielfältigen, muss ich Lizenzen kaufen, und die sind teuer." Zu teuer, als dass Großmann es ernsthaft in Erwägung ziehen würde. Aber es gibt andere Stauden und Gräser, wo keine Lizenzen stören. Dass in den Gewächshäusern der Junge'schen Gärtnerei schon neue Kreationen Großmannscher Prägung schlummern, die nur noch nicht ausgereift sind, kann gut sein. Die Zeit wird es zeigen.

Fritz Junge musste keine Fallstricke von Industrie und Europäischer Union über sich ergehen lassen, hatte nur wenige bürokratische Riffe zu umschiffen, und seine nach ihm benannte Kreation war nicht die einzige Pflanze, die es aus dem Mikrokosmos der Wehrberger Anzuchthäuser in die ganze Welt schaffte. Neben den Nymphaea-Pflanzen hielt der aufgeschlossene Gärtnermeister viel auf die Gräser. Wie sie mit dem Wind spielen, wie sie die Gärten im späten Licht des scheidenden Sommers, in der die Blüten der meisten Prachtstauden wie verblassende Erinnerungen an seidenen Fäden wanken, in entzückendes Licht tauchen, wie der Raureif sich auf die langen Blätter und Ähren legt, dann, wenn der Herbst nicht mehr die Kraft hat, sich gegen des Winters Aufbegehren zu erwehren. Diese Komponenten müssen Fritz Junge in seinem Kopf herumgespukt haben, als er – weniger aus einer Laune, sondern mehr aus dem Antrieb heraus, eine unverbrauchte gärtnerische Qualität zu erzielen – eine neue Sorte Lampenputzergras entwickelte. Aus einer Schar verschiedener Mutterpflanzen selektierte er mit einem definitiv ährenhaften Verhalten eine Art mit besonders erhabenem Wuchs. Blühfreudig und kompakt wachsend schmückt es sich und seine Umgebung mit feinen Stielen und zierlichen Blättern, deren Couleur im Herbst vom Grün in ein goldiges Gelb wechseln. Die Ähren gelblich-braun, flauschig-dekorativ und

Gründer Heinrich Junge züchtete zahlreiche Sorten und schrieb auch für Möllers Deutsche Gärtner-Zeitung.

optisch wie haptisch eine Wohltat. Pennisetum alopecuroides 'Hameln' wird bis 60 Zentimeter hoch und hält seine Blüten von Juli bis in den Oktober hinein. Jahr um Jahr muss einst vergangen sein, bis Fritz Junge mit dem Ergebnis endlich zufrieden war. Heute, viele Jahrzehnte nach seiner „Schöpfung", steht das Gras 'Hameln' in der Gunst vieler Gartenbesitzer hoch. Matthias Großmann weiß, dass es nicht nur in privaten Gärten, sondern als schmückendes Element in gemischten Pflanzungen auch an höher herrschaftlicher Stelle in Parks und Schlossgärten eingesetzt wird. Als wenn sein Opa schon gewusst hatte, dass die Gräser wie ein roter Faden seiner Stauden-Gärtnerei auch in der Zukunft dienen würden, kam es im Rahmen des bereits erwähnten englischen Halbjahres seines Enkels in den Neunzigern dazu, dass Matthias Großmann der niederländische Staudengärtner und Gartengestalter Piet Oudolf über den Weg lief. „Wir trafen uns damals, tauschten Erfahrungen aus, redeten über dies und das." Eine Begegnung mit nachhaltigem Effekt für den jungen Nachwuchsgärtner; sicher vergleichbar mit einem aufstrebenden Musiker, der mal eben die Rolling Stones im Café zum Pläuschchen trifft. Sein Interesse für Gräser, von Großvater Fritz Junge und Vater Hans-Friedrich Großmann ohnehin schon befeuert, hatte diese Begegnung noch einmal gesteigert, und was Matthias Großmann seit jenen Tagen bis heute noch mehr als schönste Blüten begeistern kann, sind Laub. Laub und Blätter, groß und panaschiert, nichts von der Stange, viel aus der Reihe tanzend, und am besten in ungewöhnlichen Kombinationen. Ohne Gräser sind solche Pflanzenträume kaum wahrzumachen. Schon in England, gemessen an seinem gesamten gärtnerischen Leben und Schaffen zeitlich nur von geringer Spanne, gelang es ihm, ein besonderes Faible für Laub und Blattwerk zu entwickeln, ein Feuer zu entfachen, das sich nicht in erster Linie der Blüte, sondern dem Blatt zuwendet. Diese Flamme der Leidenschaft brennt – nach wie vor. Nichts sei optisch gehaltvoller als eine panaschierte Zeichnung im Grün, etwa mit Weiß oder Gelb durchsetzt, alles sei weniger als die gelungene Kombination aus Blattstauden und Gräsern. Der sonst zurückhaltende Staudengärtner gerät hier richtig ins Schwärmen.

Weltweit als gute Sorte anerkannt ist das Lampenputzergras 'Hameln', das von Fritz Junge aus einer Vielzahl von Gräsern selektiert wurde.

Entdeckertum. Abenteuer-Gen. Früh, früher noch als zu Zeiten Fritz Junges, hatte es begonnen. Schon dessen Vater Heinrich Junge scheint von ganz besonderer Hingabe und Liebe zu den Pflanzen beseelt gewesen zu sein. Die Sonnenbraut 'Wesergold' ist sein Kind. Der Hamelner Gärtner und Pflanzenforscher war von einem unbändigen Entdeckergeist angetrieben. Das 'Wesergold' leuchtet auch nach über einhundert Jahren in manchem Garten aus der gemischten Staudenbepflanzung. Gelbe Blütenblätter und braune Mitte, eine nahezu bescheidene Gradlinigkeit prägt das Wesen dieser Blume, die standfest und erdverwachsen

Das 'Wesergold' ist ein Schatz für jeden Garten. Diese Sortenzüchtung ist in der Stauden-Gärtnerei Junge in Wehrbergen entstanden.

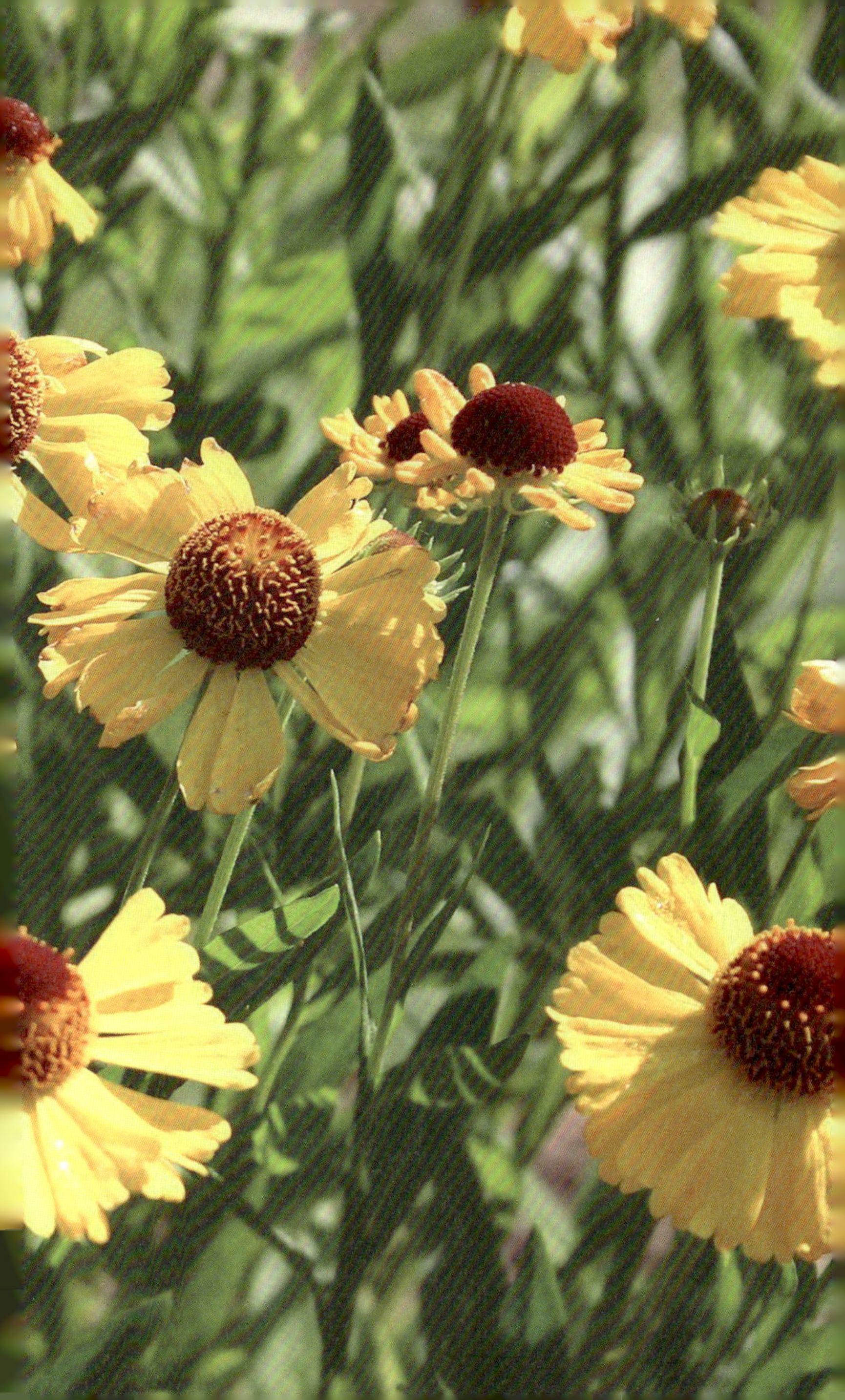

vergleichsweise früh zur Blüte gelangt. Sie fackelt nicht lange, Stil und Antlitz sind klar strukturiert. Vermutlich hatte der Züchter einst nichts anderes getan, als seine Wesenszüge dem 'Wesergold' zu übertragen. Seine Gärtnerei hatte Heinrich Junge im Jahre 1896 gegründet, also damals, als es noch einen deutschen Kaiser gab, einen letzten namens Wilhelm. Der Kaiser ist Geschichte, den gibt es schon lange nicht mehr, und das Übel zweier Weltkriege legte sich über Europa, aber die Sonnenbraut 'Wesergold' hat alle schlechten Zeiten überdauert. Eine starke Züchtung, mit Charakter und unbändigem Lebenswillen. Sie zählt nicht zu den Bräuten mit schönster Blüte, sie wird kaum in solchen Listen geführt, in denen die besten Helenium-Sorten in den Himmel gehoben werden, aber sie steht, sie macht ihrem Namen Ehre. 'Wesergold' – es leuchtet lange, länger als die großblütigen Schwestern, und als Unterpflanzung einiger Prachtstauden vermag sie einem Beet erst die Struktur zu verleihen, die die aufrecht stehenden Rittersporne und Königskerzen nicht hinbekommen. Sie erdet das Terrain, nimmt sich selber zurück, ohne in allzu großer Bescheidenheit den eigenen Stolz zu verlieren. Das 'Wesergold' ist eine hervorragend universell einsetzbare und langlebige Staude, die als Vermächtnis Heinrich Junges unverrückbar die Familiengeschichte der Wehrberger Stauden-Gärtnerei prägt.

„Mein Urgroßvater hat viel getan. Züchtung und Selektion waren ihm wichtig", blickt Matthias Großmann zurück auf den Mann, den er selber nicht kennen gelernt hat, in dessen Fußstapfen er aber gerne den Weg weitergeht, hin zum Verlässlichen, ohne den besonderen Charakter einer Pflanze zu unterminieren. Letztlich müssten zwei Komponenten ineinandergreifen: Vitalität und Schönheit. Heinrich Junge verfolgte diesen Weg von früh an. Erste Katalogeinträge bezugnehmend auf neue Sorten datieren auf das Jahr 1898, also gerade einmal zwei Jahre nach Gründung der Gärtnerei. Aus heutiger Sicht steht zu vermuten, dass Heinrich Junge bereits einige Jahre vor der Gründung seines Unternehmens schon ein paar Pläne in der Schublade gehabt haben muss. Auch im Gründungsprotokoll zur Eröffnung der Deutschen Dahlien-Gesellschaft taucht sein Name auf. Ganz zu schweigen von den vielen Beiträgen, die Heinrich Junge für Möllers Deutsche Gärtner-Zeitung geschrieben hatte. Internet gab es damals nicht, Telefone waren rar gesät und Recherche und Forschung mit einem immensen Aufwand verbunden. Heinrich Junge musste alle diese Dinge mit großer Leidenschaft auszugleichen versuchen, was ihm öfter gelang. „Mein Urgroßvater hat viel bewegt, und eine Pflanze zu vermehren, die möglicherweise später auch noch einen Namen trägt, der auf die Region oder den Züchter hindeutet, ist schon eine sehr befriedigende Arbeit", sagt Matthias Großmann. Das 'Wesergold', von Heinrich Junge aus den Tiefen der unendlich vielen Möglichkeiten der Züchtung gehoben, leuchtet weithin, da der Schatz der Nibelungen verborgen bleibt. Punktlandung für die Weser, kein Rheinschatz könnte schöner sein. Vielleicht ist das 'Wesergold' sogar der größte Schatz der Familie Junge/Großmann, denn es überdauerte nicht nur die Zeiten, sondern hatte Signalwirkung, weil weitere Selektionen und Züchtungen folgten.

Die Seerose 'Fritz Junge', benannt nach ihrem Schöpfer, hält ihre Blüten fast bis zur Dämmerung geöffnet.

Neben Heinrich und Fritz Junge dürfen in diesem Kontext schließlich auch Gisela und Hans-Friedrich Großmann nicht unerwähnt bleiben. „Tatsächlich war meine Mutter in jungen Jahren diejenige, die viel botanisiert hat. Aus dem fahrenden Auto hat sie Raritäten am Straßenrand erspäht! Das werde ich nie vergessen!", erinnert sich ihr Sohn gerne an diese spannenden Ausflüge. Und die Schleifenblume 'Fischbeck' geht auf das Konto von Hans-Friedrich Großmann, der sie in einem Garten im Nachbardorf entdeckt und separiert hatte und die es noch heute zu kaufen gibt! Kompakter, kissenartiger Wuchs, satte Farben und dreißig

Zentimeter Wuchshöhe – 'Fischbeck' hat das Zeug zur Lieblingspflanze für florale Fahndungen im Bereich von Steingartenanlagen. Wobei die Sache mit den Lieblingspflanzen bei einem professionellen Gärtner im Grunde klar ist: Es gibt sie nicht, auch nicht für Matthias Großmann. Den mannshoch aufstrebenden Zierrhabarber hält er sicher für beachtlich, „aber es gibt so unendlich viele schöne Pflanzen, die es unmöglich machen, einen einzigen Favoriten zu benennen". Kombinationen verschiedener Arten und Sorten spielten im Gesamtkontext eine ebenso große Rolle wie die Jahreszeiten. Am Ende muss die Vielfalt stehen und der daraus sich ergebende Aspekt des Genusses, denn: „Garten ist Entschleunigung."

11

Güte, Garten, Gärtnerseele

Eine Harke nimmt sie gerne zur Hand. Zu harken bedeutet, den Boden zu lockern und urbar zu machen. Manchmal muss die Harke der Hacke weichen; dann wird die Arbeit noch schwerer. Aber ihr Lohn ist der Ertrag, und der Ertrag ist der Liebreiz, den ihr Garten ausstrahlt, ein ganzes Jahr lang, morgens, mittags, abends und sogar bei Nacht, wenn das Wasser im kleinen Teich plätschert, einem See en miniature, der vormals Zinkbadewanne war. Dieser Garten setzt sich aus allerlei Facetten zusammen. In den Staudenbeeten halten die Pfingstrosen nach ihrem Austrieb bis zum Herbst eine feste Struktur und verhelfen nach der Blütezeit im späten Frühling, wenn die Grazie der Kamelie ihren Höhepunkt überschritten hat, mit ihrem anspruchsvollen Laub nebenstehenden Pflanzen zu ihrem großen Auftritt. Dass übrigens die Kamelie Winter für Winter übersteht, hat sie der mühevollen Umverpackung mit Vlies zu verdanken, die Renate Steinemann ihr angedeihen lässt, wenn Schäden durch zu niedrige Temperaturen zu befürchten sind. Über die Jahre hat diese Kamelie an Wuchs zugelegt und an Widerstandskraft gewonnen, aber das Risiko bleibt, gewiss doch. Allein am wärmenden Umhang wird es also nicht liegen, dass das anspruchsvolle Gehölz gesund geblieben ist; es ist auch die Hingabe, mit der die Gärtnerin aus dem Bergischen Land ihm begegnet. Vom Garten der Schwiegermutter zu schwärmen, klingt vordergründig Süßholz raspelnd,

Portrait einer Gärtnerin: Renate Steinemann steht exemplarisch für unzählige Beetflüsterer, die aus noch so kargem Untergrund blühende Landschaften werden lassen.

aber es ist doch angeraten, und zwar nicht, um sich mit ihr gutzustellen, sondern um anzuerkennen, dass es sich hier im Ort Witzhelden bei Leichlingen, nicht arg weit von Köln entfernt, um einen lebendigen Ort handelt, der das heitere Element mit melancholischen Aspekten zu vermischen weiß und auf diese Weise eine Robe trägt, die die Spannung von einem Jahreswechsel zum nächsten komplett halten kann. Es wäre gelogen, ein solches Ergebnis erzielen zu können, wenn man nichts dafür täte. Sie muss viel dafür tun, und immer wenn ich durch das Holztörchen am Carport schreite, wundere ich mich über die Kraft dieses Gartens. Und irgendwie ja auch über die Kraft seiner Gestalterin. „Sag mal, hast du diese schweren Gefäße wieder selber geschleppt und gewuchtet?", frage ich sie dann, und wie eine Politikerin antwortet sie ausweichend: „Die Fuchsien sehen besonders schön aus in diesem Jahr, und die Begonien erst – herrlich! Wenn die winterhart wären, hätte man weniger Arbeit, aber nun ja ..." Jeder Widerstand zwecklos. Es geht ihr allein um die Sache, um die Pflanzen, nicht um die Arbeit, denn die ist von Zeit zu Zeit zwar schwer, aber im Großen und Ganzen doch ein Vergnügen. So blühen also die Fuchsien und Dahlien und Begonien, aus riesigen Gefäßen hervorquellend, rund um das über dreihundert Jahre alte Häuschen verteilt, und in Kästen auf den Fenstersimsen.

Eine Seele von Gärtnerin. Freut sich über den Schlaf-Mohn, wie er sich zwischen Ligularie und Fackellilie geschmuggelt hat. Lässt ihn natürlich auch stehen, wenn er sich ihr aus der Ritze des Verbundsteinpflasters als frecher Emporkömmling in den Weg stellt. Schaut den Schmetterlingen vergnügt beim Landeanflug auf die Kugeldisteln zu. Gießt jede Blume mit Hingabe, und liegt auch ein noch so heißer Tag hinter ihr. Nimmt das Plätschern des kleinen Brunnens als Musik wahr. Goldene Augenblicke eines Lebens, das sicher nicht nur Höhen hatte, kein Leben hat nur Höhen. Aber sie und der Garten sind eine Einheit; was sie für ihn tut, gibt er ihr zurück. Mit Früchten, Blüten, glänzend grünen Blättern und der Gewissheit, ein sicheres Stück Land zu beackern, dessen Ertrag für die Seele weitaus wertvoller und größer einzuschätzen ist, als sie jemals Obst und Gemüse darin ernten könnte. Das Alter zu ignorieren, wäre fatal. Schlimmer noch wäre aber, das Alter als Grund dafür heranzuziehen, dieses kleine Paradies einfach so aufzugeben. Warum sollte sie das auch tun? Es würde keinen Sinn ergeben, es wäre, als würde sie den Ast absägen, auf dem sie selber genießerisch sitzt. Nein, ohne Zweifel sägt sie lieber Äste, auf denen sie nicht sitzt, die ihr aber nicht ins Konzept passen, oder sie lässt sie sägen, zum Beispiel im Walnussbaum, der schon recht hoch ist, höher, als sie auf die Leiter steigen wollen würde. Ausnahmsweise holt sie für solche Arbeiten dann doch mal den Fachmann zu sich, und das ist sehr sinnvoll, denn immerhin steht dort, im Schatten der Krone des Walnussbaums, ein Bänkchen, ein Tisch und zwei Stühle. Über diesem Platz zum Schwelgen darf es ein paar Meter weiter oben ja nicht gerupft aussehen.

Einmal Gärtnerin, immer Gärtnerin. Gildas Malivel geht es vermutlich nicht anders. „Gefangen im Garten", hat sie ihre Situation einmal beschrieben, aber wie eine Eingesperrte fühlt sie sich nicht, so hörte sich die leise Wehklage jedenfalls nicht an. Vielleicht ist es sogar so, dass diese enge Bindung zu dem Stückchen Erde, das da zu beackern ist, nicht als Fessel zu begreifen wäre, sondern Segel der Freiheit setzt. Gildas Malivel jedenfalls geht jeden neuen Tag gegen den Buchsbaumzünsler vor, hatte schon Kämpfe verloren gegeben und setzte doch wieder zur nächsten Offensive an, um feststellen zu müssen, dass der Zwist mit dem Zünsler womöglich eine Lebensaufgabe für sie wird. Sie hätte die Wahl, sie könnte den Buchsbaum gegen andere Formschnittgehölze tauschen. Eiben zum Beispiel. Aber Buchs-

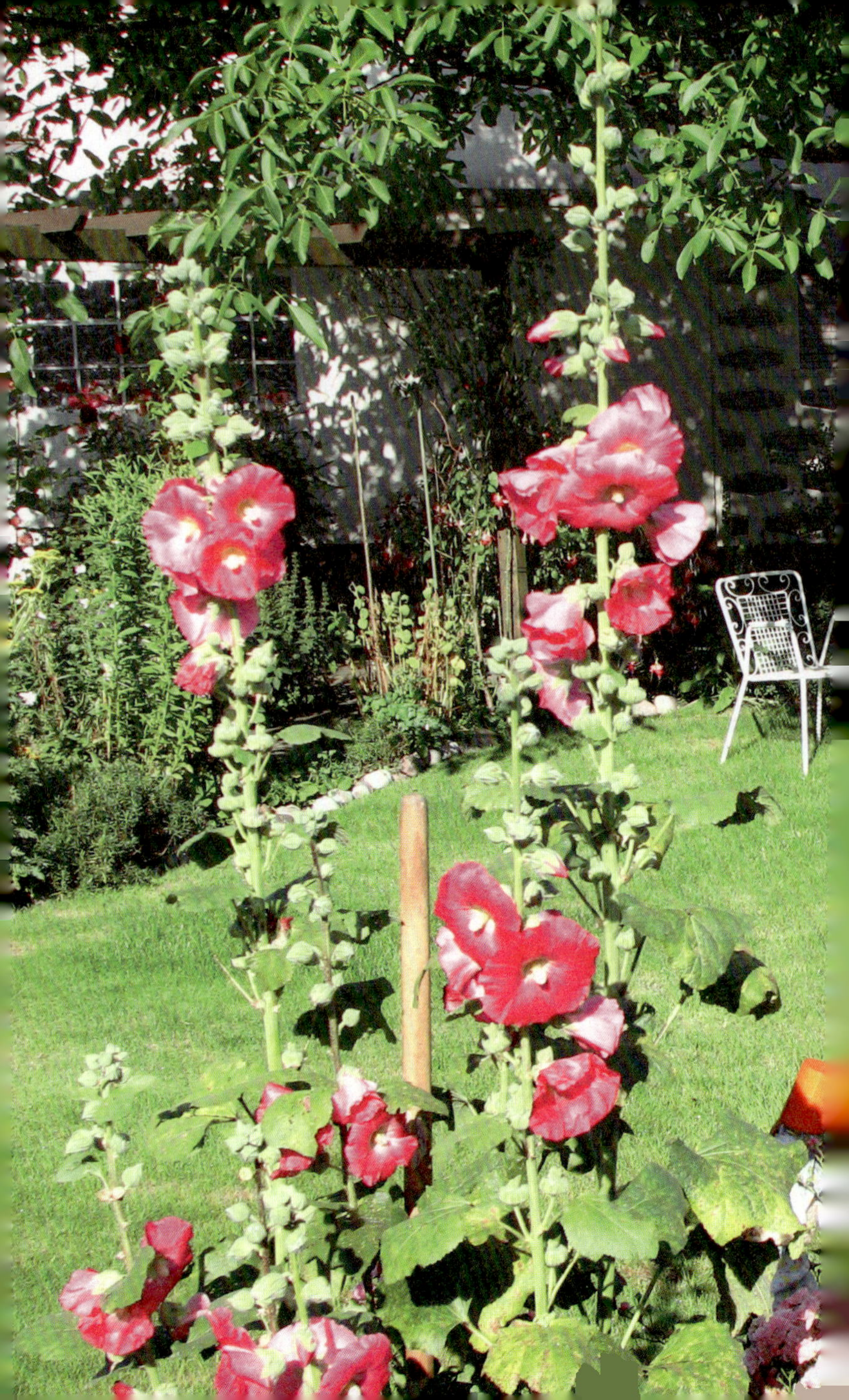

Ruheoase und Lebenselixier: Im Garten verlieren sich die Gedanken über Raum und Zeit, vor allem an einem so schönen Platz.

baum wächst langsam und ist edel, und diejenigen, um die sich die Französin im Park von Château de Cinq-Mars-la-Pile im Herzen der Loire-Region kümmert, sind schon alt und groß, weshalb sie keinen noch so mickrigen Gedanken daran verschwendet, sie aufzugeben. Sie hat nicht vor, Blumen zu pflanzen, sie ist keine klassische Zier- und Ertragsgärtnerin, die die Beete mit unterschiedlichen Stauden wohlsortiert bestückt. Genau genommen hat sie gar keine Beete. Gildas freut sich lieber über den Mohn, der sich von selbst aussät und keine Pflege benötigt. Und dann eben: Buchsbaum schneiden. Mit dem nötigen Respekt gegenüber der Pflanze und einer Portion Selbstzweifel, ob das denn so richtig ist, was sie da tut als Autodidaktin.

Aber es ist ja genau dieser Zwiespalt, der uns vorantreibt. Hin und her wogen unsere Gefühle für das, was wir tun, und noch mehr für das, was wir unterlassen. Wir schwanken ständig wie ein Blatt im Wind und hinterfragen, ob wir den Rittersporn nach seiner zweiten Blüte schon im September teilen sollten, um seiner drohenden Vergreisung im fünften Standjahr zuvorzukommen, oder ob wir es bis zum Frühling bleiben lassen. Aber diese Zweifel sind heilsam für jedes noch so kleine Projekt, denn sie treiben uns voran. Stellten wir nichts infrage, erhöben wir uns ignorant über die Natur und zerstörten mehr als wir schafften. Zweifelten wir nicht mehr, hörten wir auf, mit frohem Herzen zu gärtnern. Das Für und Wider, das Abwägen zwischen den Möglichkeiten, die uns gegeben, und den Grenzen, die uns gesetzt, hält uns und auch den Garten in Spannung. Darin liegt natürlich eine Tragik, der wir niemals Herr werden:

Die Möglichkeiten, nur einen einzigen Quadratmeter Rabatte zu gestalten, sind unzählbar. Rein theoretisch wäre es möglich, in jedem neuen Jahr diesen verfluchten Quadratmeter, den wir zwar schön finden, von dem wir aber wissen, dass er auch noch schöner aussehen könnte, neu zu bepflanzen. Das Bessere ist der Feind des Guten. Aus einem Steingarten mit den probaten Mitteln aus Unterlage, Wasser und Pflanzenauswahl einen Staudenstreifen zu machen, ist keine Zauberei. Immer wieder flackern neue Ideen auf, dieses handtuchgroße Fleckchen zu verändern, einfach so aus reiner Freude und keinesfalls aus irgendeiner Not heraus. Dass wir es dann häufig unterlassen, hat damit zu tun, gewachsenes Potenzial nicht grundlos zerstören zu wollen. Aber das Feuer glimmt, manchmal braucht es nur einen kleinen Funken noch, und schon machen wir uns an die Arbeit.

Der Garten befreit unser Denken, über alle Grenzen hinweg. Er sollte uns Vorbild sein für vieles Zwischenmenschliche, denn wo wir auf engstem Raum versuchen, Pflanzen unterschiedlicher Herkunft miteinander zu kombinieren, um auch Exotisches zu integrieren, tun wir im Kleinen das, was wir multikulturell in der Gesellschaft begreifen müssen. Freilich wollen wir immer mehr als wir bekommen. Blüht der Lavendel schön, meinen wir zu wissen, dass er vor einem Jahr schöner geblüht habe, ohne es belegen zu können. Es sind rein subjektive Betrachtungen, die uns rückschließen lassen auf das Damals, um es ins Heute zu projizieren. Ein Mangel ist das nicht, eher ein Motor, am Ball zu bleiben, ungeachtet der Zeit, die wir dafür aufbringen und ihrem viel zitierten Zahn, der an uns und unserem Garten nagt. Überhaupt: die Zeit ... Sie interessiert uns peripher. Wir schlagen Bögen um die Zeit, große, weite, bunte Bögen, und kein Weg zu weit, kein Weg zu weit dafür, ihn nicht zu gehen. Weil wir ein Ziel vor Augen haben, machen wir uns auf, ob wir nun achtzehn, achtundfünfzig oder achtundachtzig Jahre alt sind, wenn ich zum Beispiel an die wirklich uneingeschränkt großartige englische Gärtnerin und Gartendesignerin Beth Chatto denke, die mit weit über neunzig Jahren mehr Esprit und Feuer zu entfachen imstande ist als viele, die nicht einmal halb so alt sind wie sie.

Manchmal dauert es nur einen Tag, manchmal eine Woche, ein Jahr oder ein ganzes Leben lang. Der Garten lehrt uns, geduldig zu sein. An einer Schraube zu drehen, um dann zu erwarten, dass der junge Baum schneller wächst, damit er an hochsommerlichen Hitzetagen sehr bald kühlenden Schatten spenden möge, funktioniert nicht. Wir können nur warten, alles hat seine Zeit. Aber was wir auch vorhaben, wir sollten es mit Hingabe tun. Ohne Leidenschaft kämen wir nicht recht voran, weder an Ort und Stelle noch tief in unserem Inneren, das doch mit den Wegen, die wir beschreiten, und den Zielen, die wir vor Augen haben, eine Zufriedenheit erhält, die so wertvoll ist wie die Liebe. Hingabe und Leidenschaft, nichts geht ohne diese beiden Faktoren. Warum sollten wir denn sonst den Rasen düngen? Düngten wir ihn nicht, hätten wir weniger Arbeit mit dem Mähen. Es fiele weniger Grünschnitt an, und in der Tat könnten wir es uns auch in vielerlei anderer Hinsicht einfacher machen. Keine Pflanzen mehr über den Winter bringen, sondern Pelargonien, Begonien, Fuchsien, Engelstrompeten und all die schönen Sommerbegleiter einfach dem frostigen Tod ausliefern. Keinen Gehölzen einen Erziehungsschnitt angedeihen lassen, weil sie auch ohne wachsen. Keine Kartoffeln, Möhren, Radieschen setzen und säen, weil wir sie auf dem Wochenmarkt kaufen können, jede Woche, noch dazu im Bund und schon gereinigt. Ein Leben ohne diese Mühen ist möglich, aber ist es sinnvoll? Keinen Weg zu beschreiten hieße, keine Ziele vor Augen zu haben. Wie gut, dass uns die Sucht heimsucht. Wir verfallen unserer Neugier, wenn wir eine neue Sorte entdecken. Wir wollen im eigenen Garten das wachsen sehen, was wir in einem fremden Garten entdeckt haben. Deshalb buddeln, hacken und harken wir immer weiter, ohne an die Zeit zu denken. Denn es tut uns gut, unserem Geist und unserem Körper. Die zarten Triebe nach langen Wintertagen, die ersten Frühlingsblüher, aus der Zwiebel ans Licht gewachsen, die verheißungsvollen Knospen am Apfelbaum, das sommerliche Grün und der Wind, der in Gräsern zu Ähren kommt, das Herbstlaub und die Firne des Oktobers lassen uns schwelgen zwischen Schönheit und Melancholie. Wir werden älter, der Garten wird es auch, und in schwachen Momenten wissen wir nicht, ob wir in unseren späten Jahren noch in der Lage sein werden, ihn so zu behandeln, wie wir es heute tun und wie er es verdient hat. Natürlich werden wir auch dann nicht zögern und unserem Instinkt folgend etwas anderes tun oder unterlassen, damit es ihm, dem Garten, und uns gut geht. Wir schlagen um die Zeit große, weite, bunte Bögen und keiner dieser Wege führt ins Nirgendwo, nicht in unserem Garten.

Alle philosophischen Betrachtungen werden mürbe wie Äpfel nach langer Lagerzeit, verglichen mit der guten, alten Praxis. „Entscheidend is' auffem Platz", lautet eine Fußballerregel, die hier ohne weiteres übertragbar scheint. „Auffem Platz", also dort, wo wir uns nach Kräften mühen, etwas Einzigartiges zu erschaffen, obwohl wir doch vielleicht nur ein Loch graben, darin einen gut gewässerten Wurzelballen versenken, ihn fest andrücken und das Loch mit Kompost auffüllen. Jeder hat seine eigene Art, etwas zu tun. Ich erinnere mich mit Freude an meinen Besuch des Gartens von Dörte Schirmag. Sie hat über sechzig Rosen gepflanzt, und dass sie für die Pflanzlöcher kein Dynamit verwendet hat, ist noch ein Wunder, denn der verfestigte Boden war schwierig zu beackern. Kein Wunder: altes Gleisbett. Aber heute: großer Bahnhof in Groß Berkel für die Schönheit der Rosen, würdevoll und intelligent angelegt in Kombination mit Lavendel und Rhododendron, und aus der Ernsthaftigkeit, mit der sie geplant und gepflanzt hatte, schälen sich jetzt die fröhlichen Momente heraus wie kleine, leuchtende Sterne. Friederike und Ulrich Telle ist dasselbe gelungen in ihrem steil aufsteigenden Berggarten einer Resthofstelle, auch in Groß Berkel. Den Hang haben sie terrassenförmig angelegt, Rosen und Stauden und Buchs gepflanzt, bis zum oberen Plateau, wo zu Füßen der Apfelbäume unter anderem das Kaukasus-Vergissmeinnicht so wächst, als wenn es sich verneigen würde vor dieser gestalterischen Leistung, die zweifelsohne exemplarisch ist für unzählige andere gärtnernde Gestalter und gestaltende Gärtner, ob aus der Laune heraus oder mit einem professionellen Hintergrund. Auch hier ist das Fröhliche durch ernsthafte Mühen erst entstanden. Es ist immer dieser Widerspruch zwischen Ernsthaftigkeit und Frohsinn. Wenn zehn Vogelhäuser, inspiriert von den Webervögeln im fernen Afrika und jedes mit einer anderen Bemalung versehen, in einer einzigen Baumkrone hängen und niemals ein Piepmatz einzieht, weil die von Beate und Richard „Ricki" Peter in ihrem schnuckeligen Stückchen Grün hinter ihrem aus den Zwanzigerjahren stammenden Häuschen in Hameln gar nicht dafür dienen sollten, ist es Kunst. Die beiden lesen Dosdojewski, Schiller und Goethe, aber durch ihr kleines, unangestrengtes eigenes Eden schwebt nichts Schweres, sondern die leichte Muse Peter Mayles und Rosamunde Pilchers. Ein bisschen Klassik, der Rest ist Rock und Pop und Lustigkeit. Bewundernswert. Und sie geben, was sie haben: Gelee aus Jostabeeren, Marmelade aus Kirschen, Saft aus Mirabellen. Diese Großzügigkeit ist eine Wesensart, die die wohlgesonnenen Gärtner wie ein roter Faden verbindet. Wenn an einem kalten, unfreundlichen Novembertag am Knauf der Eingangstüre eine mit saftigsüßen Kiwis befüllte Tüte hängt, weiß ich, dass Klaus Rollinger sie mir gebracht hat. Es war der Garten, der uns irgendwann miteinander bekannt gemacht hatte, und es war der Grundstückszaun, über den hinweg wir uns über alles Mögliche und Unmögliche unterhielten. Klaus Rollinger ist Organist, und sollte jemals eine Kiwi-Suite oder -Sinfonie gefordert sein, würde er sie bei diesem Reichtum an Früchten, der sich ihm in guten Jahren an seiner über und über begrünten Hauswand bietet, ad libitum umsetzen. Allegro, nicht Adagio, selbstverständlich. Dass auch an seiner Tür von Zeit zu Zeit eine Tüte hängt, ist die logische Konsequenz, meistens befüllt mit gedörrten Äpfeln oder Birnen oder beidem, und es wäre mein Herzenswunsch, ihm vielleicht endlich zum allerersten Mal zuvorzukommen ... Ich nehme es mir fest vor.

Hier schließt sich der Kreis, hier sind die Beetflüsterer eine Gemeinschaft, egal ob auf formaler Ebene pflegend, rasenmähend oder biogärtnernd. Die schönste der Prachtstauden zu teilen, um ein Tochterbündel des Wurzelstocks weiterzureichen, ist Ehrensache. Dass das geteilte Glück doppeltes Glück wird, könnte niemals besser versinnbildlicht werden als im Garten. Und wenn es nur Samen sind, ein paar wenige Körnchen. Damit beginnt es und setzt sich fort in Früchten, Pflanzen und Erfahrungen. Hier schließt sich auch der Kreis zur Schwiegermutter. Nach Kreta war sie geflogen, eingestiegen in den Flieger auf dem Kölner Flughafen im ersten Septemberdrittel. Die reich mit Früchten behangenen Tomatenpflanzen und die reifen Weintrauben, die in bester Schlaraffenlandmanier unter dem Carport herabhingen, an dem die Reben ranken, wurden von befreundeten Nachbarn geerntet. Sie freuten sich wie Kinder über Weihnachtsgeschenke, aber einen Teil der Ernte füllten sie als Gelee und Chutney in Gläser ab, um es der großzügigen Gärtnerin zu schenken, während ein weiterer Teil für einen guten Zweck auf einem kleinen Markt verkauft wurde. Geteiltes Glück ist doppeltes Glück. Und manchmal dreifaches.

12

Der Spiegel unserer Seele

Wo Zögern sich mit Mitleid paart, kommt das konsequente Handeln auf keinen grünen Zweig. Anstatt zu gegebener Zeit schneidig und mit entschlossenem Blick durch den Garten zu marschieren, ausgerüstet mit Handschuhen, Rosen- und Ambossschere, bin ich von den letzten Blüten einer jeden Pflanze meistens so beeindruckt, dass mir das rechtzeitige Kappen der längst über und über mit Samen gefüllten Anlagen nicht über die Klinge kommt. Ich marschiere also nicht wild couragiert wie ein Soldat, weil ich die Wörter „marschieren" und „Soldat" zumindest in der Kombination per se unsympathisch finde. Ich schwanke leider, aber lieber hin und her, bin unschlüssig, lasse stehen, was im Hinblick auf die strukturellen Probleme, die eine wilde Aussaat mit sich bringen wird, nicht stehen gelassen werden sollte. Professionell ist diese Vorgehensweise ganz sicher nicht, aber sympathisch, wie ich finde. Denn sie drückt in der Tat kein Desinteresse aus und wird auch nicht von der Trägheit befeuert, sondern rückt die natürliche Entwicklung in den Fokus, also das, was in Feld, Wald, Flur und auf Wildblumenwiesen geschieht, weil keiner da ist, der verschlimmbessert. In der Tat gewinnen Gärten an Charme, wenn Teilbereiche sich selbst überlassen werden. Diese Eigendynamik erzeugt Spannung; es wächst eine neue Kraft hervor, die bislang unbekannte Bilder malt, die aber durch die Brille des strengen Ordnungshüters unsichtbar bleiben werden. Nur die leichte Grundschlampigkeit führt zu diesem Ergebnis! Wer nicht bereit ist, sich zurückzunehmen, wer nach Lehrplan und Fachbuch gärtnert, um alles in Form zu halten und nach Preisen und Anerkennung heischend jeden Halm wie ein Wachmann überprüft, wird das Gold nicht finden, das er schon seit so vielen Jahren sucht.

Wenn der Garten ein Spiegel unserer Seele sein soll, und das ist er in der Tat, wäre es freilich keine gute Sache, nur aus einer gewissen Verpflichtung heraus, die in schlauen Büchern steht, die aber manchmal gar nicht so schlau sind, das zu tun, was wir nicht wollen. Was ich nicht will, ist zum Beispiel, ihm, dem Garten, mit übertriebenen Schnippeleien seine Wildheit zu nehmen. Anstatt ihm ein stromlinienförmiges Antlitz aufzuzwingen, das ohnehin nur dazu dienen würde, nicht ihn, sondern mich als scheinbar kundigen Experten in den Vordergrund zu drängen, soll er sich selber frei fühlen. Und fühlt er sich frei, fühle ich entsprechend. Wilde Seele, schwebe, trage mich durch diesen Tag, und was morgen kommt, das steht in unsichtbaren Lettern über mir am Himmel und regnet des Nachts auf die Blumen.

Ich will kein Bewahrer der Langeweile sein, kein fleißiger Pfleger von eingezwängtem Grün; lieber verlange ich danach, den Ungehorsam selber zu atmen und dem entfesselten Ungestüm nichts mehr als nur ein Lächeln entgegenzubringen. Die Stockrosen sind ein hübsches Beispiel dafür. Eigentlich sehen sie in den spätsommerlichen Au-

Stockrosen bilden unzählige Samen aus. Aufgeräumte Gärtnerseelen schneiden sie vor der Ausbreitung ab. Andere lassen sie stehen.

gusttagen schon ziemlich ermüdet aus, aber ganz oben an den bis zu drei Meter hinaufragenden Stängeln leuchtet oftmals noch ein letztes stolzes Blütlein dem Himmel entgegen. Eine Hummel hat sich darin niedergelassen. Hätte ich den Strang des Ausgeblühten, der sich schon längst in unzähliger Weise den Wind und die Schwerkraft zunutze gemacht hat, abgeschnitten, bevor die Samen flögen, wäre ich dem dräuenden Meere der Stockrosen, dessen Gezeiten dann im Folgejahr gegen die Ordnung branden, zuvorgekommen. Aber die letzte Blüte ist Gold wert, denn die Hummel, die darin ihr Glück findet, ist es auch.

In unzähliger Weise haben sich ebenso die Akeleien ausgebreitet. Im Laufe der Jahre ist mir manches Beet verakeleiert, aus den Fugen geraten. Hier muss nun nachgearbeitet werden, es lässt sich nicht verhindern, die ordnende Hand dann doch arbeiten zu lassen. Seltsamerweise macht mir der Mehraufwand des nur durch kräftigen Spatenhieb zu behebenden Schadens, der kein Totalschaden, sondern nur eine Bagatelle ist, weniger aus als das rechtzeitige Entfernen der Samenstände. Es wäre ein Leichtes, gleich nach dem Welken beherzt abzuschneiden, was einmal ein Blütenozean gewesen ist, aber die Neugier ist größer als mein Ordnungswille: Wie wird der neue Flor im nächsten Jahr aussehen? Zu welcher Farbgebung hat die Vermischung geführt? Bis zum Frühjahr zu warten, um dann das Feld der neuen Pflanzen zu minimieren, aber nicht restlos leerzuackern, ist viel besser.

Den Ysop lasse ich auch oft stehen; 90 Prozent sind verblüht, aber 90 sind nicht 100, und solange die Bienen und Schmetterlinge die letzten strahlenden Reste für nektarbeglückende Minuten nutzen, schaue ich's mir an, lege 'ne Bratwurst auf den Grill, trinke ein Glas Rosé und freue mich. Auch über mich freue ich mich, denn wie bei Minze und Melisse suchte ich auch beim Ysop nach einer Lösung, die allen Ansprüchen gerecht wird: Ich setzte mehrere Pflanzen derselben Art, um die einen regelkonform zurückzuschneiden, damit sie noch vor dem Winter kräftig neu austreiben können, und lasse die anderen unberührt bis zum Ende, das dennoch kein bitteres ist.

13

Versagerweigelie

Ich hätte es nicht wissen müssen, aber können. Weigelien sind, so würde ich doch jetzt nach mehrjährigem Hoffen und Bangen annehmen, ein bisschen zickig, zumindest im Vergleich zu anderen Gehölzen. Zu Deutzien zum Beispiel. Die wachsen überall und nirgends. Mit denen kann man machen, was man will. Man kann sie auf belanglosem Boden pflanzen, sie wachsen trotzdem. Man kann ihnen anstatt des versprochenen von Sonne verwöhnten Platzes auch spontan nur einen schattigen Randbereich im lehmigen Boden zukommen lassen, sie nehmen's nicht übel, sie benötigen ein bisschen mehr Anpassungszeit, aber sie gedeihen. Man kann sie beschimpfen, anpinkeln, vergessen, was auch immer man mit Deutzien macht, sie werden als Hortensiengewächs oft über drei Meter hoch, legen nach kurzer Zeit deutlich an Fülle zu (die dürfen das wenigstens) und dienen auf diese Weise erstens den heimischen Singvögeln als Heimat und zweitens uns Menschen als Sichtschutzpflanze.

Doch eine Raue Deutzie, um nun zum eigentlichen Ausgangsmalheur zurückzugelangen, stand da drüben an der Grundstücksgrenze eben schon, und es wäre ja komplett unsinnig gewesen, eine zweite gleicher Art danebenzupflanzen. Weiß zu weiß erzielt wenig Wirkung. Und so entschied ich mich für eine Weigelie. Die Sorte 'Bristol Ruby'

*Eigentlich gehören Weigelien zu den weniger komplizierten
Gehölzen – aber diese hier wollte einfach nicht durchhalten.*

sollte es sein, die mit den bordeaux- bis feuerroten Blüten.
Es wäre eine große Freude gewesen, ein nimmer müde werdendes Plaisir, dessen Anblick von Jahr zu Jahr zu neuen
Höhenflügen würde führen können. Bei den Vögeln genauso wie mit meiner Seele. Vier, fünf Jahre hatte sie nun
Zeit, doch den Höhenflug hat die Versagerweigelie nie angetreten. Mag sein, dass der halbsonnige Standort noch zu
schattig ist, aber dass sie im Grunde kaum zehn Zentimeter größer und auch immer wieder stellenweise trocken
wurde, das ist eine üble Sache, noch dazu ich sie für einen
Sichtschutz auserkoren hatte. Der reicht aber gerade mal

für Gartenzwerge, nur sicher nicht für den Rest der Welt. In Gürtelhöhe ist dann auch schon Schluss, und es klafft ein Loch in der (gedachten) Heckenbepflanzung. Nie wieder Weigelie!

Eigentlich hatte sie mich schon nicht überzeugt, als ich sie mir ausgesucht hatte, aber nun gut, manchen Fehler muss man begehen, um ihn kein zweites Mal zu machen. Jetzt kommt sie weg. Und wenn der Rotdorn 'Paul's Scarlet', der sie ersetzen soll, dann auch keine Lust hat, zu stattlicher Größe heranzureifen, um die Lücke in der noch nicht wirklich vorhandenen Hecke zu schließen, dann kommt eben doch die Deutzie Nummer zwei zum Einsatz. Not kennt kein Gebot.

14

Akuter Notfall

Und dann war da noch der Mann, dessen Rispenhortensie ihn ins Krankenhaus befördert hatte. Die Sache war aus dem Ruder gelaufen. Ich hörte mir im Nachhinein seine Leidensgeschichte an, und obwohl mir die Berichte anderer über ihre Wehwehchen selbst in der eigenen Familie ein Gräuel sind und ich bis heute nicht verstehe, warum Menschen grundsätzlich gerne detailgetreu darüber parlieren, hörte ich seinen Krankenbericht doch mit einem Gutteil Amüsement. Gemein, darüber bin ich mir im Klaren, aber H. J. – korrespondierend zur ärztlichen Schweigepflicht verzichte ich auf die volle Namensnennung – legte eine Erzählkunst an den Tag, die Stauden zum Blühen bringen kann.

Er sei also Wochen zuvor willens gewesen, ein schweres Gefäß mit der Hortensie von A nach B zu hieven in der Hoffnung, eine frische Optik auf der Terrasse zu erzielen. Ort B war ihm aber auch nicht geheuer, und so habe er das Pflanzgefäß schließlich von B nach C gezogen. „Da passte es mir auch nicht, drum schaffte ich es von C nach D", fuhr er fort. Als das arme Ding dort nun stand, sei ihm aufgefallen, dass sie, die gequälte Rispenhortensie, auf D keine Sonne sehen würde, weshalb er den zentnerschweren Koloss zur Ausgangsposition A zurückbefördert habe, mit letzter Kraft, schwitzend und desillusioniert. Eine Form von Pflanzenschach.

Irgendwo zwischen Start und Ziel muss der Blumenrücker seine Geduld verloren und einen Knacks im Rücken bekommen haben. Eine Spritze habe er gewollt, gegen die Schmerzen dahinten, aber sie wurde ihm vom Hausarzt verwehrt. Tabletten sollte er schlucken, tat er auch, aber das führte nicht zum Erfolg. Also ab in die Klinik. Notaufnahme. Tablettencocktail. Er wartete einen weiteren Tag, vor Schmerzen den Tränen nahe, während Hydrangea auf A fröhlich vor sich hingrinste. Bis dann schließlich ein Facharzt feststellte, dass sich zwischen dem vierten und fünften Rückenwirbel ein Bluterguss gebildet hatte. Folge: OP. Armer Kerl.

Am Gartenzaun stehend sah er zum Glück schon wieder ganz instandgesetzt aus; dabei stellte er mir die Arztfrage: Was ich tun würde in so einem Fall? Erst zum Hausarzt oder gleich in die Notaufnahme? Ich stützte mich auf meinen Spaten, schaute ihn durchdringend an und rang nach einer Antwort, die in medizinischer Hinsicht insofern von Bedeutung ist, als dass in seinem Fall kein Onkel Doktor je konsultiert hätte werden müssen. „Pflanz die Hortensie ins Freiland. Die ist winterhart. Dann bist du das Herumgezerre quitt und versaust dir nicht den Rücken."

Ich wollte noch hinzufügen, dass anderenfalls eines Tages auch die Pflanze zum akuten Notfall werden würde. Da war H. J. aber schon fort.

Im Augenblick glücklich

Wie sprüht doch Delphinium seine Funken
Im Sommerwind wiegend von früh bis an spät.
Für Freunde der Blumen und gleichfalls Halunken,
Deren Blick daran zu rasch vorüberweht.

Und es bäumt sich der Fingerhut prächtig empor,
Wo die Sonne die Erde mit Schatten bestreut.
Wie von Monet all die Farben so multicolor
Im Gesamtkunstwerk innig und feste vertäut.

Aus den Blüten, die Hummeln, sie tropfen in Reigen,
Bestäubt von dem Innern, beseelt von dem Sein.
Das Glück ist vollkommen, der Himmel voll Geigen.
Die Zeit ist gelieh'n, doch der Augenblick mein.

15

Vieles hat mit dem Glauben zu tun und genauso viel mit dem Aberglauben

Ach, es waren schrecklich viele Tränen, unendliche Tropfen um Tropfen. Liebesgöttin Aphrodite weinte um ihren Adonis, und aus den magischen Wassern ihrer lieblichen Augen soll der Schlafmohn erwachsen sein. In der griechischen Mythologie besteht daran jedenfalls kein Zweifel, und warum um alles in der Welt sollte man dieser wundersamen wie wundervollen Geschichte um den Mythos einer Pflanze so lange auf den Grund gehen, bis er den Boden verliert und sich im Nichts auflöst? Nein, ohne Frage kann der Schlafmohn, wenn schon aus Tränen erwachsen, nur das Werk einer Liebesgöttin sein; selbst die Rose vermag womöglich noch seine tiefe Schönheit, aber niemals seine Magie zu übersteigern.

Aus den Tränen der Liebe auferstanden – Goethe oder Shakespeare hätten's auch nicht besser erfinden können. Diese unsagbar tiefe Melancholie des Schlafmohns gründet in der Verschmelzung von Leben, Liebe und Tod. Denn eigentlich führen seine Pflanzensäfte in das Reich des Schlafes und sind damit nach althergebrachter griechischer Mythologie das Sinnbild für den Tod, weshalb in den Epitaphen zahlreicher Grabsteine bis heute die Mohnkapsel auch im christlichen Leben als Symbol sich wiederfindet, also gewissermaßen das verblühte Leben darstellt, das die

Saat für die Auferstehung in sich trägt. Morpheus, Gott der Träume, wohnte dem Somniferum inne. Das Morphium wird noch heute aus den Pflanzensäften gewonnen. Wie das Opium. Und hier nun kreuzen sich Tod und Leben, denn Opium wirkt berauschend, auch (oder vor allem) in sexueller Hinsicht, wie zu erfahren ist. O là là. Allein die Dosis bestimmt, wohin der Weg führt: in die Dunkelheit oder zum Licht. Ein Zauber zwischen Gut und Böse, der nicht – und das ist ja auch schon mal tröstlich – in den Glyphenstreuseln von Mohnbrötchen zu lesen ist, sondern allein in den Pflanzensäften sich formiert. Aus diesem Grunde die Finger davon zu lassen, wäre vom ziergärtnerischen Standpunkt her eine törichte Verfehlung. Neben dem klassischen, einfachen Schlafmohn, dessen Blütenkelche von vier Blättern in pastellfarbenem Pyjama-Lila gerahmt werden, gibt es puschelartige und zerzauselte Gartenformen, deren teils mächtige Köpfe an Päonien erinnern. Sortentipps: 'Scarlet Paeony', 'Flamish Antique' und 'Black Current Fits'. Der Mohn, ein Mittler zwischen Himmel und Hölle? Es mögen andere darüber richten. Seine Zierde ist aber wohl über jeden Zweifel erhaben. Millionen von Hummeln, Bienen und Schwebfliegen können sich nicht irren. Wie ein Magnet zieht der Schlafmohn sie an, und nicht nur der, denn auch der Klatschmohn, dessen Wirkung nicht viel gesünder wäre, wenn man aus seinen Teilen einen Salat zubereitete, vermag in seinem federleichten Spiel bei Sommerwind elegant über dem Weizenfeld zu tanzen und überhaupt überall dort, wo die Sonne scheint. Seine Blütenblätter wurden in früheren Zeiten dazu verwendet, rote Tinte herzustellen. Rot wie Blut.

Rot wie Glut. Rot wie die Liebe. Alles ist miteinander verwoben.

Bereits auf 6000 Jahre alten Papyrusrollen haben Wissenschaftler Hinweise auf eine dem Mohn vollkommen gegensätzliche Pflanze gefunden, weil ihre Pflanzenteile ausnahmslos essbar sind: die Wegwarte. Himmelblau sind ihre Blüten. Früh am Morgen, mit den ersten Sonnenstrahlen geweckt und schon zärtlich von Schwebfliegen umsummt, öffnen sie sich und halten diesen Idealzustand kaum fünf Stunden – schon am Nachmittag sind die Blüten welk. Doch dieser Zyklus wiederholt sich ständig, wochenlang schießt die Pflanze – eine wilde Verwandte des Chicoree – neuen Flor nach. Um die Wegwarte rankt sich die dramatische Geschichte einer bis über beide Ohren verliebten jungen Frau, einer Verzweifelten, die zusammen mit ihren Hofdamen am Wegesrand vor dem Stadttor auf die Rückkehr ihres geliebten Ritters wartete. Er war mit dem Heer auf einen Kreuzzug gegangen, natürlich nicht ohne seine Liebe gegenüber seiner Auserwählten zu bezeugen. Doch die Liebe, das zeigt die Geschichte nur allzu deutlich, ist bisweilen genauso wenig von Erfolg gekrönt wie die Kreuzzüge jener Zeit, und so kehrte der Kerl nicht mehr zurück. Die Entourage des Burgfräuleins gab den Glauben an seine Rückkehr auf, doch sie selbst, deren Herz ebenso schwer an Enttäuschung wie an Hoffnung trug, weigerte sich, ihren Rittersmann aufzugeben, der sie entweder verlassen hatte oder im Krieg gefallen war. Tage-, ja wochenlang verharrte die Gruppe also am Weg vor dem Stadttor. In der Überlieferung dieses Märchens heißt es, dass der Himmel ein Einsehen hatte und das Burgfräulein samt Gefolge in Wegwarten verwandelte. Die Hofdamen in blaue und die unglückliche Geliebte in eine weiße. Vielleicht aber wollte sich der Himmel das Elend auch nicht länger mit ansehen. Reine Auslegungssache. Ohne Zweifel leuchtet die Geschichte genauso hübsch wie die Blüten der Wegwarte. Und tatsächlich findet sich unter all den blauen Blüten gelegentlich eine weiße! Wobei sie weniger von Bedeutung ist, denn eine althergebrachte Wetterregel lautet: „Kannst du in die blauen Augen der Wegwarte schau'n, darfst du auf anhaltend Schönwetter bau'n." Von der weißen Blüte ist bei den Bauernregeln nie die Rede.

In krassem Gegensatz zu den blauen, blauen Blüten der Wegwarte steht demnach der Duft des Waldmeisters. Je stärker er sein Odeur versprüht, desto höher ist die Wahrscheinlichkeit, dass es Regen gibt. Damit steht der Waldmeister, der sich im halbschattigen Bereich unter allerlei Gehölzen ganz prima als Bodendecker macht, jedoch nicht als Überbringer schlechter Nachrichten. Das Gegenteil ist der Fall: ohne Regen kein Wachstum! Schlechtes wie gutes Wetter ist aus Sicht der Pflanzen ganz anders einzuordnen als aus der Sicht der Menschen. Außerdem aber haben früher die Bauern den Waldmeister dazu verwendet, appetitlose Kühe wieder zum Fressen zu bringen, und es soll angeblich funktioniert haben. Er ist also gewissermaßen sogar ein Heilsbringer, damals wie heute. Selbst Hexen, so

Die Blätter des Johanniskrauts sollen stets in der Johannisnacht geerntet werden, damit es gegen böse Geister wirken kann.

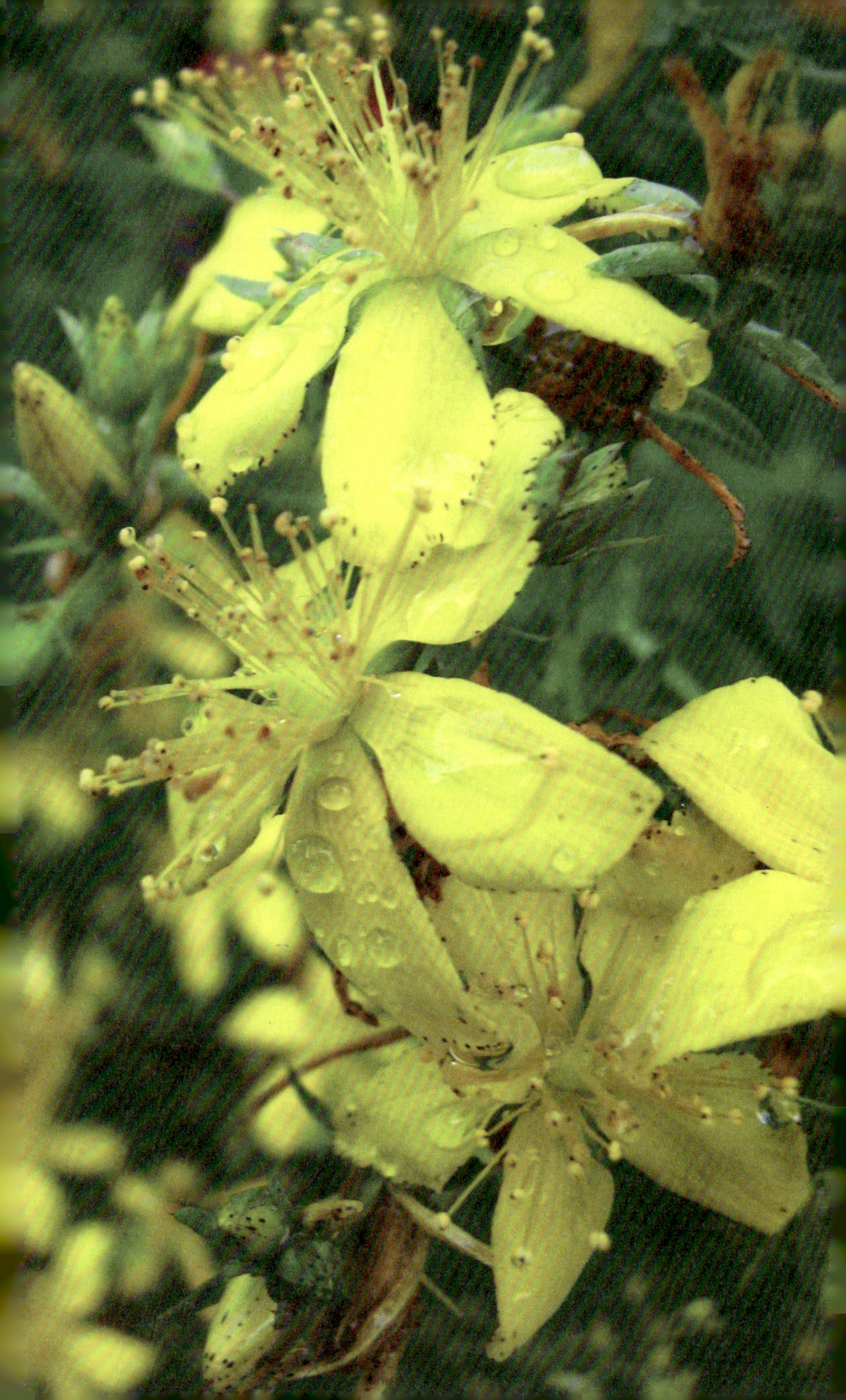

heißt es, hielt er auf Abstand. Das macht ihn, den Meister der fröhlich-geselligen Bowle, zu einem Artverwandten der Hauswurz, wobei „artverwandt" allein auf die Wirkung, keinesfalls jedoch auf die botanischen Wurzeln zu beziehen ist. Die Hauswurz ist ja keine wiederkehrende Staude, sondern eine besonders robuste, weil winterharte Sukkulente, ergo: immergrün. Kleine Blütlein entwickelt sie, doch der wahre Wert der Wurz liegt in ihrem außergewöhnlich gleichmäßigen Wuchs, Rosette für Rosette. Sie braucht nur eine karge Unterlage, mehr als ein Häuflein elendiges Erde-Sand-Geröllgemisch ist nicht notwendig, um sie ansässig zu machen. Das wussten wohl auch schon die alten Römer, aus deren Reihe sich ein geradezu irrwitziger Aberglaube schälte, wonach überall dort, wo eine Hauswurz auf einem Dach wuchs, der Landeplatz für die auf einem Besen angesauste Hexe bereits vergeben war. Die Hauswurz galt demzufolge als Schutz vor Hexereien, Magie und dem ganzen üblichen Klimbim, den sich die Menschen damals nicht erklären konnten oder wollten.

Die Zeit der Hexen ist vorbei, aber nicht die von Sempervivum. Es gibt wenige Pflanzen, die so einfach zu ziehen sind, die solch geringfügige Ansprüche an ihren Standort stellen – und in der Tat auch auf einem Dach in Schräglage haften können, mit einem Minimum an verwertbarer Unterlage. Unverzichtbar sind Haus- und Dach- und Spinnwebwurz bei der Gestaltung von grünen Flachdächern zum Beispiel auf Carports. Die Sortenvielfalt ist zwar riesig, spielt im Grunde genommen aber keine erhebliche Rolle. Ob Quirl- (Dachwurz) oder Rosettenbildung

(Hauswurz) – allemal sind sie eine Ausnahmeerscheinung.

Viele Geschichten und Mythen, die sich um Pflanzen ranken, haben einen biblischen Hintergrund. Der Glaube spielt eine ebenso gewichtige Rolle bei der Bewertung wie der Aberglaube. Das Johanniskraut zählt ohne Zweifel zu den wichtigsten Vertretern aus dieser Reihe. Es ist Johannes dem Täufer geweiht, der im Übrigen auch dem Johannisbrotbaum seinen Namen gab, weil er sich angeblich von dessen Früchten ernährt haben soll. Das Johanniskraut ist das „Hexenkraut" schlechthin. Stets in der Johannisnacht sollten die Blätter geerntet werden. Hier steckt im wahren Sinn des Wortes der Teufel im Detail, denn hält man die Blätter gegen helles Licht, wird man schnell feststellen, dass sie von kleinsten Löchern durchsiebt sind. Die Geschichte besagt, dass der Teufel sie mit Nadeln hineingepiekst haben soll aus lauter Wut darüber, dass das Johanniskraut gegen ihn und all die bösen Geister so mächtig gegenwirkt. Nur blanker Unsinn? In der Tat ist sich die Wissenschaft längst einig über die guten Inhaltsstoffe des Johanniskrauts. Es sei bei Angstzuständen und Depressionen anzuwenden. Verschiedene Inhaltsstoffe kommen in Arzneimitteln zum Einsatz, die positive Eigenschaften bei der Behandlung von Depressionen haben. Damit schlägt gewissermaßen die moderne Medizin dem Teufel ein Schnippchen. Mehr noch: Auch bei Wunden, Viren, Magengeschwüren scheint das Kraut des Täufers zu helfen. Es ist gleichfalls anzuraten, hier nicht selber zu schnippeln und aufzubrühen oder Pasten zu produzieren – es würde auch nicht funktionieren, es sei denn, man würde den eigenen Garten in einen Johanniskrautgarten umdeklarieren, in dem nichts anderes mehr wüchse –, sondern auf Präparate zurückzugreifen, die die antiteuflisch wirkenden Eigenschaften des Johanniskrauts in sich tragen. Wer's im Beet stehen hat, kann sich natürlich darüber freuen, weil es mit seinen gelben Blüten hübsch anzusehen ist. Dort, wo es sich wohlfühlt, macht es seinem Namen als Kraut – nämlich als Unkraut – leider auch Ehre. Bisweilen ergreift es mehr Raum als geplant, und meistens natürlich dort, wo es nicht soll. Es sucht sich lieber einen Platz in der wohlüberlegt und unter Mühen bepflanzten Staudenanlage, anstatt sich eine Stelle zu suchen im ohnehin für Verwilderungen vorgesehenen Bereich auf Spielwiesen oder am Rand von Gehölzen. Wo es nicht wachsen soll, sich aber kurzerhand eingelebt hat, ist es ratsam, vor der Samenbildung die Pflanze zu entfernen.

Gelehrte mögen sich Jahrhunderte darüber den Kopf zerbrochen haben, was es mit dem „wilden Kürbis" auf sich hat, der in der Bibel erwähnt wird. Es sei wohl die Koloquinte, heißt es dazu heute ziemlich einvernehmlich. Sie gilt, obgleich (oder gerade aufgrund ...) ihrer biblischen Bekanntheit vor allem als „Teufelsapfel". Die niederliegende Pflanze bringt gelbgrüne Früchte mit einem sehr hohen Anteil an Bitterstoffen hervor. Sie sind ein äußerst wirksames Abführmittel. Dagegen ist Montezumas Rache wie ein Kindergeburtstag. Dann schon lieber der Granatapfel, dessen mehrfache Erwähnungen sich vor allem auf das Alte Testament verteilen, das 613 Gesetze enthält – und eben 613 Kerne sollen sich in jedem Granatapfel befinden. Dass diese korrekte Zahl nicht für jedes Exemplar gültig ist, glaubt man gerne; egal wie viele es sind, die ganze Pulerei vor dem Genuss ist ein triftiger Grund, dem Granatapfel selbst als guter Christ die Ehrerbietung zu entziehen. Ein normaler Apfel, eben ein solcher, von dem Adam und Eva schon gekostet haben sollen, tut's auch, zumal der Apfelbaum zusätzlich frostfest ist und eine große Rolle in der Gestaltung heimischer Obstgärten einnimmt. Immerhin aber kommt dem biblischen Gewächs Granatapfel ebenso wie Olivenbaum oder Weinrebe und einigen anderen im Buch der Bücher eine wichtige Bedeutung zu: nämlich dass sie ebenso im Koran genannt werden und also Religionen dort verbinden, wo man es am wenigsten erwartet. Granatäpfel gehören zu den ältesten Kulturfrüchten der Menschheit. In Armenien ist die paradiesische Frucht sogar Nationalsymbol!

Biblisch betrachtet spielt der Schwarze Holunder eine große Rolle. Überhaupt hat der Holunder, dessen Beeren in rohem Zustand nicht genießbar sind, jedoch nach dem Entsaften oder Einkochen (als Gelee) besonders den Gaumen verwöhnen, etliche Bedeutungen, die mit Göttern zu tun haben, unter anderem mit der Liebesgöttin Freya aus der nordischen Sagenwelt. Und wenn ein auf ein Grab gepflanzter Holunderzweig Wurzeln schlug, erst dann, so hieß es, hatte der Verstorbene seine letzte Ruhe gefunden. Das ist weit entfernt vom christlichen Glauben, ohne Frage mehr Aberglaube. Aber eines ist nicht von der Hand zu weisen: Das Kreuz, an dem Jesus leiden musste, war aus dem Holz des Schwarzen Holunders, das auf diese Weise ganz origi-

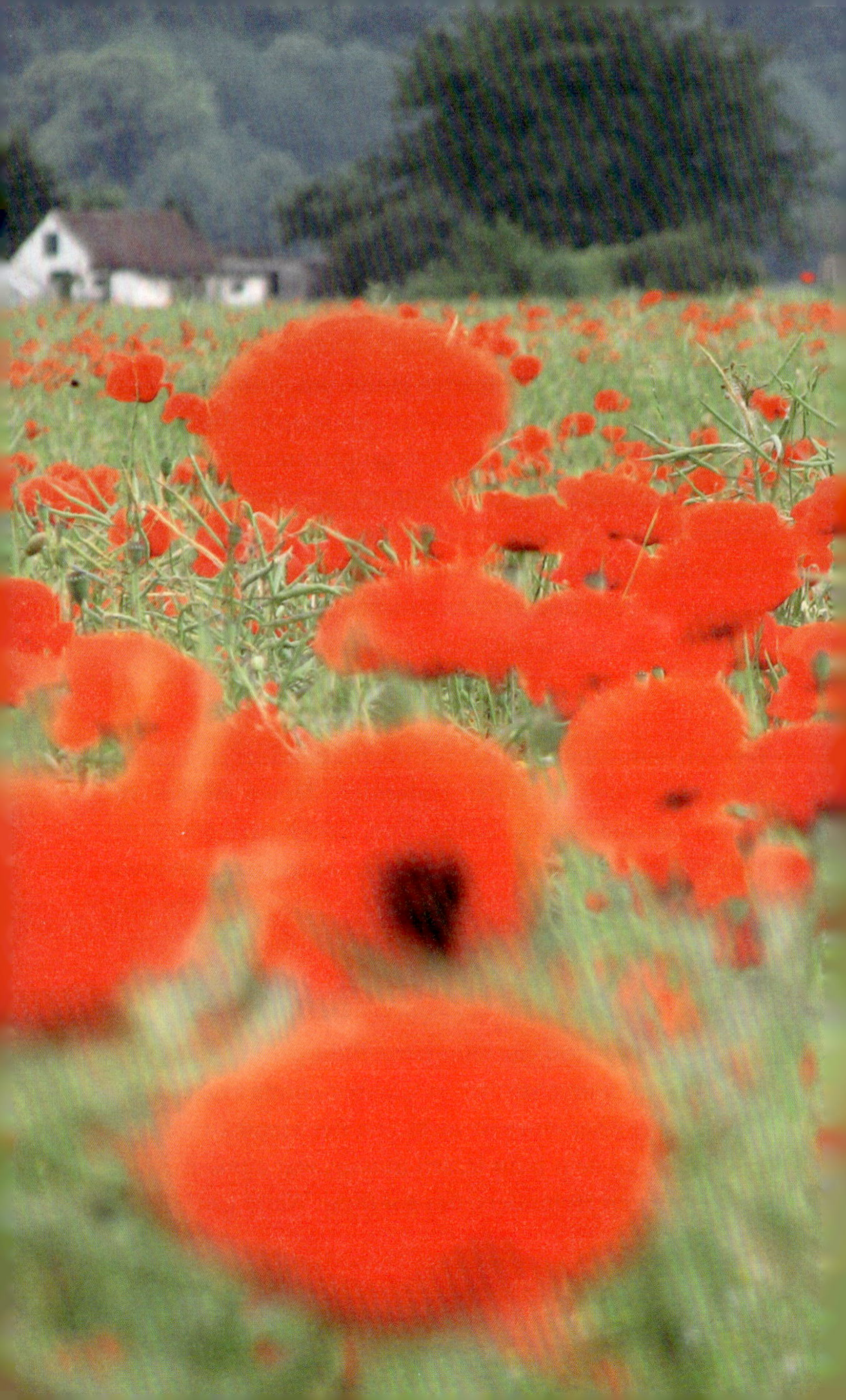

So üppig wie hier darf sich der Klatschmohn in der modernen Landwirtschaft leider nur noch selten ausbreiten.

när mit Tod und Wiederauferstehung zu tun hat. Unter all den unzähligen Gehölzen sticht Sambucus nigra auf diese Weise ohne Zweifel besonders hervor. Der Saft aus den dunklen Beeren, der Gelee und die Marmelade, nicht zuletzt auch die weißen, unter anderem sogar mit Frau Holle in Verbindung gebrachten Blüten, die zur Garnitur des Champagners dienen können, bringen aus christlicher Sicht das Blut Jesu sehr nahe. Anstatt Wein zu verwenden, könnte beim nächsten Abendmahl durchaus auch Holundersaft getrunken werden. Wenn von Jesus die Rede ist, dann darf schließlich die Christrose bei der Betrachtung biblischer Pflanzen nicht fehlen. Obwohl sie in der Bibel eigentlich gar nicht genannt wird, aber doch viel mit dem Glauben zu tun hat. Der Name ist auch erst später entstanden, und zwar aufgrund der frühen Blütezeit. Zumeist schon vor Weihnachten blüht die Christrose in den Gärten. Es heißt, dass ein sehr armer Hirte zur Geburt von Jesus Christus Tränen der Enttäuschung geweint habe, ihm, dem Erlöser, kein Geschenk dargebracht zu haben. Aus den zu Boden gefallenen Tränen wuchsen Blüten, so schön wie Rosen. Der Hirte pflückte sie und brachte das Sträußlein dem Jesus-Kind.

Glaube, Liebe, Hoffnung – die Pflanzenwelt ist voll davon. Vermutlich spielt die Demut die größte Rolle in jeder Hinsicht. Demut gegenüber der Schöpfung, Demut gegenüber der Schönheit. Nicht weniger als die Akelei lehrt die Demut ihren Gärtnern. Aufgrund ihrer Blütenform wurde sie schon vor Jahrhunderten in Schottland verehrt. Die gespornten Blätter wurden als Tauben dargestellt und mit dem Heiligen Geist in Verbindung gebracht. Und im rheinischen Raum galt die Akelei mit ihren nickenden, nicht aufschauenden Blüten als Synonym für die Anbetung, sodass sie dort noch heute auf den Altären der Kirchen zu finden ist. Der Schachblume, jenem wunderhübschen kleinen Zwiebelblüher, der in Kultur so schwierig zu ziehen ist und dessen Antlitz zumeist wildem Wachstum entspringt, obwohl die Zwiebeln auch im Fachhandel zu kaufen sind, aber viel größere Ansprüche haben als etwa Tulpen oder Osterglocken, erging es anders. Ihre nickenden Glöcklein und kelchförmigen Blüten sind keinesfalls Ausdruck größter Demut, sondern nach christlicher Überlieferung die Folge der gebeugten Schande – weil sich die Frittilarien nicht vor dem Kruzifix verneigen wollten.

Geht es um die magische Wirkung von Pflanzen, ob klein, ob groß, dann wurden einst hübsche Geschichten geboren, die meistens mit Göttern zu tun hatten, so auch im Fall der Walnuss. Wohl dem, der einen Walnussbaum in seinem Garten stehen hat, denn der große, bis 30 Meter hohe Riese hält nach naturwissenschaftlichem Ermessen nicht nur reichlich Ungeziefer auf Abstand, sondern steht insgesamt für die naturgegebene Weisheit. Soll es doch so gewesen sein, dass der Walnussbaum laut der alten Griechen eine verwandelte Titanin namens Karya sein soll, die einstige Geliebte von Dionysos. Den Gott des Weines, der Freude, der Trauben, der Fruchtbarkeit und der Ekstase vor allem mit der Weisheit in Verbindung zu bringen, mutet skurril an, aber bitte schön, soll es eben so sein. In diesem Fall stünden jedoch viel zu wenige Walnussbäume in heimischer Landschaft; ein Tupfer mehr Weisheit würde vielen

Menschen gut zu Gesicht stehen. Vor allem auf kleiner Scholle mag es jedoch auch schon weise genug sein, keinen Walnussbaum zu pflanzen, denn mit bis zu 30 Meter Höhe und einer breiten, ausladenden Krone sprengt der gewöhnliche Juglans regia die Grenzen vieler Gärten und würde in großen Teilen für eine ungewollte Verschattung sorgen. Nicht sofort, aber in einigen Jahren. Wer weise handelt, blickt voraus und überlegt sich sehr genau, ob ein solch stattliches Gehölz in den Garten passt. Passt es nicht, würden auch die in vielen Märchen erwähnten Zaubernüsse kaum etwas daran ändern können.

Mitunter war es aber auch nicht die orakelhafte Bedeutung, die bestimmte Pflanzen für besonders erachtenswert machten, sondern der praktische Nutzen. Beifuß, heute als Nutz- wie Zierpflanze kaum noch von Bedeutung, nahm hier in früheren Jahrhunderten eine Sonderstellung ein. Die alten Römer schätzten das Kraut als Muntermacher bei müden Füßen, woher sich der deutsche Name wohl auch herleitet. Sie legten sich Beifußblätter in die Sandalen und schworen auf die belebende Wirkung. Der griechische Arzt Diskurides wandte Beifuß im ersten Jahrhundert nach Christus bereits gegen allerlei körperliche Gebrechen an, sowohl als Auflage gegen müde Knochen als auch in Form von Tee zur Gesundung von Magen und Darm. Geht es um Beifuß, lohnt auch ein Blick auf die andere Seite der Welt: Indianer rauchten das Kraut, um die guten Geister zu beschwören und die bösen zu vertreiben. Heute wissen nur noch wenige Menschen die Wirkung von Artemisia vulgaris zu schätzen, etwa als probates Mittel gegen Flugangst und Müdigkeit beim Autofahren. Mit anderen Worten: Beifuß macht(e) mobil.

Und jetzt wird's richtig magisch: Es geht um die Alraunwurzel! Zauberlehrling Harry Potter hat sie geradezu weltbekannt gemacht, auch bei Kindern und Jugendlichen. Mit Wehklagen werden viele von ihnen festgestellt haben, dass die aus dem Boden gezogene Wurzel der Alraune keinen Schrei ausstößt und auch keine Todesfluche verbreitet ...! Hildegard von Bingen (*1098), erste Vertreterin der deutschen Mystik des Mittelalters und Botanikerin, war der Auffassung, dass die Alraune vom Teufel besessen sei und nur durch ein Weihbad gereinigt werden könne. Nur so könnten die toxischen Substanzen dieser Pflanze auch ins Positive umgekehrt und möglicherweise genutzt werden. Vielleicht ist die Alraune die magischste aller Pflanzen, doch angebaut wird sie kaum noch. Die hohe Dosis der Alkaloide schreckt viele Menschen davor ab, sie zu pflanzen. Außerdem, und das ist ja nicht gerade ganz ohne Bedeutung, braucht die Alraune sehr warmes Klima und ist frostempfindlich, was sie hierzulande keinen Winter überstehen lässt. Der Anbau schwankt also zwischen schwierig und unmöglich. Die alten Griechen hatten es da einfacher, weil dort damals wie heute die Temperaturen kaum unter den Nullpunkt sanken. Sie verwendeten also die Wurzeln der Alraune als Anästhetikum. Chirurgen flößten ihren Patienten Aufgüsse daraus ein, damit diese keine Schmerzen während der Operation verspürten. Manche verspürten mit Sicherheit keine, denn es kam vor, dass die Dosis zu hoch bemessen war und die Patienten noch vor dem ersten

Schnitt die Löffel abgegeben hatten. Im Mittelalter wurden auch Zaubertränke mit der Alraunwurzel „garniert". Man glaubte gar, sie würde aus den Körpersäften von Gehängten erwachsen, was ihnen den Beinamen „Galgenmännlein" verschaffte. Hinzu kommt die seltsam gegabelte Form, die an den Körper eines Menschen erinnert. Dass bei all diesen merkwürdigen Geschichten, die um die Alraune ranken, auch noch jene zu finden ist, da die Wurzel angeblich Glück und Reichtum bringen und sie vor lebensbedrohlichen Verzauberungen schützen soll, ist so widersprüchlich wie das Gewächs an sich.

Über keinen Zweifel erhaben ist demgegenüber die Echte Engelwurz. Bis zwei Meter hoch wird diese Staude, bildet im Kräutergarten oder Staudenbeet einen besonderen optischen Reiz und ist gesund. Die jungen Stängel wurden früher als Gemüse vertilgt; mittlerweile hat sich herumgesprochen, dass sie vor allem in kandierter Form ein süßer Happen sein können. Ob sie auch dann noch vor Zahnschmerzen, Blähungen und Wahnvorstellungen schützen können, ist nicht weiter belegt, aber früher nahm man das an. Ihre heilenden Inhaltsstoffe sind nach wie vor ohne Zweifel vorhanden. Der Name kommt nicht von ungefähr: Ein Engel soll die Pflanze in grauer Vorzeit als Heilmittel zur Erde gesandt haben. Ein Mönch fand das Gewächs und setzte es gegen die Pest ein. Ursprünglich in Nordeuropa beheimatet, kam die Engelwurz im zehnten Jahrhundert mit den Wikingern nach Mitteleuropa. Dort sicherte sie sich den Platz in klösterlichen Gärten, ließ sich von den Gartenmauern aber nicht aufhalten und verwilderte. Man sollte sie versuchen anzubauen, einfach auch des erhabenen Wuchses wegen, nicht nur wegen der gesundmachenden Wirkung. Aber bitte stets mit geduldigem Tun. Die Echte Engelwurz, ein Doldenblütler wie Fenchel oder Sellerie, bildet erst im zweiten Standjahr Blüten. Die imposanten Dolden erscheinen ab Juni. Obwohl diese Pflanze so imposant aussieht, trägt sie doch eine fragile Seele in sich. Spätestens nach der zweiten Blüte im darauf folgenden Jahr stirbt sie ab. Sie ist also keine ausdauernde Staude, sondern gehört zu den zweijährigen Pflanzen. Ganz nach Art der Stockrosen bildet die Echte Engelwurz aber viele Samen, verteilt sie rundherum oder lässt sie ausfliegen und sprichwörtlich verameisen und erscheint aus diesem Grund in jedem Jahr wieder neu.

16

Gänseblümchen und Gutmenschengefasel

Wer sein Gras wachsen hört, hat alles richtig gemacht. Vertikutieren, lüften, düngen, mähen – der grüne Teppich behält sein schmuckes Antlitz nur, wenn er über das gesamte Jahr gepflegt wird. Behandelt man ihn stiefmütterlich, vermoost und verkrautet er und hat keine Kraft, sich gegen Wildkräuter durchzusetzen. Gänseblümchen, Quecken, Hahnentritt und andere müssen deshalb gesondert bekämpft werden. Das funktioniert mit Herbiziden, die über die Blätter wirken. Es ist allerdings eine Frage des Abwägens, wie viel Chemie ausgebracht werden soll. Es ist außerdem Ansichtssache, ob etwa die Gänseblümchen wirklich als störend empfunden werden, so sie doch im Jahresverlauf zu den ersten Nektarquellen für Bienen und Hummeln zählen. Es ist jedoch unbestritten, dass gerade sie, diese hinterhältigen Dauerblüher, große Flächen für sich vereinnahmen und das Gras verdrängen. Puristen nehmen das übel. Das Gänseblümchen ist nicht gerade Staatsfeind Nummer eins, aber bekanntlich sind die stillen Wasser tief, und so geräuschlos es sich seiner Bestimmung als ernstzunehmende Miniaturnoblesse hingibt, so groß ist der Schaden, den es auf einem englisch geplanten Rasen anrichten kann. Den Gutmenschen und unverbesserlich aufdringlichen Weltverbesserern, die partout aus jedem unerwünschten Grünzeug einen Salat zaubern wollen, würde es gut anstehen, mit ihrer eingemeißelten Mildtätigkeitsmiene nicht vollkommen kritiklos über ihre lückigen Flächen zu schlappen, die vermutlich mal ein Rasen waren. Im Wesentlichen ist ja gegen Wildkräuter nichts einzuwenden, jedoch sie ihren Nimbus als Augenstern verlieren, wenn sie dann eigenmächtig das vorhandene Grün zum Flickenteppich werden lassen. Und genau darin ist das Gänseblümchen eine Meisterin.

So friedlich, wie sie tun, sind die Gänseblümchenretter übrigens selten und maßen sich an, nonchalant jedem ein schlechtes Gewissen einreden zu wollen, der dem Massenverdränger mit Gift übers Blatt an die Wurzel will. Diese Stigmatisierung vermag zumindest bei mir keinen seelischen Schaden anzurichten, weil sie an mir abtropft wie fallender Regen auf Funkienblätter, dennoch kann ich sie nicht gutheißen. Denn grundsätzlich geht es ja nicht darum, eine bestimmte Gattung auf Gedeih und Verderb komplett ausrotten zu wollen, denn das Gänseblümchen ist als Tausendschön von mikrobiologischer Wichtigkeit, weil es früh und dauernd blüht und damit eine Nektarquelle ist für solche Hummelanten und Bienemajas, die herzlich willkommen sind, um die Obstbäume im Frühling zu bestäuben, damit im Herbst knackige Früchte an den Ästen hängen. Aber es soll in Schach gehalten werden – das ist die Intention. Lässt man das Gänseblümchen gewähren, breitet es sich so stark aus, dass in symbiotischer Gemeinschaft mit Hahnenklee und Giersch das Gras keine Chance mehr hat, sich durchzusetzen. Das dauert mitunter weniger lange als angenommen, manchmal reicht ein einziger Sommer. Dagegen hilft übrigens kein teuer eingekaufter Rollrasen; auch der verkrautet, wenn er nicht gepflegt wird.

Ferner ist entscheidend, welche Flächen betroffen sind. Eine Wiese im eigentlichen Sinn muss ohne Zweifel Wildkräuter haben, sonst wäre sie keine. Kuh drauf, fertig. Ein Sportrasen kann das auch vertragen, nur vielleicht nicht in einem solchen Ausmaß und lieber mit Schaf oder Ziege oder spielenden Kindern. Aber das Stückchen Zierrasen, das die ruhige, grüne, wellenlose See zwischen Staudenufern und Gehölzpromenaden darstellt, darf doch als feiner Zwirn nicht einer falsch verstandenen Lieblosigkeit anheimfallen. Diese Fläche verlangt nach weitestgehend pigmentfreier Akzentuierung. Dabei ist es nicht zwingend notwendig, Wildkräuter hassen zu lernen. Ein Gänseblümchen allein macht ja noch keine Probleme, ein Löwenzähnchen ist schnell gestochen. Aber in der Masse: widerlich!

Den Kompromiss mit sich und der Fläche zu schließen, die Gratwanderung hinzubekommen zwischen grüner Strenge und zwangloser Erscheinung, ist schwierig. Ich finde mich damit ab, den Kampf gegen Bellis perennis nie zu gewinnen, befeuere aber die Bemühungen, an bestimmten Stellen Herbizide einzusetzen, die als nicht bienen- und wurmgefährdend eingestuft sind. Sie wirken nicht perfekt, aber sie wirken. Mit etwaigen Vernichtern gegen die Vermoosung anzugehen, lehne ich grundsätzlich ab. Lüften ist in Ordnung, das reicht. Sand oder Holzasche wirken gegen Moos. An feuchten Stellen bildet sich das Moos ohnehin immer wieder und macht das Terrain rundum weich und flauschig.

Das muss man ja auch erst einmal hinbekommen. Bleibt noch der Schnitt: zweimal pro Woche mit einem motorlosen Spindelmäher, nur mit Muskelkraft und gutem Willen. 140 Quadratmeter reinstes Vergnügen. Und ein Schnittbild zum Halleluja-Schreien. Bahn für Bahn kunstvoll gezogen.

Für größere Grundstücke ist der Handmäher zugegebenermaßen keine Alternative. Da bleibt dann nur die lupenreine Akzentuierung nach Flächenprinzip. Nah am Haus, wo die Beete blühen, wo sich die Stauden und Einjährigen in Schale schmeißen und der Topfgarten die kunterbunte Fröhlichkeit von Frühling und Sommer in vielen Farben und Formen in sich trägt, macht ein gepflegter Zierrasen ohne Krautbefall Eindruck. Weiter entfernt, hin zu den Gehölzen, wo auch mal Brennnesseln wachsen dürfen, die als Nährpflanzen für verschiedene Schmetterlingsraupen lebenswichtig sind, darf auch das Grün mehr und mehr zur Wiese werden. Verliert sich die feine Struktur des Zierrasens und verschwimmt in den gröberen Wellen des Nutzrasens, entwickelt sich ein Bild des Gewollten. Dort draußen ist das Gras strapazierfähiger, kann die Nachsaatmischung den Namen „Sportrasen" tragen, weil die Fläche zum Fußballspielen und Herumtoben für die ganze Familie genutzt werden kann. Insgesamt gilt es, einen Spannungsbogen aufzubauen, der entspannend wirkt. Denn Rasenflächen werden weitestgehend unterschätzt. Dabei sind sie ein Gestaltungselement. Sie verbinden Bereiche, bilden grüne Brücken von einem Beet zum anderen, können schwungvoll inszeniert werden und verhelfen dem Betrachter, seine Augen zu beruhigen. Die fröhliche Blütenpracht im Staudenbeet, die aufregenden Szenarien in der Gehölzreihe werden durch die beruhigende, fast stoische Tracht des grünen Samts aus Weidelgras, Rotschwingel, Wiesenrispe und Straußgräsern aufgefangen. Durch fließende Übergänge entsteht Dynamik. Auf diese Weise gewinnen alle Einheiten an Wert. Gepflegte Grasflächen verhelfen außerdem Solitärgehölzen zu ihrer Wirkung. Eine blühende Zierkirsche, ein Früchte tragender Apfelbaum, die leuchtend-gelbe Herbstfärbung der Pyramiden-Hainbuche – alle diese Bilder umrahmt das Grün mit großer Würde. Und: Gräser zum Gras! Wenn ein Bündel Silber-Pampasgras sich aus dem Horst erhebt aus reiner grüner Fläche, nach dem Schnitt im Frühling größer und schöner wird, sich erhebt über das ruhige Parterre, um im späten Sommer endlich die fedrigen weißen, rötlichen oder purpurnen Rispen vom Wind umspielen zu lassen, ist stilistisch kaum mehr eine Steigerung zu erwarten. Da steht es nahezu mit herrschaftlichem Stolz, das Gras auf dem Gras, und die eine Seite begünstigt die andere, verhilft ihr zu mehr Aufmerksamkeit. Das Gras unterstreicht die Schönheit der Gehölze zu jeder Jahreszeit, nimmt sich dabei selbst nicht zu wichtig, spielt nur die Nebenrolle, aber ist es dicht und sattgrün und nicht verkrautet, spielt es diese Rolle oscarreif.

17

Eine Reise durch den Garten Frankreichs

Sie sieht nicht gerade delikat aus, aber die Runzelbirne, die sich hier so nonchalant im Rotwein aalt, hat ja auch schon einiges über sich ergehen lassen müssen. Das Schicksal, an einem Baum in Rivarennes groß zu werden, im Dorf der „poire tapée", der geklopften Birne, ist ein ganz besonderes. Kernobst wird hier nicht einfach gepflückt und verspeist, sondern landet nach der Ernte in höllisch heißem Wasser, um dann geschält für einige Tage in einem nicht minder heißen Steinofen gedörrt und danach mit einem eigens dafür erfundenen Werkzeug noch geklopft zu werden. Es gibt was auf die Birne in Rivarennes. Einen Tag noch in des Ofens Restwärme ausharren – fertig ist der Wundersnack, dessen althergebrachtes Herstellungsverfahren aus früherer Zeit Mitte der Achtzigerjahre neu entdeckt worden war. Rivarennes in der Touraine. Worte wie Musik. Dieser Landstrich im Garten Frankreichs, den die blauen Bänder von Loire, Vienne, Indre und Cher zu einem Kunstwerk landschaftlicher Entzückung vernetzen, ist für seine Weine bekannt. Allen voran strahlt der Sauvignon blanc wie eine Sonne aus den Rebzeilen und schließlich den Gläsern leicht und spritzig hervor, aber auch ein roter Gamay aus Chinon, gekühlt und lebhaft, steht für besonderen Genuss. Über alledem dehnt sich die Poesie von Honoré de Balzac und das wortgewandte Werk François Rabelais wie Zuckerguss. Wer mag da an geklopfte Birnen denken?

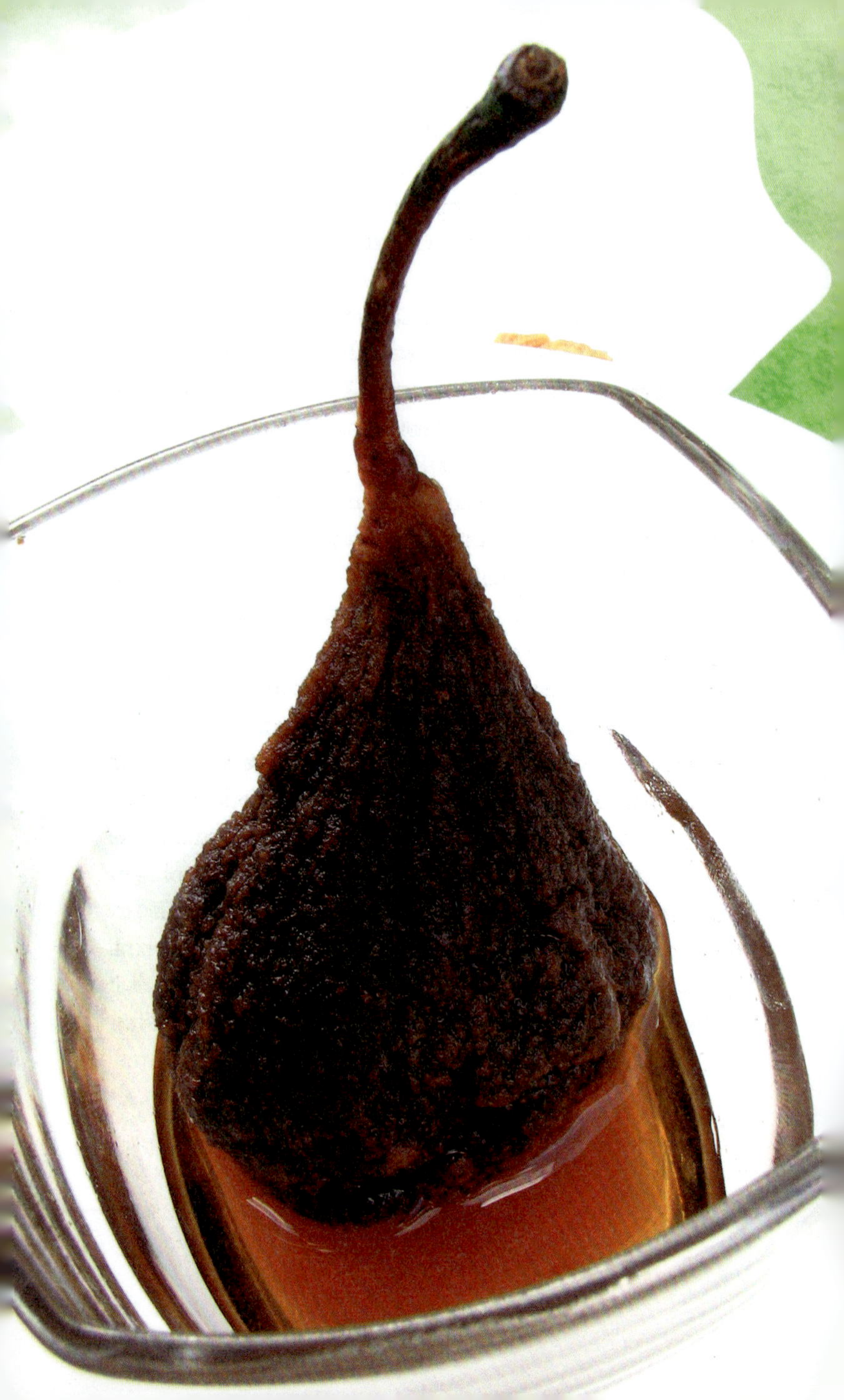

Manch Reisender wird auf diese fruchtige Mischung erst aufmerksam, wenn er dem Schild „Musée de la Poire Tapée" folgt und in den engen Chemin de la Buronnière einbiegt. Dort haben einige Enthusiasten aus Rivarennes Anfang der Neunzigerjahre ein Museum eröffnet, das ihrer Köstlichkeit gewidmet ist, ein Denkmal, ein bescheidenes fürwahr, aber eines mit unübertrefflichem Flair. Nur zwei Räume klein ist das Haus Nummer 7, doch für Rivarennes von immenser Bedeutung, denn es dokumentiert die Geschichte des Dorfes als einzigartig auf der Welt. „Kosten Sie. Es wird Ihnen schmecken", verspricht Caroline Maidon. Die junge Frau arbeitet hier freiwillig, um Besuchern diese Wunderbirnen näherzubringen. Irgendwie eine seltsame, doch geradezu poetische Degustation. Immerhin 4.500 Gäste pro Jahr nehmen Platz auf dem Plastikgestühl und genießen. Wenn schon von Zahlen die Rede ist, sei noch festgehalten, dass rund 1.800 Kilogramm Birnen jedes Jahr geklopft werden, hier im Dorf mit dem klangvollen Namen. Aus dem bäuerlichen Snack ist eine Delikatesse geworden, und wenn man nun so sitzt und mümmelt und schlürft unter einem Sonnenschirm vor dem drolligen, alten Steinhäuschen mit den blau-grauen Fensterläden, umringt von Löwenzahn und Rauke, fragt man sich ernsthaft, wann der spitze Turm der Kirche Saint-Dénis dort drüben eine Birnenform erhält, wo es doch auch Gotteshäuser mit Zwiebelkuppeln gibt?

Sie sieht nicht wie ein Leckerbissen aus, ist aber einer: geklopfte Birne, in Wein getränkt.

Schon leer. Köstlich, diese mit Wein vollgesogene Runzelbirne. Das Fruchtfleisch zerfällt auf der Zunge. War's eigentlich die Sorte 'Conférence' oder 'Colmar' ist's 'Rattenschwanz' oder 'Nicole Comtesse de Paris' gewesen? „Ach, würden Sie mir freundlicherweise noch ein Glas bringen. Es schmeckt wirklich ausgezeichnet." – „Bien sûr", lautet die Antwort. 1987 wurde das alte Verfahren der geklopften Birnen von einigen Dorfbewohnern wiederbelebt. Von einer über 80 Jahre alten Birnen-Madame ließen sie sich das in Vergessenheit geratene Herstellungsverfahren erklären. Sie gründeten einen Verein, pflanzten neue Bäume und unterschiedliche Sorten, fanden noch altes Handwerkszeug auf Dachböden oder bauten es neu. 1991 eröffneten die Birnbauern ihr Museum. Gras, Gänseblümchen und Löwenzahn wachsen vor dem Haus, im Mai blüht der Flieder am Hofeingang, im Frühherbst weht der süßliche Birnenduft durch ganz Rivarennes. „Ich bin damit groß geworden. Ich finde es wundervoll", sagt Caroline Maidon. Im kleinen Laden des Museums kraspelt sie herum, sortiert und packt ein, und wenn sie es nicht tut, dann macht es ein anderer derer, die sich für das alte Handwerk ihrer Vorväter einsetzen. Geklopfte Dörrbirnen einfach so oder in Wein eingelegt, Terrine à la Poire Tapée, Brioche aux Poires Tapées ... Die weißen Schlösser der Touraine, ob Azay-le-Rideau, Le Rivau oder Rigny-Ussé, leuchten wie Juwelen, aber die geklopften Birnen aus Rivarennes sind wie kleine ungeschliffene Diamanten, die dem Tal der Loire ein Krönchen verpassen neben all den Kronen, die die weißen Schlösser mit ihren erstaunlich vielseitigen Parks und Gärten tragen. Genau dafür liebe ich diesen Landstrich; dass hier die Pracht und Größe der weltbekannten Hotspots dennoch den kleinen Entdeckungen und der Verspieltheit Raum lässt. Auf den D-Straßen fährt man seinem Glück entgegen. D-Straßen sind die besten von allen in Frankreich, nicht so groß und breit wie Autobahnen, keine Schnellstraßen. D-Straßen sind das Leben. Das ist wie bei den Bäumen: Die dicken Wurzeln geben zwar den Halt, aber über die schmalen kommen die Nährstoffe. Ich folge diesen Wegen, wie die Schmetterlinge den ihren folgen: spontan und manchmal ohne großen Plan, weil der Weg das Ziel ist. Oder Villandry. Denn wo Segelfalter und Schwalbenschwanz ihren Heimathafen haben, muss Fülle sein. Die gibt es im Garten des Schlosses Villandry ohne jeden Zweifel. Besonders süchtig macht der Sommerblumen- und Staudengarten im hinteren Bereich mit Edeldisteln, Lavendel, seltenen Mohnpflanzen, Sonnenhut und -braut in vielen unterschiedlichen Farben. Hier macht der Garten Frankreichs seinem Namen alle Ehre. Ob Henri Carvallo wirklich zu beneiden ist? Gut, ihm gehören Schloss und Gärten von Villandry, ja, selbst ein Wald zählt dazu. Aber Besitztum verpflichtet, und weil es hier die Buchsbäume auf eine Gesamtlänge von unglaublichen 52 Kilometern bringen sowie 1.015 Linden nach konstanter Pflege verlangen, verkehrt sich die kurzzeitige Neidphase dann doch ins Gegenteil. Soll er sich um Himmels willen drum kümmern, der Monsieur. Und wie er das tut! Villandry steht nicht etwa nur in Blüte, sondern es erstrahlt, es ist ein Glanz, der das Blaue des Himmels an den Rand der Zeit zu verdrängen in der Lage ist, und wenn es nicht blüht, weil vielleicht Winter ist, dann bringt allein die Er-

Wildblumenwiese auf Château de Valmer: Denn Schlösser müssen nicht immer nur von akkurat getrimmten formalen Gärten umgeben sein.

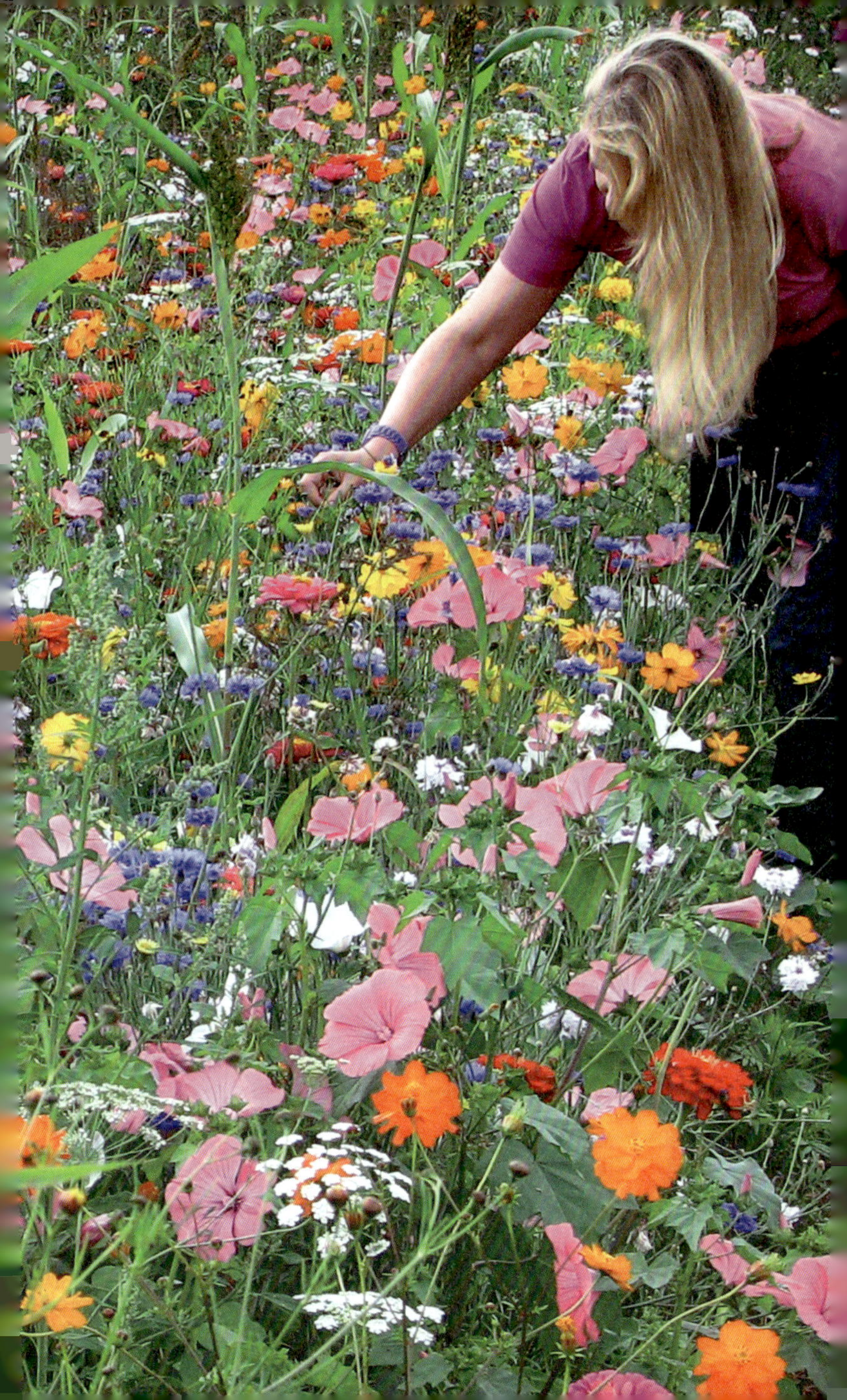

innerung an den letzten und die Vorfreude auf den nächsten Besuch die Fantasie zum Purzelbäumeschlagen. Wenn die Touraine der Garten Frankreichs ist, dann verläuft hier zumindest eine Hauptschlagader. Das Belvedere macht seinem Namen alle Ehre: Wahrhaftig ist der Blick auf den Ziergarten kaum zu überbieten. Vom Buchs geformt sind hier die Liebesgärten; Quadrate aus der Tiefe des Herzens geformt, aus denen im Frühling allüberall die Tulpenblüte Farbe ins Grün zaubert. Die daran sich anschließenden Gemüsegärten zwischen Schloss und Dorf – nach klösterlich-mittelalterlichem Konzept geometrisch angelegt – sind ebenso zauberhaft. Zauber, Zauber überall, und obgleich die Geometrie und Quadraterei im Ganzen einer sehr würdevoll geplanten Inszenierung gleichkommt, schlägt das Herz Villandrys möglicherweise doch nicht hier, sondern oben im Sonnengarten. Im Jardin de Soleil stimmen die Farbkonzepte, wurden Gehölze und Stauden harmonisch miteinander kombiniert. Goldwolfsmilch, Trollblume und erster Mohn, Felsenbirne und Flieder – und im steten Wechsel der Blütegezeiten folgen bis zum Oktober immer neue Feuerwerke, die über den formalen Anlagen thronen, die aber von den wenigsten der 300.000 Besucher jährlich so empfunden werden, weil die konzeptionelle Pracht bei denen mehr Wirkung erzielt.

„Monsieur, téléphone. Pour vous!" – Ich sage „merci", nehme den Hörer entgegen und bin überrascht. Am anderen Ende meldet sich Caroline Laigneau. „Es tut mir leid. Ich kann Sie heute leider doch nicht durch unseren Garten führen. Ich muss eine Gruppe Chinesen bei Laune halten,

Mai auf Château de Villandry – es gibt vermutlich wenige schönere Arbeitsplätze als diesen.

die zurzeit in Chinon zu Gast sind. Aber ich habe meine Mutter angerufen. Sie holt sie gleich am Eingang ab und erklärt Ihnen alles. Au revoir, bis bald, à bientôt." Caroline Laigneau hat etwas, das die allermeisten jungen Frauen nicht haben: ein Schloss. Ein ziemlich besonderes Schloss sogar, denn Château du Rivau steht inmitten der mit Weinreben reich verzierten Landschaft des Gebiets um das Städtchen Chinon. Jetzt könnte man abwinken und „Na und" sagen, weil das Tal der Loire mit seinen über 300 weißen Schlössern auf einer Gesamtfläche von rund 800 Quadratkilometern Teil des UNESCO-Weltkulturerbes ist. Keines

Das Château du Rivau verbindet Eleganz mit Leichtigkeit. Rund um dieses weiße Traumschloss ist ein heiterer Garten angelegt worden.

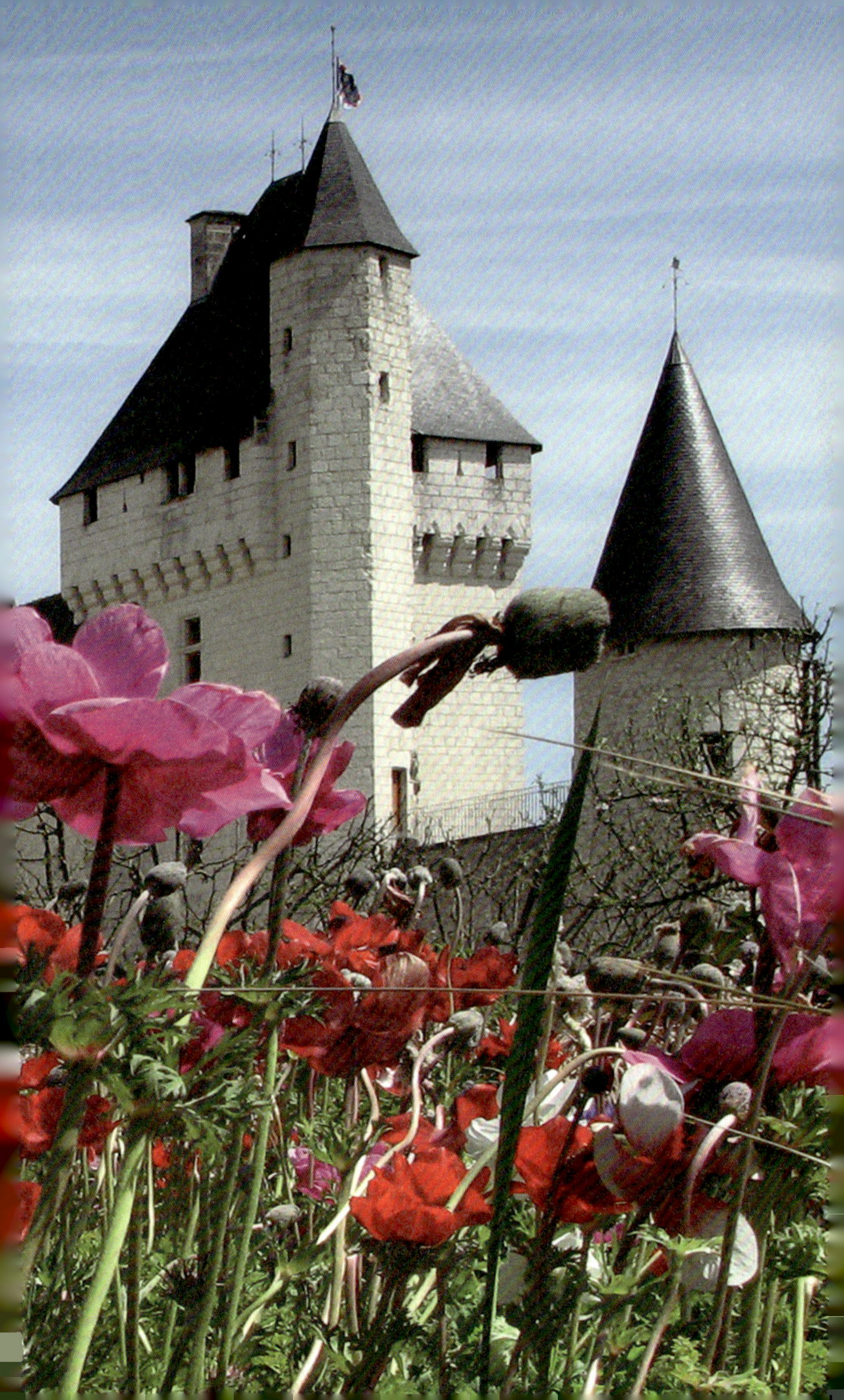

ist dem anderen gleich, logisch, aber Rivau versprüht besonderen Charme, anstatt nur hübsch dazustehen. Und es ist märchenhaft, weil hier Bäume Beine haben. Nicht alle Bäume natürlich, nur ein paar im kleinen Wäldchen, in denen die Pfauen des Hauses stolz wie Bolle schon mal von hohem Ast herunterschräkern (Gesang mag man ihre Töne nicht nennen wollen). Es wirkt, als würden die Bäume sogleich drauflos schreiten wollen. „Kunst ohne erhobenen Zeigefinger mit Witz und Charme zu integrieren, ist das Ziel unserer Bemühungen", sagt Madame Patricia Laigneau. Sie hat diese Oase kreiert und das geschafft, was viele Schlossbesitzer nicht schaffen: dem Garten seine warme Atmosphäre zu lassen und ihm nicht die streng genormte Kühle eines herrschaftlichen Parks aufzuzwingen. Deshalb wachsen im Frühling die Schwertlilien kokett in die Wege, hangeln sich Ramblerrosen und Clematispflanzen nonchalant im Astwerk alter Obstbäume bis fast zum Himmel. Gargantuas Gemüsegarten, der Zauberwald, der Pfad des Däumlings, Alice im Riveau-Land, die Rabatte der Wonnen, das Gartentheater, der verliebte Wald, die duftende Allee, der Paradiesobstgarten, der Garten der Zaubertränke und der geheime Garten – das alles ist wirklich märchenhaft, weil es Mythen und Sagen aus Literatur und Volkstum aufgreift und dennoch den gärtnerischen Aspekt und die Bedeutung von Pflanzen miteinbezieht. Das alles erfreut umso mehr, da alle Schönheit auf Rivau vor einigen Jahren am seidenen Faden hing. Das Schloss hatte lichterloh in Flammen gestanden! Die Familie Laigneau durchlebte schreckliche Stunden und war gezwungen, erneut das Schloss zu retten. Das hatte die Familie im Jahre 1992 schon einmal getan, und ein Schloss zu renovieren, dauert lange: Patricia Laigneau hatte das Château du Rivau 1992 gemeinsam mit ihrem Mann Eric gekauft. 18 Jahre lang dauerte ihr Restaurierungsprojekt, einschließlich der zwölf Gärten. Heute stehen sieben Zimmer der Öffentlichkeit zur Verfügung, und die umgebenden Gärten spiegeln die Leidenschaft wider, mit der die ganze Familie hier lebt und arbeitet. Und immer mehr drückt auch Tochter Caroline Laigneau dieser Anlage ihren Stempel auf. Von 1.001 Wundern ist hier die Rede. Ob es nun so viele sind, ich habe sie nicht gezählt. Aber ich sehe Zwerge im Unterholz und eine nicht ganz jugendfreie Badenixe. Die Schlossgärten folgen Leitmotiven der Literatur und Legenden des Mittelalters. Rapunzel lässt ihr Haar herunter; tatsächlich reicht es vom obersten Fenster des ersten Turms bis nach unten, und ein Riese scheint seine Gummistiefel und die Gießkanne vergessen zu haben. Über all dem schwebt der Duft von 450 Rosensorten schon dann, wenn sie noch gar nicht blühen, eine traumhafte Anlage ...

Der Morgen stirbt nie, nicht hier, „wo das junge Gras in smaragdener Färbung sprießt", wie es Honoré de Balzac in seinem Werk „Die Frau von dreißig Jahren" beschreibt. Und weiter: „Zur Linken erscheint die Loire in ihrer ganzen Pracht. Auf der leichten, vom frischen Morgenwind gekräuselten Wasserfläche, die dieser majestätische Fluss entfaltet, bricht sich die Sonne in unzähligen Facetten." Ja, der Morgen stirbt nie, nicht hier, nicht an der Loire. Balzac, der große Geschichtenerzähler, brachte es wohl mit dem Federkiel zu Papier, aber formuliert hatte er diese Passage mit seinem Herzen, denn er war 1799 in Tours geboren worden, also folglich mitten im Geschehen, in der Touraine. Wenn ich im Mai, dem schönsten Monat im Garten Frankreichs, am Ufer Ihrer Majestät, la Loire, stehe, zischen die Schwalben über ihre Wasser und bauen Nester unter den Dachvorsprüngen der weißgrauen Häuschen mit ihren wettergegerbten Fassaden oder füttern ihre Jungen. Ich wünschte, ich hätte Balzacs Gabe, mit Röntgenblick sein komplettes Werk zu durchleuchten, so wie er in der Lage war, die menschliche Komödie in ihrem Ausmaß zu schildern. Im Château de Saché, südlich von Tours, huldigen die Franzosen ihrem Helden. Das Musée Balzac ist weit davon entfernt, eine Wallfahrtsstätte zu sein, und dennoch vermag es Reisen- und Lesenden so prachtvoll wie die Pyramiden von Gizeh zu erscheinen – alles eine Frage der Perspektive.

Die Schwalben zischen immer noch übers Wasser und Sonnenflecken krabbeln an den Häusern entlang. Saint-Étienne-de-Chigny ist mehr Durchfahrtsort als Dorf. Hier geht's direkt nach Tours. Es ist kurz vor halb elf, aber für einen Sauvignon blanc auf der Terrasse der Auberge de Bresme am Quai de la Loire sicher nicht zu früh. Außerdem macht erstens Kultur durstig, und zweitens schworen die alten Meister ebenso sehr auf den Rebsaft. Heute ist er gut und ausgewogen, haben sich die Kellertechniken verändert, und die Gnade der späten Geburt lässt maintenant das Gemüt erhellen, während Pierre de Ronsard ohne Zweifel noch weniger Hübsches im Glase hatte. „Le prince des poètes" nennen sie ihn heute, obwohl er wahrlich auch den

*Mancher Zauber entspringt der Fülle: Allium-Traum
im Garten von Château du Rivau.*

Titel des Königs verdient hätte. Ronsard, 1524 in der Provinz Vendôme geboren, gelangte mit Oden und Liebesgedichten zu Ruhm und leider ebenso in Ungnade, weil er unter anderem den Streit zwischen Katholiken und Protestanten formulierte. Dass seine Gebeine dennoch unter einer Grabplatte im Chor der Prieuré Saint-Cosme, also einem verdammt noch mal richtig kirchlichen Ort, ruhen, ist weniger eine Fügung des Schicksals, sondern vielmehr die Folge dessen, dass er hier einen Großteil seiner Lebensjahre verbrachte. Über vier Jahrhunderte mussten vergehen, um sich wieder an den Dichterfürsten zu erinnern. Im Jahre

Guckloch im Grünen: In den Gärten der Loire lassen sich unendlich viele Entdeckungen machen.

1933 führten Ausgrabungen zum Fund seiner Grabstätte. Heute ist die Prieuré ein Ort des Erinnerns und Umherschweifens – und eine nach Ronsard benamte Rose erinnert an den Dichter, von dessen Werk übrigens so gut wie nichts ins Deutsche übersetzt worden ist. Was soll's, liest man's eben in Französisch und in aller Ruhe. Über alledem steht die Blüte der Rose de Ronsard, die sich wie ein Segen über die Seele dieser Region legt. Vielleicht ist sie, die Ronsard-Rose, nein, ganz ohne Zweifel sogar ist sie ein Grund dafür, dass ein Teil meines Herzens immer für den Garten Frankreichs schlägt, weil keine Protzigkeit stolzester Schlösser und keine noch so millimetergenau geformte Strenge ihrer formalen Parterres der Lieblichkeit tänzelnder Gemüse- und Küchengärten standhalten kann. Das Fröhlichbunte, bisweilen nur eine Randerscheinung, aber zumeist wunderhübsch in Szene gesetzt, gibt der Landschaft, von der Balzac so schwärmte, noch immer ihren besonderen Charakter. Kräuter und Wildblumen wachsen auf Brachflächen neben den schon erwähnten D-Straßen, und als wenn eine jede neue Loire-Reise nach einem Höhepunkt streben würde, finde ich ihn stets dort, wo ihn die wenigsten Reisenden vermuten: in einer Blumenwiese. Auf Château de Valmer tauche ich ein in diesen Ozean der Lieblichkeit. Die Gärtner der Schlossanlage, die mehr für ihre Vouvray-Weine bekannt ist und weniger für ihre kunstvollen Gärten, haben mit dieser Maßnahme der gesamten Anlage eine enorme Leichtigkeit verschafft. In diesen Farben und Blüten entflammte mein Herz schon vor einigen Jahren, und jedesmal, wenn ich gedenke zurückzukehren, hoffe ich darauf, dass das Wildblumenfeld nicht einer fixen Idee weichen musste, es umzupflügen und durch Gras und Formschnittgehölze zu ersetzen. Bislang wurde ich nicht enttäuscht.

18

Minze, Salbei, Thymian, Melisse – das Quartett der Unverzichtbaren

Die Vielfalt der Heilkräuter ist riesig. Auf die Frage, welche dieser besonderen Pflanzen unbedingt im Garten angebaut werden müssen, hängt entscheidend vom eigenen Geschmack und der Tatsache ab, was man damit tun will. Aus der Vielzahl der Möglichkeiten ein Ranking machen zu wollen, hätte wenig Zweck, noch dazu man zwischen den winterharten und nicht frostfesten Pflanzen unterscheiden muss. Vier ganz besonderen Gattungen soll hier trotzdem mehr Platz eingeräumt werden, weil ihre Vielfalt, Würz- und Heilkraft besonders hoch einzustufen sind: Minze, Salbei, Thymian und Zitronenmelisse

Wenn man Sabine Zeller vom Marienhof in Esperde in der Gemeinde Emmerthal danach fragt, welches Heilkraut aus ihrem Gemüsegarten eines der wundervollsten ist, wird sie den Ananassalbei zumindest nicht unerwähnt lassen, ohne ihn aber gleich als gesundmachendes Gartenglück zu heroisieren. Salvia rutilans sieht eben einfach auch schon köstlich aus und duftet ebenso sehr. Rote, röhrenförmige Blüten bringt diese bis zu zwei Meter hoch wachsende, exotische Pflanze hervor, deren einziger, ja wirklich absolut einziger

Vier Freuden für guten Geschmack: beruhigende Zitronenmelisse, erfrischende Minze, starker Thymian und wertvoller Salbei.

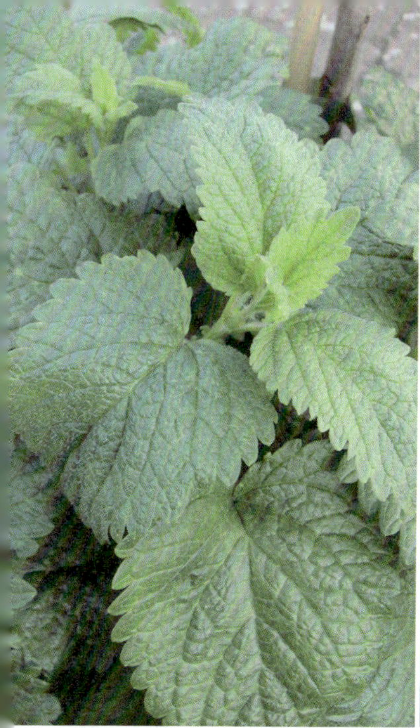
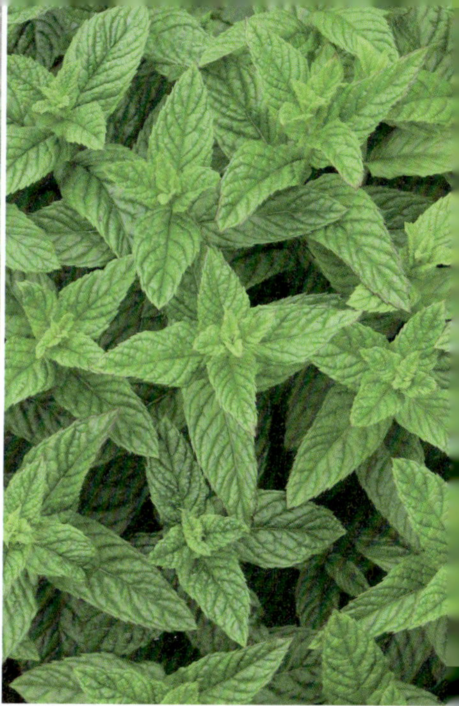
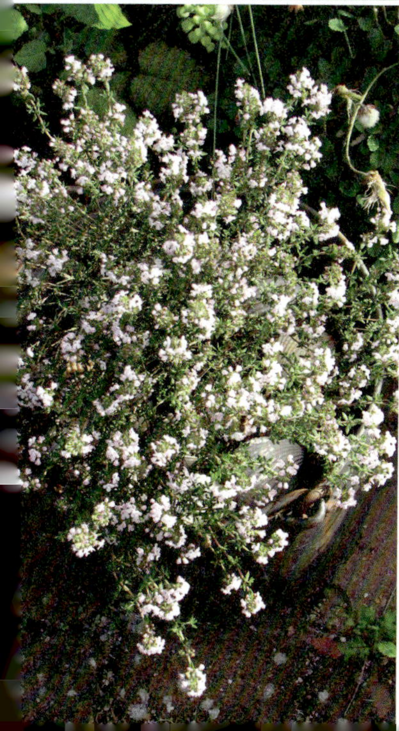
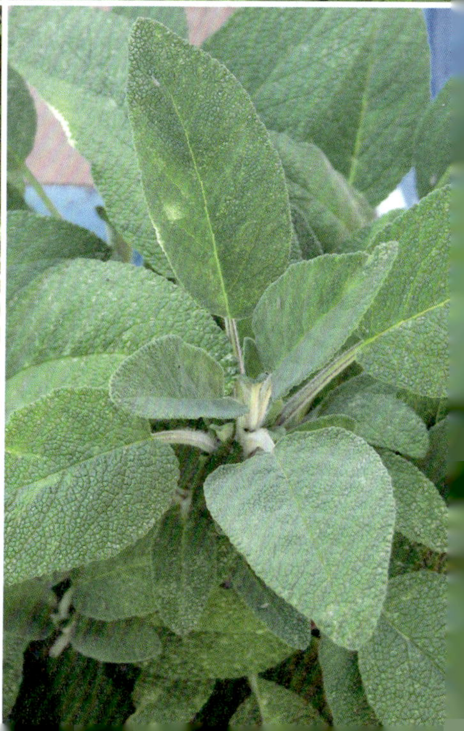

Makel darin besteht, dass sie nicht vollkommen winterfest ist. Darin einen Mangel zu erkennen, ist dennoch unangebracht, denn schließlich kostet es wenig Mühe, diese außergewöhnliche Salbei-Art entweder im Topf über den Winter zu bringen (etwa im Gewächshaus) oder aber im neuen Jahr wieder zu Sabine Zeller zu gehen ...

Salbei – welch eine unglaubliche Gattung! Über 800 Arten sind weltweit bekannt. Viele davon nehmen wir nicht mal als Heilkraut wahr, sondern als besonders hübsche Staude, wie zum Beispiel den buntblättrigen Salbei 'Purpurascens', der mit seinen bläulichen und rötlichen bis hellgrünen Tönen einen erstklassigen Kontrast zum dunkelgrünen Laub vieler anderer Stauden und Gehölze bietet. Nutzbar für Teezubereitungen und Fleisch- oder Fischgerichte ist er außerdem. Doch Obacht: Salbei hat eine dominante Würze! Aber eben auch eine dominante Heilkraft: Der Sonnenanbeter, der auf durchlässigem, mageren Boden im Steingarten am besten wächst, wurde einst sogar als Heilpflanze zur Wundreinigung genutzt und galt im Mittelalter als so stark, dass er die Pest fernhalten würde. Auch heute noch gilt der Klassiker Salvia officinalis als einzigartige Heilpflanze, vor allem in puncto Erkältung und Verdauung. Außergewöhnlich ist aber vor allem auch seine Eigenschaft, antioxidativ zu wirken, also sogar gegen stärkere Krankheiten wirken zu können.

Wer von Salbei spricht, darf von Thymian nicht schweigen. Der Prince of Wales wird schon wissen, warum er auf Highgrove seinen Gärtnern einen Thyme Walk, einen Thymian-Lauf, pflanzen lassen hat. Wie ein See aus grünem Laub und violett- bis weißfarbenen Blüten ergießt sich dort die ganze Pracht verschiedener Thymian-Arten, gesäumt von in Buchs geschnittene Kunstwerke. Das Besondere an diesem Thymian-Weg ist die Verbindung seiner optischen mit der olfaktorischen Wirkung. Mit jedem Schritt über die allesamt niedrig wachsenden Arten duftet es angenehm frisch und würzig; über eine gepflegte Rasenfläche zu schreiten vermag Freude zu bereiten, aber über Thymian schreitet man nicht einfach, dort schwebt man auf den Düften in den Lüften. So lässt sich dieses Erlebnis auch in den eigenen Garten holen: polsterbildender Thymian anstatt Gras – das ist eine Lösung. Als Polster kommt zum Beispiel der Zitronen-Thymian infrage (Thymus x citriodorus), eine Kreuzung aus Echtem Thymian (Thymus vulgaris) und Quendel. Überhaupt gibt es eine Vielzahl kriechender und Polster bildender Arten, die als Rasenersatz dienen können, vorausgesetzt, der Boden ist für sie aufbereitet. Thymian wird dort nicht schön wachsen, wo die Erde zu verdichtet ist, wo die Lehmanteile zu hoch sind. Er braucht mageres, kalkhaltiges Substrat. Das gilt gemeinhin für so ziemlich alle 300 Arten dieser Gattung. Die höher wachsenden des Echten Thymians (Thymus vulgaris) eignen sich als perfektes Küchengewürz. „Die nächste Grippe kommt bestimmt, doch nicht zu dem, der Thymian nimmt", sagt der Volksmund und soll damit wohl recht haben, denn die heilkräftige und antiseptische Wirkung ist unbestritten. So gesehen lassen sich fetthaltige Speisen wie Ente, Hammel, Gans und reichhaltige Eintöpfe nicht nur feiner machen, sondern auch noch ohne Reue genießen. Und Thymian-

Tee – warum nicht? Vielleicht schmeckt er besser als erwartet, aber ohne es auszuprobieren, wird man es nicht erfahren. Nur zu!

Das dritte Heilkraut, das in seiner Vielfalt geradezu verwirrend wirken kann, ist die Minze (Mentha x piperita). Um sie ins Beet zu setzen, bedarf es wahrhaftig nicht viel: Die Minze kommt mit normalem Gartenboden gut zurecht, braucht im Gegensatz zu Salbei und Thymian noch nicht einmal die volle Sonne und erobert sich an geeigneten Standorten nicht gänzlich bodendeckend, aber doch frech und forsch durch Wurzelausläufer weitere Bereiche. Im Staudenbeet kann diese Verwilderung zu einem Problem werden, aber unter Gehölzen beweist sich die Minze als gelungene Unterpflanzung, die noch dazu immer vorrätig ist. Denn für sommerliche, frische Teezubereitungen gibt es im Grunde kein besseres Kraut; erfrischend im Mund, besänftigend in Magen und Darm. Einige just gepflückte Blätter in Streifen geschnitten über Erdbeeren – herrlich. Minze und Süße passen gut zusammen. Und welche Vielfalt! Bei über 600 Sorten und Züchtungen schwirrt selbst Fachleuten der Verstand. Dabei ist es absolut herrlich und anzuraten, mehrere Sorten im Garten zu pflanzen. Ein Muss: die Schoko-Minze! Für Süßspeisen perfekt, aber die wenigsten Anwender wissen, dass sie vor allem auch für einen Tee sehr gut zu verwenden ist. Stark wuchert die Apfel-Minze, eine der beliebtesten Minzen in Deutschland. Dabei ist die aus ihr gezüchtete Ananasminze (Mentha rotundifolia 'Variegata') fast noch besser; auch optisch, denn ihre grünweißpanaschierten Blätter tragen ein fruchtiges Aroma und viel

Süße in sich. Herber im Ausdruck, aber nicht weniger attraktiv, ist die klassische Pfefferminze, aus der verschiedene Sorten gezüchtet worden sind, von denen 'Mitcham' die wohl bekannteste ist.

Die Robe geriert sich zwischen Goldgrün und bernsteinfarben. Keine Nuance wäre in der Lage, sie schöner zu malen. Komplexes Bukett. Es näselt an der Schwelle zum Grasigen, jedoch die Note aus Menthol fordernder und forscher ist als alle anderen Düfte, die sich vornehm im Hintergrund halten und doch spürbar sind. Kümmel zum Beispiel, leicht nur, aber durchaus mal vorhanden. Frische Nase. Weniger mit Früchten durchsetzt als vielmehr von grüner Seele. Am Gaumen: Das Spiel von Tau und Traube, und doch hat keine Beere dieses Getränk werden lassen, sondern ein Aufguss frisch geschnittener Blätter. Noch dazu: Süße, je nach Sorte mehr oder weniger vorhanden. Im Abgang ein bekömmliches Aroma, dessen bittere Noten von der Frische auf perfekt austariertem Niveau gehalten werden. – Wer die Vielfalt der Minzen für sich entdeckt, kann schnell zum Connaisseur werden, denn aus diesem Würz- und Heilkraut gezauberte Tee- und Kaltgetränke sind ein Hochgenuss, der schon im Anblick beginnt. Durchaus darf dann auch von Robe gesprochen werden, wie bei einem großen Wein. Minztee ist nicht einfach gelb, sondern je nach Sorte im goldenen Bereich unterschiedlich changierend. Und er betört ohne Frage mit Bukett und am Gaumen mit Geschmack. Allein die sogenannten „Kirchenfenster" lässt er vermissen, also jene öligen Schlieren, die ein guter Rebtropfen bei jedem Schwenk im Glase zeichnet. Man kann nicht alles haben. Dennoch: ein edles Getränk, eines aus dem eigenen Garten. Mit reichlich ätherischem Öl versehen, mal mehr und mal weniger Menthol in sich tragend. Es gibt sogar Sorten, die überhaupt kein Menthol in ihren Blättern führen, obwohl sie deutlich danach duften. Dazu zählt zum Beispiel die Apfelminze, die mit ihrem forschen Spearmint-Aroma zu überzeugen weiß. Eine deutlich süße Note vermittelt die robuste Marokkanische Minze, die mit ihren dicken, bald ledrigen Blättern eine dunkelgrüne Gartenschönheit ist und als Aufguss ganz weit hinten am Gaumen eine Spur von Kümmel erahnen lässt, wofür das im ätherischen Öl gebundene Carvon verantwortlich ist. Wasser-Minze, Orangen-Minze, Schoko-Minze, Bananen-Minze – aus der züchterischen Arbeit heraus und auf Basis der Tatsache, dass die Gattung der Minzen äußerst kreuzungsfreudig ist (kreuzungswütig wäre auch zutreffend), gibt es heute Hunderte Sorten. Pfefferminztee wirkt krampflösend bei Magen- und Darmbeschwerden und ist zudem ein Durstlöscher mit prächtigem Aroma. Mit Pfefferminz ein Prinz zu sein, ist ergo nicht zutreffend – im Grunde ist man damit schon König.

Die Vierte im Bunde des magischen Gesundheitsquartetts ist die Zitronenmelisse, auch nur Melisse genannt, betörend von der Wurzel bis zu ihren krausen, leicht behaarten und gezähnten Blättern. Ein dicht verzweigtes Mirakel, das der Kräutergesellschaft Würde und Beständigkeit verleiht und in gleicher Weise mit dem hellgrünen, kräftigen Laub einem gemischten Staudenbeet vom Frühling bis zum Herbst als fundamentale Unterpflanzung hoch aufragender

Rittersporne, fröhlicher Bartfäden und aparter Ziersalbeipflanzen dient. Melissa officinalis erdet alle Flächen, auf denen sie steht, und trägt nicht zufällig ihren Beinamen officinalis im Botanischen, der auf die arzneiliche Wirkung hindeutet. Den hohen Anteil der ätherischen Öle Citronella und Citral preisen Professoren und Phytopharmakologen gleichermaßen. Philippus Theophrastus Aureolus Bombastus von Hohenheim, als Arzt bekannt unter dem Namen Paracelsus, hatte im 16. Jahrhundert zwar keine Möglichkeit, diese wertvollen Ingredienzen beim Namen zu nennen, schwor aber ebenso auf die Melisse; er lobte sie über und über als „Lebenselixier", gut für das Gehirn und beste Pflanze für das Herz.

Tatsächlich soll die Melisse den grauen Zellen auf die Sprünge helfen können, das wollen wissenschaftliche Untersuchungen ergeben haben. Ich will es gerne glauben, denn wenn ich an sie denke, dann erinnere ich mich: an die Sommer, die schönen Stunden, an gute Gespräche und den Geschmack des frisch zubereiteten Melissentees. Allein im Anblick dieser Staude – der wichtigsten aller wichtigen Pflanzen, die in einem Garten stehen müssen – komme ich auf Touren, spüre Inspiration und Freude, und wenn die Heilmittel darin nur halbwegs das halten, was die Experten versprechen, muss die Devise lauten: „Melisse für alle." Nach englischem „tea room"-Vorbild seien weltweit Teestuben einzurichten, wo es hektoliterweise Melissentee gibt. Dass der eine oder andere Doktor dadurch arbeitslos werden könnte, wäre schade für ihn, aber ein gutes Zeichen für alle.

Der Reigen des Glücks rund um die Zitronenmelisse beginnt früh. Salbei und Minze etwa treiben im April zwar schon durch, aber sind noch etwas müde, währenddessen die Melisse wie von der Tarantel gestochen aus ihrem Wurzelstock schießt, sodass bei guten Bedingungen der erste frische Tee des Jahres schon Mitte bis Ende April aufzugießen möglich ist. Her damit, hinein in den Schlund, und immer in Ruhe genießen, Schluck für Schluck, so wie die Melisse eben auch wirken soll: entspannend und krampflösend. Auf diese Weise wird der Melissentee zum dauerhaften Frühlings- und Sommerbegleiter, gesetzt den Fall, dass auch genügend davon vorhanden ist. Zwei Pflanzen sind entschieden zu wenig für täglichen Trinkgenuss, da müssen schon mehr her. Und da ist ja auch die andere Seite, die blühende, die zierende. Melisse bedeutet so viel wie „Pflanze, die den Honig spendet", weshalb Hummeln und Bienen und Schmetterlinge sie als Schnabulierplatz lieben. De facto ist es wichtig, die Melisse auch zum Blühen bringen zu lassen, was unendlich schön aussieht. Tee aus ihren Blättern schmeckt aber nur, solange sie nicht blüht. Währenddessen oder danach liegt das Aroma im Argen. Im Ergebnis bedeutet es, am besten mindestens mit einem halben Dutzend Pflanzen im Einklang zu gärtnern, damit alle Seiten – Mensch und Mikronatur – zu ihrem Recht kommen. Neue Stauden erhält man nach einigen Jahren auch ganz einfach per Wurzelstockteilung. Dieses Verjüngen ist ohnehin alle drei bis fünf Jahre anzuraten.

Platz ist meistens genug vorhanden und bekanntlich in der kleinsten Hütte. Raum für Entfaltung auch, denn die Me-

Frisch aufgebrüht schmeckt Minztee im Sommer nicht nur herrlich belebend, sondern kühlt erhitzte Gemüter an heißen Tagen auch herunter.

lisse als Heilpflanze, wie sie hier einst zuerst in den Klostergärten angebaut wurde, ist von Züchtern weiterentwickelt worden. In den Sorten 'Binsuga' und 'Lemona' ist der Gehalt der ätherischen Öle höher als in der Stammform. Und 'Aurea' verzaubert ab den Sommermonaten mit einer goldenen Färbung. Eine weitere Spielart ist die Weiße Melisse. Eigentlich als Unterart der Katzenminze und botanisch nicht als officinalis, sondern als Nepeta cataria ssp. citriodora eingestuft, bringt sie doch trotzdem alle Voraussetzungen mit, um heilsamen Geschmack ins Teeglas zu

Besonderer Blickfang das ganze Jahr über: Purpur-Salbei schmeckt so gut, wie er aussieht.

bringen und überdies ein Blütenspiel zur Schau zu tragen, das noch hübscher anmutet als bei der Schwippschwägerin. Beziehungsweise Schwipps-Schwägerin. Denn dass die Zitronenmelisse als Melissengeist hochprozentige Freuden Richtung Kehle und Seele verteilt, ist ja auch noch so ein Kapitel in der Geschichte und Gegenwart dieser sehr besonderen Pflanze. In den Likören Chartreuse und Bénédictine ist sie auch enthalten. Daran ist nichts Unangenehmes zu finden, denn neben Tee in Massen ist Schnaps in Maßen auch nicht übel fürs Wohlbefinden.

19

Das gelbe Luder

Lange hat es gedauert, bis mir dieser Wuschelkopf die Freude bereitete, drüben am Gewächshaus zu blühen. Es gab Zeiten, in denen ich keinen Pfifferling auf die Großköpfige Flockenblume gab, ich sie endgültig abschrieb, wie ich es an jedem Samstagabend mit dem Lottogewinn zu tun pflege, und mich in die Schmollecke zurückzog, Angeblich, so verlautbaren unterschiedlichste Expertisen, sei Centaurea macrocephala „einfach zu ziehen" und bemühe sich keinesfalls eines divenhaften Verhaltens. Sie benötige auch keine außergewöhnliche pflegerische Zuwendung, Dünger schon mal gar nicht und auch sonst keine Liebkosungen, die über das übliche Tun von Bienen und Hummeln hinausgingen. Daraus schlussfolgerte ich, dass sie mir im Sommer des Folgejahres (ich hatte sie an einem warmen Altweibersommertag gepflanzt) mit ihrer großen Güte ein stilistisches Ausrufungszeichen ins Beet würde zaubern können. Leere. Sie ging nicht an. Bis heute ist das Rätsel ungelöst und liegt als Aktenzeichen GF in meinen handschriftlichen Aufzeichnungen. Um dennoch ihren Anblick genießen zu dürfen, fuhr ich mit dem Auto nach Hannover und steuerte den Berggarten der Herrenhäuser Gärten an, wo das schöne Geschöpf mit den strahlend gelben Wuschelblüten im Pergolagarten und halbschattig behütet vom Katsurabaum in ultimativer Massenschönheit blüht. Kopf an Kopf eine Erfüllung. Nach Atem raubend stand ich

Die Große Flockenblume nimmt sich Zeit, ihre Blütenköpfe zu entfalten. Aus einem Irokesen wird nach und nach ein Wuschelkopf.

davor, schüttelte den Kopf, und wollte herausfinden, was ich falsch machte. Ich fand aber nichts raus.

Nächster Herbst. Ich pflanzte abermals. Guter Kompost eingebracht. Staude sogar gekauft, anstatt die Pflänzchen zu nehmen, die ich selber aus dem Samen gezogen hatte. Ich hoffte einen Winter lang. Im Frühling nichts Neues. Centaurea, ma chérie, das gelbe Luder blieb fort. Den letzten Versuch startete ich schließlich im September vergangenen Jahres bei der Überplanung eines Teilbereichs im Staudenbeet B/2g*. Fragen Sie mich nicht nach der Abkürzung, sie klingt nur herrlich dekadent. Jedenfalls hob ich wieder ein Pflanzloch aus, verbesserte die Bodenqualität mit humusreichem Substrat und einem Sand-Kies-Gemisch, damit Nährstoffe sich halten, aber keine Staunässe droht. Schneckenschutzring drumherum gelegt. Im Winter eine schützende Decke aus Tannenzweigen und Laub darauf verteilt. Im Frühling schließlich den Boden leicht aufgelockert, ein bisschen Dünger ausgebracht, den Schneckenring zunächst belassen, immer mal wieder geschaut und „gebeetet", dass sie, die Große Centaurea, die Offenbarung und flockigste aller flockigen Flockenblumen, sich nach dieser Mühewaltung doch bitte gütig zeigen möge. Und sie tat mir den Gefallen. Es war ein Mittwochmorgen, der sich wie ein

Nach der Blüte ist vor der Pflanze: Die Große Flockenblume sät sich selbst aus – sie braucht aber ihre Zeit.

Sonntag anfühlte, 9.23 Uhr. Irokesenartig entfalteten sich die ersten goldgelben Pinselchen aus ihrem Blütenkorb. Nach und nach wurde der Flor größer und schöner. Ich gab das Strahlen mit einem Lächeln zurück. Es war in diesem ersten Jahr bei dieser einzigen Blüte geblieben. Aber wie man so schön sagt, hat sie schon mal den Fuß in der Tür, die Gute. Sollte sich nach all den Enttäuschungen und Mühen der Vorjahre im nächsten Jahr die Blütenanzahl um 100 Prozent verdoppeln, wären das sensationelle zwei. Ich bleib dran.

20

Vielfalterei durch Wildkräuterei

Sich entfalten, nehmen Schmetterlinge wörtlich. Erst nach mehrmaliger Häutung der Raupe und der Verpuppung schlüpfen die Sommervögelchen ans Tageslicht. Natürlich nur, wenn's ein Tagfalter ist, von dem im Folgenden die Rede sein soll, denn zwar gehört die überwiegende Mehrheit der etwa 3700 Schmetterlingsarten in Deutschland zu den Nachtfaltern, doch von gärtnerischem Interesse sind vor allem die rund 190 Tagfalterarten, von denen wiederum mindestens zwei Drittel das Weserbergland bisher gemieden haben. Dennoch: Ein Höhenflug durch ihre Welt ist an Fröhlichkeit kaum zu überbieten. Neben den (handelsüblichen) Nektarpflanzen sind es aber besonders die wilden Ecken und Enden eines Gartens, die den Schmetterlingen zum Leben verhelfen.

Nektarpflanzen sind natürlich wichtig. Auf Purpur-Sonnenhut fliegen Tagpfauenaugen, Distelfalter, Admirale, Füchse und einige andere genauso gern wie auf Purpur-Dost, Flockenblume und Sommerflieder. Doch das Hauptaugenmerk sollte vor allem auch auf das Nahrungsangebot für die Raupen gelegt werden, und das hat kaum etwas mit hübsch blühenden Stauden und Gehölzen zu tun, sondern mit naturnaher Unaufgeräumtheit. Für die Raupen von Tagpfauenauge, Admiral und Distelfalter ist zum Beispiel die Brennnessel Hauptfutterpflanze; die Raupen des Landkärtchens – selbst in Zeiten von GPS und satellitengestützten Navigationssystemen ist es nicht unterzukriegen … – ernähren sich sogar ausschließlich von den jungen Trieben. Es nützt also nichts, sich allein auf die schönsten Nektarpflanzen zu verlassen. Wenn es keinen Platz gibt für die Futterpflanzen der Raupen, werden die Schmetterlinge sich kaum entwickeln können. Ohne die Bereitschaft, die Hürde des blitzblank gepflegten Gartens zu überspringen und lieber wilde Ecken zuzulassen, wird das Anlocken kaum gelingen. Beispiel Wiesenschaumkraut. Der Aurora-Falter ist in der bekanntlich sehr intensiv bewirtschafteten Kulturlandschaft, in der die Lebensräume für Schmetterlinge im Vergleich zu früher klein geworden sind, deshalb so selten geworden, weil das Wiesenschaumkraut zu früh gemäht wird, meistens schon Ende April oder im Mai, sei es auf den Äckern oder in Gärten. Der Entwicklungszyklus des Aurora-Falters dauert jedoch bis mindestens Mitte Juni. Eine späte Mahd ist also richtig und wichtig. Sie kommt im Übrigen auch dem sehr hübschen, kleinen C-Falter zugute, der bei vielen Gartenbesitzern schon fast völlig in Vergessenheit geraten ist, obwohl er eigentlich keine außergewöhnlichen Ansprüche stellt. Und denke ich an das Wiesenschaumkraut, kommen mir meine Stachel- und Johannisbeeren in den Sinn, die gesäumt von dieser attraktiven Wildpflanze noch viel hübscher zur Geltung kommen.

Wissenschaftler bemühen sich seit vielen Jahren um Aufklärung, beobachten Populationen, die teils vollkommen verschwinden oder sehr stark zurückgegangen sind. Beim Aurora-Falter, der sich auch von der Knoblauchsrauke er-

Ochsenauge, sei wachsam: Wo es landet, segnet es den Augenblick.

nährt (ebenfalls ein Wildkraut), ist dies der Fall. Die Raupen verpuppen sich an den Stängeln. Erst wenn verholzte Pflanzen bis zum nächsten Frühjahr stehen gelassen werden, können sich die Raupen zur Puppe und schließlich zum Schmetterling entwickeln. Auch dem Apollofalter ergeht es immer schlechter, weil er zwingend die Weiße oder Große Fetthenne als Nahrungspflanze benötigt. Wild wachsen diese Blumen nur noch selten an trockenen Böschungen auf kalkhaltigem Boden. Gerade die Weiße Fetthenne ist aber auch gärtnerisch von Bedeutung, setzt hübsche Akzente im Steingarten, wenn etwa die Blüten von Thymian und Heiligenkraut schon vergangen sind oder im allzu bunt betupften Staudenbeet ein ruhender Pol gesucht wird. Früher oder später wird der Apollofalter sich sicher dort niederlassen. Keine Wildkräuterei verbietet es den echten Gärtnern, dennoch mit Schmetterlingsfliedern ihr Glück auf der Suche nach der Vielfalterei zu erzwingen, somit ich wieder bei den blühenden Verführern angekommen bin.

Ganz dicke, dicke Sommerfliederfreunde, die sich aus gar nicht einmal so unerklärlichen Gründen mit dem entzückenden Strauch eins fühlen, weil er unablässig wohltuend duftet und bis zu sechs Wochen lang blühen kann, wollen kaum Zweifel daran hegen, dass die Sorte 'Purple Prince' die beste von allen ist. Wuchsstark, kräftig, hübsch koloriert. Vielleicht sollte man aber lieber die Schmetterlinge fragen, die die wahren Experten bezüglich des Buddlejas sind. An den richtiggehend rötlichen Dolden des 'Royal Red' kleben sie nämlich ebenso gerne wie am dunkelvioletten Flor des 'Black Knight', jenes edlen Ritters, der angeblich nicht ganz so wuchsfreudig sein soll und doch innerhalb eines nicht einmal halben Jahres neues Holz trotzdem bis zwei Meter in die Höhe wachsen lässt. Was will man mehr? 'Empire Blue' soll die blaueste Sorte aller Sommerflieder sein, 'Pink Delight' mit ihren über 40 Zentimeter langen Blütendolden eine der verlässlichsten, noch dazu mit einem leicht silbrigen Schimmer versetzt. Himmlisch, einfach nur himmlisch. Und die Falter, sie umschwirren und umschwärmen jenes süßlichen Wohlgeruch

Kleine Füchse ganz groß: Familientreffen auf den Blüten des Purpur-Wasserdosts.

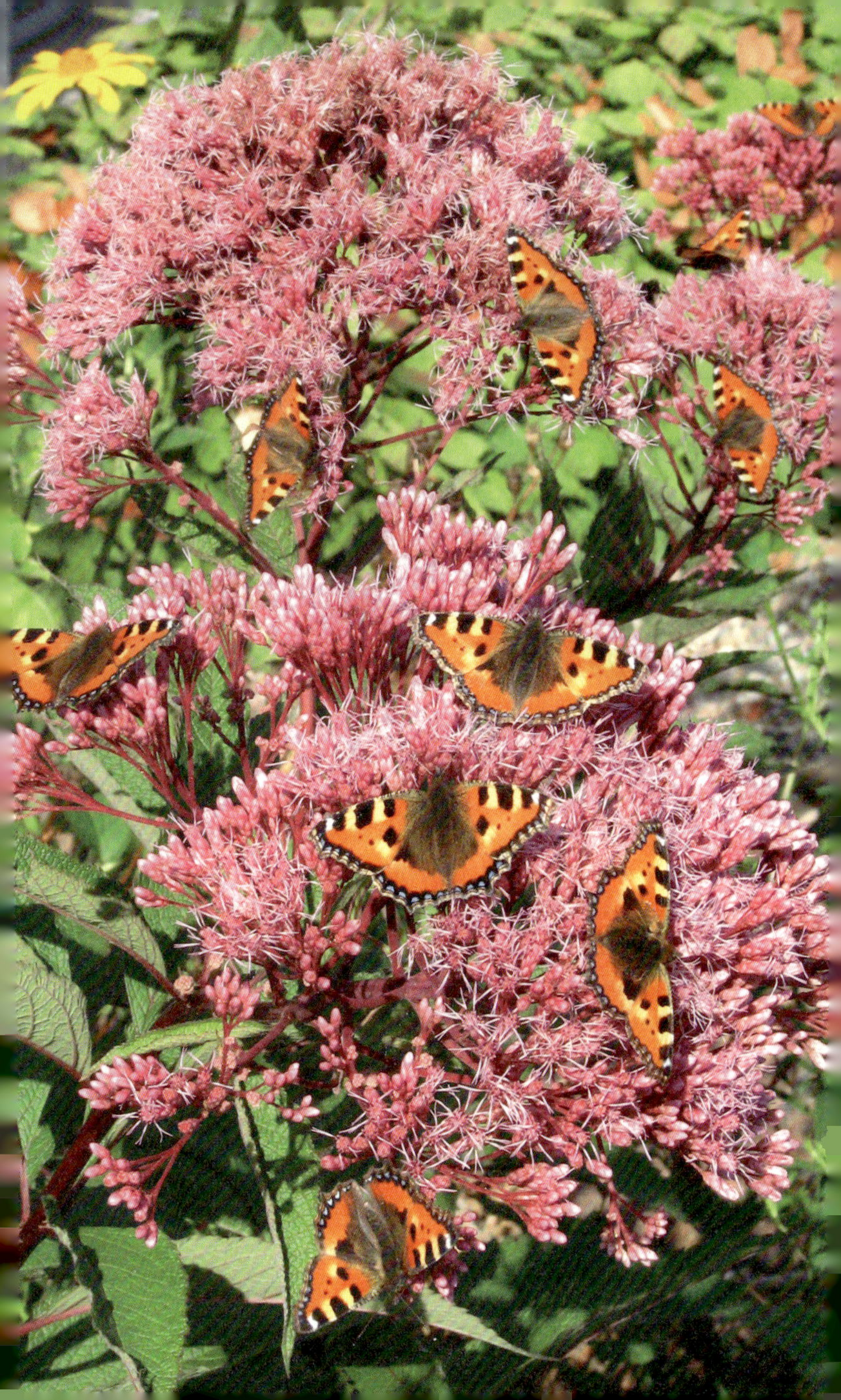

*Aster la vista: Das Tagpfauenauge labt
sich am späten Septemberflor.*

ausströmendes Wunder in höchster Heiterkeit. Tagpfauenaugen lassen sich nieder, streiten mit Distelfaltern, Kleinem Fuchs und Admiral um die besten Plätze an der Sonne. Selbst Kohlweißlinge steuern auf ihren unergründlichen Wegen im Zickzackkurs wie betrunken eine nach der anderen Blüte an, obwohl sie, ganz speziell sie, die blauen Versuchungen des Ysops normalerweise bevorzugen. Sommerflieder sind Schmetterlingsweiden und auf solche Weise nichts weniger als Wiesen des makellosen Glücks. Wie einfach dieses Glück sein kann, zeigt sich in der Handhabe. Weil Buddleja-Gehölze am einjährigen Holz blühen, werden sie über Herbst und Winter schlicht so stehen gelassen, wie der Frühlings- und Sommeraustrieb sie geschaffen hat. Wer ihnen vor allem im jüngeren Zustand noch einen warmen Fuß verschafft, den Stamm mit Laub oder feinkrümeligem Kompost anhäufelt, bewahrt sie vor dem zumindest nicht unmöglichen Erfrieren in eisigkalten Winternächten. Erst im neuen Jahr, am besten schon ab Ende Februar bis Mitte März, werden die Äste weit eingekürzt, im Grunde bis zum Hauptstamm. Wenn der Lenz in Wallung gerät, entwickeln die Sommerflieder neue starke Triebe, die in Einzelfällen mehr als drei Meter Höhe ausmachen – in einem einzigen Jahr! Das ist so fantastisch wie ihre Blütenfülle selbst. Welches Gehölz ist schon imstande, genauso schnell schön zu werden? Drei Meter Höhe und die relativ dichte Verzweigung bieten außerdem Sichtschutz, der ja nur im Sommer und Herbst von Belang ist. Wer sich als von der Schönheit völlig überforderter Gartenbesitzer nicht entscheiden mag zwischen den unterschiedlichen Farben, pflanzt einen 'Papillion Tricolor' – ein Busch, drei Blütenfarben. Ob die vergleichsweise noch junge Rarität auch so verlässlich ist wie bewährte Sorten, bleibt allerdings abzuwarten. Nichts ist ohne Risiko. Wenn's schiefgeht, wird eben wieder ein 'Pink Delight' gepflanzt. Es wäre ja nicht das erste Mal, dass ein Klassiker den Flurschaden der Neuerung wieder ausgleicht. Es sollte allein darum gehen, den Schmetterlingen ein Zuhause zu bieten.

Bierfallen gegen Schnecken, Muschelschalen gegen Bodenaustrocknung, und wenn's hart auf hart kommt, stelle ich mich beim nächsten Hagelschauer mit einem Riesenregenschirm an den Säulen-Birnbaum, um die Condos vor Schäden zu bewahren. Man lässt nichts unversucht, um aus dem Garten größtmöglichen Nutzen und Freude zu ernten und die Schäden so gering wie möglich zu halten. Jede Methode, sei sie augenscheinlich noch so kurios, findet ihre Berechtigung letztlich in der hundertprozentigen Überzeugung, nichts unversucht gelassen zu haben, selbst wenn's dann doch schiefgeht. So stand ich, „Die Glocke" rezitierend, vor dem Sommerphlox, um den Großen Schillerfalter anzulocken. Er ließ sich nicht blicken, sondern es turtelten zwei Kohlweißlinge um die rosafarbenen Blütentuffs herum. Dass sie sich keineswegs für Schillers fabelhaftes Werk interessierten, stand außer Zweifel, was weniger an den Ergüssen des Meisters gelegen haben muss, sondern an der Tatsache, dass ich es schon in der Schule nie geschafft hatte, ordentlich vorzutragen. Wohlan, ich versuchte es dennoch mit Verve. Die Umdichtung des Wallenstein in Jamben erschien mir, in der Abendsonne stehend und alsbald nach einem güldnen Rebsaft strebend, zu zeitaufwendig, hernach ich lieber den „Taucher" und schließlich auch „Die Kraniche des Ibykus" heraufbeschwor, wohlwissend, dass sie 1797 im dichterischen Wettstreit Schillers mit Goethe entstanden waren und also an Qualität ganz bestimmt nicht missen lassen würden. Doch der Schillerfalter kam nicht. Maria Stuart? Die Jungfrau von Orléans? – Herrschaftszeiten, wie lange sollte mein Rendezvous mit ihm, dem großen Einzigartigen, auf sich warten lassen? Ich ließ das Rezitieren sein, stellte der Edelfeder Großtaten ins Regal und schnappte mir ein Fachbuch über Schmetterlinge. Weil die Luftikusse nicht nur von Blüten angezogen würden, son-

König unter Königen:
Der Kaisermantel trägt eine schöne Robe.

dern auch von anderen Düften, solle der nach Glück strebende Gärtner Fallobst liegen lassen und es auch mit einem alten Stück Käse versuchen, der dem Schillerfalter angeblich köstlich munde ...

Es war schon spät geworden, aber ich hatte Glück, denn im Kühlschrank war noch Licht und ich fand ein letztes ranziges Etwas, das einmal ein Käse gewesen sein musste, weit hinten im zweiten Fach von oben. Ich legte es hinaus in die Nacht, stinkend und nackt zwischen Mauerpfeffer und Eselsohr. Am nächsten Tag lag es noch da, aber ein Schillerfalter fand sich nicht ein. Am übernächsten setzte ich mich eine Weile daneben, was olfaktorisch nicht lustig war, aber ich lenkte mich mit den Räubern in Reclamgröße ab. Nichtsdestoweniger blieb der Falter fern. Am dritten Tag war der Käse fort, denn je länger man ihn zurückhält, desto schneller kommt er irgendwann ins Laufen. Den Schmetterling hat's nicht interessiert. Das lässt den Schluss zu, dass der Große Schillerfalter seinen Namen allein seiner blau schillernden Flügel zu verdanken hat, nicht des poetischen Namensvetters wegen. Ich hätte es mir denken können, aber wie bereits verkündet: Man lässt nichts unversucht. Kohlweißlinge sind ja auch ganz hübsch.

Nachtfalter

Am Morgen geht die Sonne auf.
Am Abend geht sie unter.
Am Morgen fällst du in den Schlaf.
Am Abend wirst du munter.

Saturnia pavonia –
Des Nachts erstrahlt das Weib.
Rasant fliegt nur das Männchen
Auch tags zum Zeitvertreib.

Und das ist höchst verwirrend.
Warum es das wohl macht?
Auf Brautschau gehen wäre
Doch besser dann bei Nacht!?

21

Das Feuer der Begeisterung

Der Engelwurz-Kuchen war ein bisschen sehr trocken geraten und der dünne Kaffee lauwarm, beides aber mit Liebe zubereitet, und dann schmeckt's auch. Eine junge Frau mit schokoladenbraunen Haaren nahm das Geld entgegen, bloß ein paar Euro fuffzig. Sie lächelte. „Danke. Dann viel Spaß hier. Wenn noch was ist, geben Sie Bescheid." Sie ging zurück zu einer Gruppe Kinder, etwa ein Dutzend und alle höchstens um die sieben Jahre alt. Wie das mit den Bienen und den Pflanzen so ist, keine Ahnung, ob sie ihnen das erklärte oder ihnen einfach ein paar hübsche Blumen zeigte an diesem sonnigen Dienstagmorgen. Bienen, Blüten oder Blumen, es kam wohl nicht darauf an, denn von allem gab es genug an jenem himmlisch-hübschen Ort, eingebettet zwischen sanften Hügeln und kleinen Seen im Lassaner Winkel im Hinterland der Halbinsel Usedom. Ort: Papendorf. Papendörfchen würde besser passen.

Der Duft- und Tastgarten Papendorf in Mecklenburg-Vorpommern ist ein Korrektiv. Wer nur in Superlativen zu schwelgen pflegt und ständig die überragende Herrlichkeit von Château de Villandry an der Loire oder das überbordende Element eines Schweriner Schlossparks im Sinn hat, wird sein Gärtnerglück auf Dauer nicht finden. So prachtvoll diese Landschaftsparks und botanischen Gärten sein mögen, so sehr verliert sich darin doch auch der Blick auf

Gut ausgeschildert: Im Duft- und Tastgarten Papendorf finden sich auch weniger erfahrene Gartengänger gut zurecht und lernen viel über Heilkräuter.

Feinheiten im Strudel der enthusiastischen Wahrnehmung. In Papendorfs blühendes Herz in der Gemeinde Pulow führt der Weg nicht etwa durch ein Drehkreuz, dessen stählernes Dasein, so doch tausendfach von seelenverwandten Beetschwestern und -brüdern durchschritten, trotzdem Anonymität vermittelt, oder zunächst in einen nach Lavendelseife duftenden Shop, sondern durch ein quietschendes Holztörchen. Dort steht eine Bank, darauf eine Dose mit einem Schlitz, durch den man pro Person drei Euro einwirft. Eintritt auf Vertrauensbasis. Jeder, der das ignoriert, sollte sich

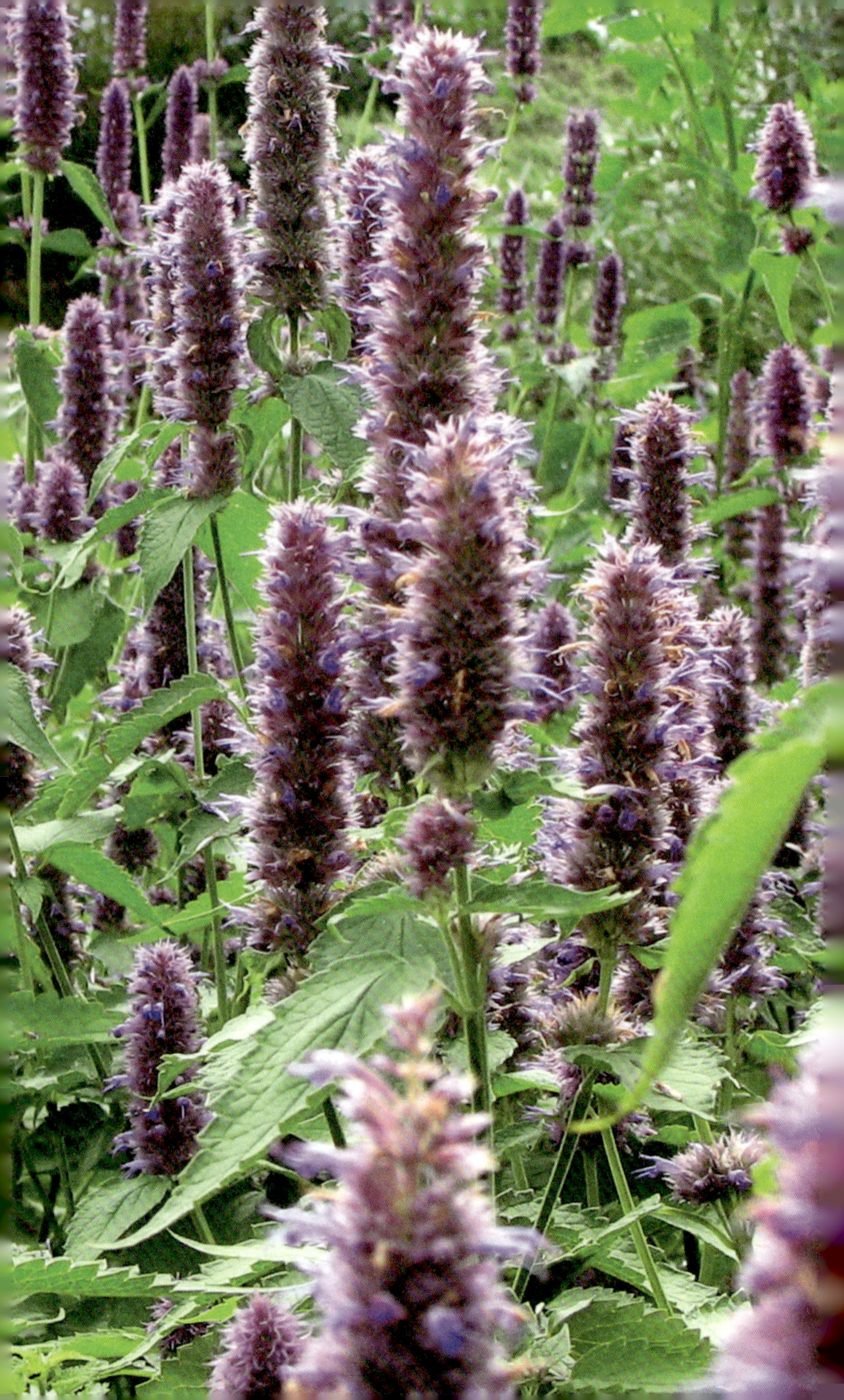

was schämen. Es ist so, als wenn man Oma und Opa am Sonntagnachmittag in ihrem Schrebergarten besucht in der frohen Hoffnung, noch warmen Apfelkuchen zu bekommen. Ein Grasweg führt talwärts, von Himbeer- und Johannisbeerbüschen, Fetter Henne, Staudenmohn und Verbene gesäumt. Brennnesseln? Gewollt, nicht geduldet. Sie füllen Lücken in Hecken aus, wachsen auch dosiert in Stauden- und Nutzbeeten, und das alles auf Geheiß des Vereins Mirabell, der sich die Förderung von Natur und Kultur auf die Fahnen geschrieben hat. Die Brennnesseln und leuchtendgelber Löwenzahn verleihen dem Duft- und Tastgarten ein wildes Flair, das dennoch weit vom Verwildern entfernt ist. Von oben, wo das Holztörchen in seinen Angeln quietscht und man auf seinem Weg durch die Beete immer mal wieder ein paar Münzen in der Dose klingeln hört, wenn neue Gäste eintreten, geht es seicht talwärts. Der sattgrüne Grasweg führt an reich bepflanzten Staudenbeeten und Gehölzen vorbei und mündet schließlich an einem Informationshäuschen, wo der Engelwurz-Kuchen auf wild zusammengesuchte Teller gelegt wird. Das alles hat unglaublich viel Charme, und es ist vor allem die Stille, die diesen Garten so sinnlich erscheinen lässt. Wo zudem Veranstaltungen wie „Mit Gänseblümchen und Frosch auf du und du" und die „Kräuterweih", ein Ritual im Kreistanz, stattfinden, kann man sich dem niedlichen Wesen des Gartens nicht entziehen. Entzückend ist das alles, und so unangestrengt. Dabei beginnt im Tal dieses beseelte Stück Land sich erst recht dem

Anis-Ysop in voller Montur: Schöner könnte sich das Heilkraut seinen Betrachtern nicht darbieten.

Besucher zu öffnen. Ich traute meinen Augen kaum, als ich die mit unzähligen Gewürzpflanzen reich bestückten Hochbeete und Kräuterspiralen entdeckte. So stand ich fasziniert vor der blühenden Mariendistel, deren Blütenknospen geerntet werden, bevor sich die mittleren Schuppen öffnen, und dann, ähnlich den Artischocken, gegessen werden. Wer darauf einen Heißhunger entwickelt, wird dann leider nicht in den Genuss des Augenschmauses kommen und die purpurfarbene Blütenpracht bewundern dürfen. Mit Studentenblumen (Tagetes) verhält es sich anders, dachte ich ein paar Meter weiter. Aus diesem bunten Meer ein paar Köpfchen herauszupflücken, würde nicht weiter ins Gewicht fallen und jeden Salat noch schöner aussehen lassen. Über was man sich nicht alles Gedanken macht ...

Ich erblickte einen Trauermantel. Der in vielen Teilen Deutschlands bereits nur noch selten vorkommende Schmetterling hatte sich zur Mittagsruhe in einem der Hochbeete niedergelassen, direkt auf dem Boden, zwischen Ringelblumenwald und Rosmarin. „Sieht aus, als wenn er niederkniet", dachte ich und hätte es ihm am liebsten gleichtun wollen. Der Papendorfer Duft- und Tastgarten öffnet den Blick, erweitert den Horizont. Das „Hildegard-von-Bingen-Beet" erzählt von den Kräutern der Nonnen und Mönche, die bereits vor eintausend Jahren als göttlich galten. Dass es nicht nur Ysop, sondern auch Anis-Ysop gibt, wusste ich bis dahin nicht. Dass ihre Wurzeln die Wilde Karde, viel zu oft als unkrautige Distel verkannt, zu einer Heilpflanze werden lassen, war mir vor Papendorf nicht bekannt. Vorbei an Majoran und Kerbel, Schoko-

Minze und Weber-Karde, Zitronenstrauch und Echtem Löffelkraut führte mich der Weg von einem Dufterlebnis zum nächsten. Und schließlich: das „Pommersche Labyrinth". Ein von Thymianpolstern eingefasster Rundkurs, den man barfuß erkunden sollte, um sich selbst zu erden, sich zurückzunehmen, Kraft zu tanken.

Ein Hektar ist nicht wenig, trotzdem ist der Duft- und Tastgarten Papendorf im Vergleich klein. Doch groß ist seine Wirkung. Hier ist mit jeder Pore nachvollziehbar, wie ein dörflicher Verein etwas Besonderes auf die Beine stellen kann. Es kommt nur darauf an, das Feuer der Begeisterung mit immer neuen Scheiten zu versorgen, damit es nicht erlischt. Pflanzen sind dafür gute Partner. Sie widersprechen nicht, was selbst für die Faselbohne gilt, und belohnen die Mühe, die man sich mit ihnen gibt, auf besonders hübsche Art und Weise. Ich war ergriffen von dieser blühenden Hausapotheke. Der Verein Mirabell hat zudem viele Bereiche barrierefrei gestaltet und Pflanzenschilder mit Blindenschrift bestückt. Wieder oben angekommen, am quietschenden Durchlass, bezahlte ich meinen Eintritt also gleich noch einmal. Man gibt sein Geld für so viel sinnloses Zeugs aus ... dann doch lieber doppelt für eine gute Sache, vielleicht für eine Blüte wie die der Mariendistel, vor der im nächsten Sommer ein fröhlicher Trauermantel landet und den friedlichen Geist dieses Gartens in sich aufsaugt wie die Pflanze den Regen.

Klein Jasedow, zwei Kilometer. Das windschiefe Ortsschild wies den Weg. Eine Betonplattenpiste, die noch Honeckers

Papendorf, auf Wiedersehen: Der Weg hinaus führt über eine alte, buckelige Betonplattenpiste.

Schergen hatten bauen lassen, führte mich von Papendörfchen fort. Kirschen und Mirabellen leuchteten aus den Baumkronen beidseitig zur mit Schlaglöchern übersäten Straße hervor. Gegen Achsbruch hilft nur Schritttempo fahren. Langsam, sehr langsam verschwand Papendorf im Rückspiegel.

22

Der schwarze Lord und sein Gefolge

Frisch gebrühter Kaffee dampft neben mir in der Tasse, Croissant mit Erdbeermarmelade liegt auf dem Teller. Eine Hummel brummt Zickzack fliegend vorbei und donnert mit Effet ins Blütenmeer der gelben Kletterrose. Muss ihr wie das Schlaraffenland vorkommen. Davon ist der schwarze Lord weit entfernt. Der harte Boden macht ihm die Wurmsuche schwer. Zwar wittert er fette Beute, kommt aber nur mit Mühe an sie heran. Regenwürmer sind seine Leibspeise. Jetzt, knapp vor zehn Uhr, als aus der Ferne die Kirchenglocken läuten, hat er Hunger. Schon vor über fünf Stunden war der schwarze Lord wach und servierte ein fröhliches Lied mit perlendem Gesang. Urplötzlich fing er an, Zeter und Mordio zu schmettern, und weckte mich unsanft. Irgendein Eindringling war in seinem Revier; deshalb der käckernde Lärm, fast wie ein Huhn, das in Panik Stakkato stammelt, ein Rap-Huhn. Nun hat er sich beruhigt und will sich belohnen, hackt mit dem gelben Schnabel ins Gras. Er, der Amselmann, bohrt hier, zupft dort, hüpft und legt den Kopf quer, wenn er seinen Lauschangriff auf die Welt der Wirbellosen startet. Irgendwo dort unter der Grasnarbe sind sie, das weiß er nur zu genau, der sonderbare Ackerdemiker. Er benimmt sich nicht selten wie ein stolzer Gockel. Dass er mich dabei stets im Visier hat, ist das Ergebnis puren Misstrauens. Ich bin ihm nicht geheuer. Eine falsche Bewegung, und weg ist er. Also bewege ich mich nicht, lasse

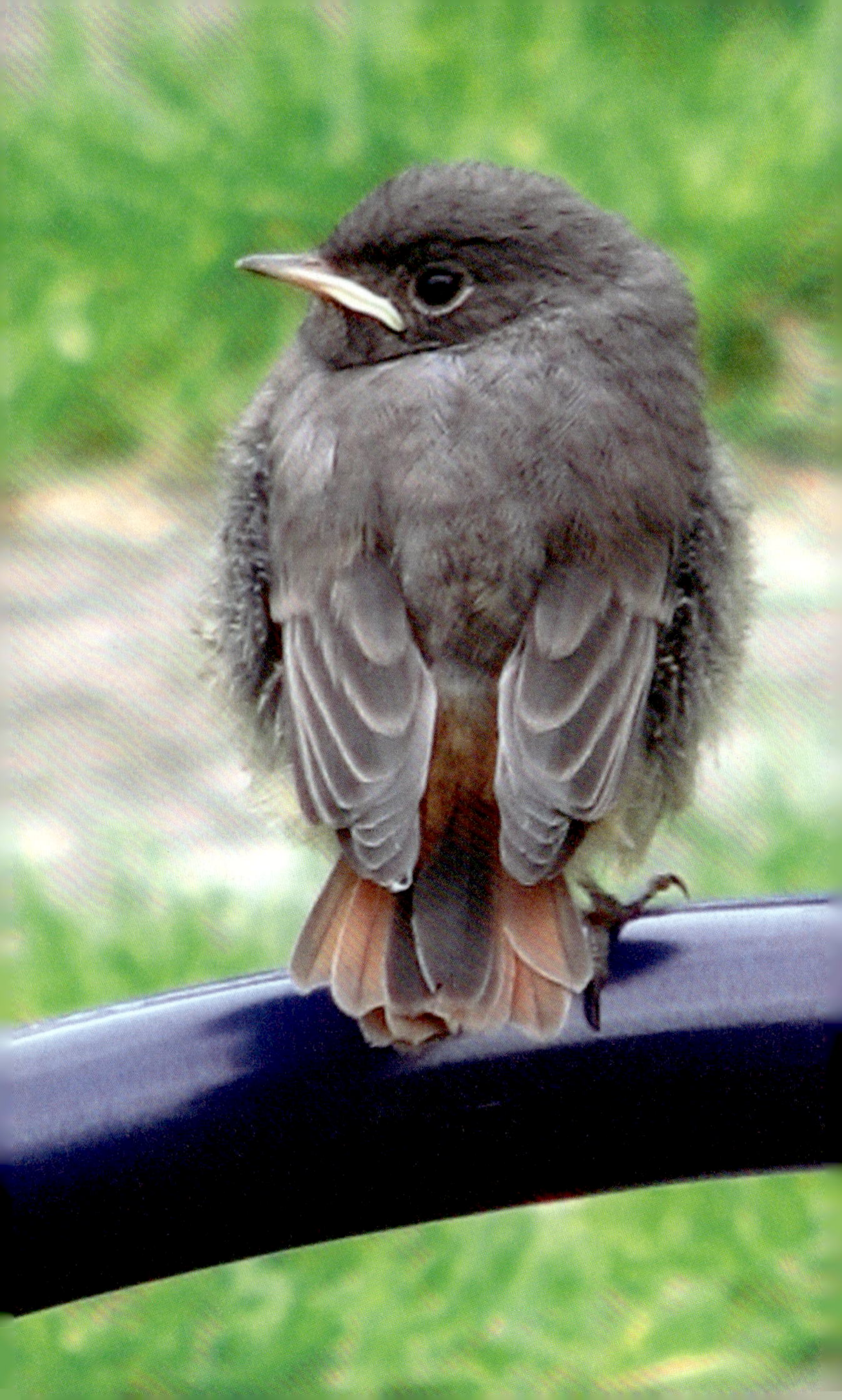

meinen Kaffee dampfen, mein Croissant warten – und beobachte ihn mit Vergnügen.

Es ist nicht die Zeit, um wissenschaftlich über Armschwingen, Alula oder Schulterfedern nachzudenken. Vielmehr geht es um ein täglich neu sich formierendes fliegendes, flötendes, singendes Gesamtkunstwerk. Die Töne der Kirchenglocken sind verklungen. Ich habe Platz genommen auf den Stufen, die zu meiner Terrasse führen. Das ist der richtige Ort für ein großes Kino: die heimische Vogelwelt, die so hübsche Namen wie Regulus regulus (Wintergoldhähnchen), Serinus serinus (Girlitz), Pyrrhula pyrrhula (Gimpel) oder Oriolus oriolus (Pirol) bereithält. Der schwarze Lord ist Amselkönig in meinem Garten, geht ruppig auch mit Artverwandten um, wenn sie ihm sein Revier streitig machen wollen. Ich habe ihn schwarzer Lord getauft, weil er stolz wie Hulle aus dem glänzend dunklen Federkleid blickt, seinen gelben Schnabel nach jeder Mahlzeit vornehm im Gras säubert, energisch und erhaben in meinem Garten herrscht. Seine Gattin, im Ganzen moppeliger als er, ist dunkelbraun, unterseits rostbraun, und lässt sich seltener blicken.

Die Amsel ist unzweifelhaft ein schöner Vogel und dazu einer der häufigsten Gäste in unseren Gärten. Der Lord, um die 25 Zentimeter groß, ist ein Meister des Gesangs: abwechslungsreich flötend, mit hohen und tiefen Tönen

Raum für Flaum: Aus dem Hausrotschwänzchen wird aber ganz sicher noch ein stattlicher Hausrotschwanz.

schon im Morgengrauen. Über den Tag hinweg singt er weniger (wie im Übrigen die gesamte Vogelwelt), sondern ruft zum Beispiel „tschack-ack-ack", tief „gock" und sehr hoch „ziiiieh", bevor er am Abend wieder Lieder mit Crescendo präsentiert. Rufen und singen, darin besteht ein Unterschied. Singvögel singen (bei den meisten Arten nur die Männchen), um ihr Revier abzustecken, und sie rufen, um zu warnen, Alarm zu schlagen oder Kontakt aufzunehmen. Neben den vielfältigsten Federkleidern sind die Stimmen das markanteste Merkmal der Tiere; manches versteht es sogar exzellent, den Gesang anderer Arten zu imitieren!

Der Lord ist erst mal im Lebensbaum verschwunden. Über mir malen Schäfchenwolken Bilder in den blauen Morgenhimmel und ziehen nur langsam weiter. Vögel sind schneller, denke ich, als ein frecher Trupp Spatzen – Spatzen sind immer frech, das gehört zu ihrem Wesen – auf meinem Grün einherfliegt. Dreiste Punktlandung im Frischgesäten. Dass der Lebensraum des Haussperlings durch Menschenhand kleiner geworden ist, mag stimmen, aber wer sät, so sage ich, wird Spatzen ernten. Ich habe gesät. Während ich genüsslich ins Croissant beiße, langt auch der Haussperling ordentlich zu. Berliner Tiergarten mag er weniger, lieber teuren Qualitätsgrassamen eines Markenherstellers. Wolf im Schafspelz ist der Spatz, einer mit grauem Scheitel, rostbraunem Nacken, schwarzem Kehllatz und grauem (Männchen) beziehungsweise graubraunem (Weibchen) Bürzel, der selten den Schnabel hält und „tschilp" und „tschürrp" singt.

Ich rücke mir den Hut zurecht und beobachte die rastlos flatterhaften Gäste. Am Morgen klingen sie besonders schön – aber nicht so schön wie die Meisen. Wer ein Kohlmeisenpaar in seinem Garten weiß, dem klingt das Glück ungefähr wie „zizidäh zizidäh" oder „tita tita" in den Ohren. Die Kohlmeise ist die bekannteste Meise, auch die größte. – „Guten Morgen!" Der Postbote reißt mich aus den morgendlichen Träumereien und bringt wieder nur Rechnungen. Mache ich lieber erst später auf. Erst einmal die Meisen beobachten. „Zizidäh zididäh". Ein Pärchen wirbelt halsbrecherisch durch die Lüfte und fängt Gutes für die Kleinen im Nest. „Zizidäh zizidäh". Gut, dass ich das Häuschen an windgeschützter Stelle im Apfelbaum aufgehängt habe. Der Meisenkaiser und seine Familie fühlen sich anscheinend sehr wohl darin. „Zizidäh zizidäh". Überhaupt, so denke ich, muss man viel mehr Vogelhäuser aufhängen; die Bundesregierung sollte eine Quote festlegen. Hier eins, dort ein, da eins. „Zizidäh zizidäh". Wenn's geht, mit der Öffnung zur dem Wetter abgewandten Seite hin, dann schauert's nicht rein. Kohlmeisen wissen das zu schätzen.

„Zi zie zirrr, zi zie zirrr". Kein Zizidäh? „Zi zie zirrr, zi zie zirrr". Nein, keines. Wen haben wir denn da? Nicht die Kohl-, sondern die Blaumeise ist es. Silberhell ist ihr Gesang, auffällig blau ihr Scheitel. Ein Blau, so schön wie das des Himmels an diesem vollkommenen Morgen, an dem selbst die ungeöffneten Rechnungen nicht stören. Was sind schon ein paar Rechnungen gegen dieses Schauspiel direkt vor der Haustür, gegen diese makellose Silhouette? In den

Flügeln und am Schwanz trägt Parus careuleus sein schönestes Blau zur Schau. Ein blaues Kleid mit gelber Unterseite, wie es Karl Lagerfeld nicht schöner hinbekommen würde. Gäbe es in der Vogelwelt eine Prêt-à-Porter-Schau wie in Paris, so stünde die Blaumeise sicher im Mittelpunkt des Interesses. Hier bei mir auch, aber den Laufsteg im alten Apfelbaum verlässt sie geschwind Richtung Nachbarhaus, wo der Frosch gerade vor Wonne zu quaken begonnen hat. Auf Wiedersehen, Meislein, bis später dann, ich warte auf dich. – Der seichte Wind singt ein Lied aus Liebe und Leidenschaft. Das Gras müsste gemäht werden; später, denke ich, und genieße lieber das Nichtstun, das aufregend genug ist, wenn man Augen und Ohren nur offen hält. Ich rücke mir die Sonnenbrille zurecht und freue mich über den steten Gesang der Feldlerche, die hoch oben über den Köpfen der Menschen und dieser Siedlung ihr Tirili jubiliert. Sehen, nein, sehen kann ich sie nicht, dazu ist sie zu klein und die Entfernung zu groß. Aber hören kann ich sie, und spüren, spüren, wie die Freiheit grenzenlos sein muss, wenn ein Vogel aus seiner Perspektive auf diese Welt herunterblickt, fliegt, fliegt und fliegt. Diese im Kleinen und Alltäglichen so unterschätzte Welt, in der wir Menschen manchen Vogelgesang überhören, nicht wahrnehmen. Deshalb höre ich genau zu. Plötzlich ist da wieder diese fröhlich zwitschernde Stimme, die sich mir wie „I neeeed youu, I neeed youu" anhört. So höre ich es heraus, wenn der Buchfink von der Tannenspitze auf uns herniedersingt.

„I need you = Ich brauche dich" – es mag sein, dass andere Menschen etwas anderes daraus hören, ich aber höre stets

„I need you – ich brauche dich", und das klingt nicht nur wie eine Liebeserklärung, es ist eine. Kaum 15 Zentimeter Größe erreicht der Buchfink, aber sein Gesang ist laut und schön und hell und sein Antlitz mit dem grünlichen Bürzel mir so vertraut. Bienen summen. Zeit für eine zweite Tasse Kaffee. Warum gibt es eigentlich solche unwichtigen Dinge wie Fernsehen, Konferenzen, Aktienkurse? Gegen die Vogelwelt ist die Börse ein lahmer Haufen Anzugträger, die nichts mehr im Sinn haben als den schnöden Mammon. Lieber denke ich an das Rotkehlchen von vor drei Jahren, dass einfach mal so in die Küche geflogen kam, um einen guten Tag zu wünschen. Schaute. Knickste. Hüpfte raus und flog fort. Stirn, Kopfseite und Brust waren rostrot, wie immer, so als wenn das Rotkehlchen eine Stunde zu lange im Regen gestanden hätte. Und ich denke an den Zaunkönig, klein von Statur, aber mit einer Stimme ausgestattet, die Insekten wie ein Erdbeben vorkommen muss. Troglodytes troglodytes hüpfte vor einigen Tagen aus einer Blumenrabatte, und ich dachte zunächst, es sei eine Maus. Den Schwanz typisch steil aufgerichtet, so als wenn man ein Kleidungsstück daran hängen könnte. Fast ein u-förmiger Vogel. Gesehen habe ich ihn seitdem nicht wieder, ich warte drauf und würde ihm für seinen Auftritt sogar einen roten Teppich ausrollen. Aber gehört habe ich ihn – und weil dieser Sänger so furchtbar talentiert ist, habe ich mir Fachliteratur zur Brust genommen, um sein Lied in Worte zu fassen. Tatsächlich klingt es in etwa so: „Ti lü ti-ti-ti-ti-ti türr-jü tü-lü tell tell tell tell tell ju terrrrrr-zil". Wenn Deutschland das nächste Mal den Superstar sucht, schicke ich meinen Zaunkönig.

*Der schwarze Lord, Herrscher der Siedlung:
Als Kulturfolger ist die Amsel einer der bedeutenden
Singvögel in den heimischen Gärten.*

Im Kirschlorbeer raschelt's. Der schwarze Lord ist zurück. Es ist Abend, gleich 18 Uhr. Er, der Greenkeeper meines Rasens, ist ausnahmsweise zur rechten Seite ausgeschert und schaut, was es unter dem Busch zu holen gibt. Ich sitze nicht mehr, wie heute Morgen noch, auf den Stufen, die zu meiner Terrasse führen, sondern habe es mir mittlerweile unter der Schatten werfenden Baumkrone auf einem himmelblauen Gartenstuhl gemütlich gemacht. Aus dem Kaffee ist Rotwein geworden, ein Amselfelder selbstverständlich. Der schwarze Lord weiß, dass ich da bin, mustert mich kritisch und macht lieber einen großen Bogen um mich. Im Kirschlorbeer schaut er nach Würmern und Insekten fürs Abendessen. Ich wäre ihm recht dankbar, wenn er sich gleich noch den Dickmaulrüssler zur Brust nimmt, der dem Busch so zugesetzt hat, aber der Lord ist wählerisch und macht eigentlich nie das, was ich will. Er zupft auch kein Unkraut aus meinem Gras. Das mit dem Greenkeeper nehme ich also zurück.

Eine Bachstelze ist gelandet. Lange bleibt sie nicht, fliegt schnell weiter zur Weser. Aber selbst in diesen 30 Sekunden des abendlichen Auftritts zeigt sie ihre typischen Wesenszüge: fast ständig mit dem Schwanz wippend, trippelnd vorankommend. Ein aufgeregtes Hemd mit durchaus schönem Antlitz in Schwarz-Weiß und Grau. Weg ist sie. Hätte sie geahnt, dass ich am Beberbach groß geworden bin, wo es noch heute viele Bachstelzen gibt, sie wäre sicher noch einen Moment geblieben, nur um mir eine Freude zu machen. – Der Lord taucht aus den Tiefen des Kirschlorbeers auf, hebt ab und landet punktgenau auf dem Dachfirst. Nun singt er mit Lionel Richie im Duett. „I'm easy" tönt es aus den Boxen, die im Wohnzimmer stehen, und ich glaube, dass der Lord dasselbe auf seine Weise in die Siedlung niedersingt. Lionel Richie mag er, bei den Rolling Stones sucht er das Weite, ich hab's mehrmals ausprobiert und glaube fest daran, dass er einen ureigenen Musikgeschmack hat. Warum auch sollte ein Tier mit zweifellos hoher Musikalität das nicht haben? Also singt mein Lord „I'm easy, easy like sunday morning", wenigstens damit kann ich angeben vor einem guten Freund, der Haus und Garten auf dem Lande hat und sich vor Vogelarten kaum retten kann. Er beobachtet sie wie ich: mit Freude und höchstem Respekt. Vögel, die bei ihm fröhliche Piepmatzpartys feiern, habe ich bei mir leider noch nicht gesehen. So frage ich mich, noch einen Schluck Amselfelder zu mir nehmend, wo bloß all die Garten- und Mönchsgrasmücken sind, denen das Revier meines Freundes ein Zuhause ist. Und warum hat mich auch noch nie ein Girlitz besucht, dieser kleinste heimische Finkenvogel mit seiner auffälligen Zeichnung, dem gelben Kopf und dem fröhlichen „Tirrillilit"? Ich blicke suchend zu allen Seiten. Wo steckt der Zilpzalp, der so singt wie er heißt und umgekehrt und eigentlich fast genau so aussieht wie der Fitis. Die Krönung wäre ein Sommergoldhähnchen, der kleinste Vogel, den es in Europa gibt (mal abgesehen vom Wintergoldhähnchen, aber Goldhähnchen bleibt Goldhähnchen).

Der Abendwind haucht behände durchs Blattwerk des Apfelbaumes, unter dem ich sitze. Vom Nachbarn herüber schallen die ersten gequetschten Quaks der Frösche, die mir nachts den Schlaf rauben und mich doch zur Ruhe betten. Das Rascheln der Blätter klingt wie Beifall für den Buchfink. Er sitzt direkt über mir, nur zwei, vielleicht drei Meter weiter auf einem Ast. Wenn ich dann den aufgeregten Schlag seiner Flügel über mir höre, bin ich glücklich. Und ich denke wehmütig schon an den Winter, wenn er leiser wird und nicht mehr singt und andere Vögel gänzlich das Weserbergland Richtung Süden verlassen. Der Star zieht dann für Monate fort, der Stieglitz, die Heckenbraunelle ...

Schluck Wein. Stück Brot, getaucht in Olivenöl. Irgendwo hat einer den Grill angeworfen, Bratwürstchenduft mischt sich mit dem von frisch gemähtem Gras. Ich denke über den Namen des Buchfinks nach. Buchfink klingt schön, schöner als Neuntöter, und ganz sicher ist er auch netter. Der Neuntöter jagt sogar Reptilien, stibitzt die Nestlinge anderer Singvögel und schafft sich einen Futtervorrat an, indem er größere Beutetiere auf Zweigen oder Stacheldraht aufspießt. Ich kann mir bildhaft vorstellen, was der fast amselgroße und mit schwarzer Maske gezeichnete Raubwürger, dessen lateinischer Name Lanius excubitor auch nicht freundlicher klingt, mit seinen Opfern so alles anstellt. Selbst die diebische Elster ist mir lieber, die seit einigen Minuten vom Haus gegenüber feist auf mich herunterblickt, obwohl auch sie die Nester anderer Singvögel ausraubt. Ein Jammer, denn die Elster mit ihrem Frack in Schwarz und Weiß, der je nach Sonneneinstrahlung fast metallisch glänzt, ist ein sehr hübscher, auffälliger Vogel. Aber eben auch ein Schädling für andere. Die Schöne ist ein Biest, das schon von Weitem zu hören ist: „Tschek-tschäk-tschäk.

Tschek-tschäk-tschäk". Ich klatsche in die Hände, mache Lärm. Soll sie woanders Nester auslöschen, nicht hier. Den jungen Meisen konnte sie in diesem Jahr gottlob nichts anhaben. Sie fliegen munter durch den Garten. Gerade eben ist eine von ihnen so knapp über meinem Kopf ins Astwerk geflogen, dass ich den leichten Windzug in meinem Haar gespürt habe. So agil, wie sie im Gezweig herumturnt, möchte ich auch sein, kann ich aber zumindest heute nicht mehr, weil der Amselfelder gleich leer ist. Aber ich freue mich jetzt schon darauf, sie in ein paar Wochen an der Riesensonnenblume namens 'King Kong' herumzappeln zu sehen. Jetzt zappelt sie aber erst einmal noch über mir, kiekst leise und bringt wohl ein paar Mücken gerade die Flötentöne bei. Auf diesen kostbaren Moment zünde ich mir einen Zigarillo an. Der Rauch steigt auf, verfliegt in der Abendluft, während eine Mücke in meinem Wein schwimmt. Ersäuft sich lieber im Rebensaft, anstatt vom Vogel gefressen zu werden. Würde ich auch so machen als Mücke.

Die Luft ist mild und der letzte Mäher endlich ruhig. Die Meise über mir kämpft noch mit dem Astwerk, fliegt dann fort ins nächste Gehölz. Den Rauch des Zigarillos mochte sie wohl nicht, ist ja auch keine Rauchschwalbe. Die fliegen höher, heute sehr hoch. Das könnte bedeuten, dass es auch morgen keinen Regen geben wird. Ich finde das gut, der Lord findet das nicht, denn dann muss er wieder doppelt und dreifach so viel rackern, um an die dicken Würmer zu gelangen, rennt in geduckter Haltung wie ein aufgescheuchtes Huhn über den Rasen und lässt die Läufe wie zwei Räder aussehen, so schnell ist er. Dann drosselt die Amsel das Tempo, hält inne, lauscht und hackt in den Boden. Ein Anblick zum Piepen.

Wie gut, dass ich ihn mag, den schwarzen Lord, deshalb spanne ich kein Netz über die Johannisbeerbüsche. Er darf sich an den roten Früchten laben. Es ist eine Selbstverständlichkeit, dass er sich nach Lust und Laune bedienen darf, weil es genug von den Beeren gibt. Zu teilen mit denen, die willkommen sind, ist ein ungeschriebenes Gesetz im Garten, und weshalb sollten diese munteren Fröhlichkeitsproduzenten nicht auch ein Stück vom Glück vernaschen dürfen? Der schwarze Lord und seine Familie verfährt außerdem nicht wie die freche Horde Stare, die erst launisch auf dem Gras umherstolziert, um danach binnen weniger Minuten in der Kirschbaumkrone das große Fressen zu veranstalten. Sie fliegt dann davon, als wenn nichts gewesen wäre, und wenn ich sie mir so ansehe, ist es grundsätzlich wohl als Glücksfall zu bezeichnen, dass sie wenigstens überhaupt den Baum stehen lassen ... Nein, so vereinnahmend hat sich der schwarze Lord noch nie verhalten. Wir teilen. Ich viel, er wenig, aber reichlich, um sich und die Familie zu versorgen. Erfahrungsgemäß bleibt fürs Marmeladekochen noch genug übrig. Erfahrungsgemäß lässt er genug für Marmelade übrig.

Wir sind wie die Spatzen

Du und ich sind wie die Spatzen.
Reinen Herzens tiefster Fluss.
Wohin auch jeder ziehen muss,
Er zieht nicht ohne ihn davon.
Du und ich sind wie zwei freche
Vöglein, die sich wild umgarnen,
In den Lüften Wege bahnen,
Stets auf Abenteuerexkursion.
Du allein und ausnahmslos
Trägst das prächtigste Gefieder,
Singst die schönsten Sommerlieder,
Wie 's kein Spatz zu tun vermag.
Du und ich, wir federn leise
Vor dem blauen, weiten Band,
Ziehen eins-zu-eins durchs Land.
Gesegnet sei dein Flügelschlag.

23

Der Zufall ist ein Meister der Schönheit

'Pink Delight', Meister in Schönheit und Fülle, ist ein rühmlicher Sohn der Sommerfliederfamilie. Bummbumm Buddleja schießt dicke, tuffige, über 40 Zentimeter lange Blütenrispen hervor, so mächtig, dass die Zweige weit überhängen. In jedem Jahr scheint sein Flor fantastischer zu sein als je zuvor, doch was dem Schmetterlingsflieder wohl egal sein wird, bewölkt mein Herz mit schauerlichem Grau, denn dort, wo das satte Rosa seiner Rispen wie die Sonne auf Erden strahlt, lässt sich bisweilen nur ein Pärchen Kohlweißlinge nieder, schlürft vom köstlichen Nektar, umzwirbelt sich wie frisch verliebt in luftigen Reigen und flattert von dannen. Sonst keiner zu Besuch, kein Admiral, kein Bläuling und Gelbling. Kein Tagpfauenauge. Kein Distelfalter. Kein kleiner und kein großer Fuchs. Kein Schwanz. Es mag nur ein Zufall sein in einem dieser Jahre, in denen sich die Populationen heimischer Tagfalter nicht recht entwickeln konnten. Natürlicher Schwund kommt vor, Vögel sind hungrig und Raupen nahrhaft. Doch das spießerhafte Gärtnern an sich, im unentwegt ver(w)irrten Glauben an geordnete Verhältnisse, mit geradezu meisterhaft sortiertem Rindenmulch untermauert, ist ein größerer Feind. Man schaue sich nur mal um im Lande: In den „gepflegten" Vierteln von Städten und Gemeinden unterstehen Gärten viel zu oft dem Joch einer Ordnung, die meilenweit entfernt ist vom Sinnvollen. Kolonien werden freigehalten für gepflegte Tristesse. Doch wo das

Umfeld ohne Brennnesseln ist, nützen schönste Sommerflieder wenig. Wo die Gärten in manischer Wichtigtuerei penibel von Wiesenschaumkraut, Knoblauchsrauke, Gänsekresse und anderen Wildblumen befreit werden, wird den Tagfaltern ihre Lebensgrundlage entzogen. Denn auf diesen Wirtspflanzen legen sie unterseits der Blätter ihre Eier ab, woraus sich die Raupen entwickeln.

Unter den Tannen, hinterm Gewächshaus, neben dem Kompost, umfasst vom Schatten alter Bäume, umspielt von ohnehin seltsam ungenutzten Räumen: Jeder Garten bietet genügend Potenzial, Brennnesseln und anderen Wirtspflanzen Raum zu geben, ohne dabei zu verwildern. Die Welt geht von ein paar verwunschenen Ecken nicht unter. Sie wird es eher tun, wenn diese Plätze dem Natürlichen vollkommen entwöhnt werden. Auf den Scherben der Eitelkeit wächst nichts Fröhliches. Fröhliches wie der Goldmohn, der sich Jahr für Jahr in die Beete schummelt und daraus hervorquillt, um sich sogar auf den Gehwegen breitzumachen, wenn man ihm nur ein einziges Mal die Gelegenheit gegeben hätte, einen Sommer lang zu blühen. Fröhliches wie die Eselsdistel, die mindestens drei Meter hoch wird und rasierpinselartige Kugeln hervorstülpt, die im Laufe eines Sommers violett leuchten und an eine Punkerfrisur erinnern. Durch dieses stachelige Ding bekommt jedes Staudenbeet irritierende Schlagseite. Rudbeckia-Sonnenhut und Flammenblume, Bartfaden und Ziersalbei, Katzenminze und Lavendel sehen keine Sonne mehr. Aber ich nehme es – nicht immer, aber oft – einfach mal so hin; sie gleich herauszurupfen, bringe ich nicht übers Herz. Ihr

Same muss sich im Jahr zuvor ja in einer Ansammlung von Zufällen festgesetzt haben, um dann auch noch schadlos zu keimen; er kam sicher nicht aus den unendlichen Weiten des Weltraums angeflogen, sondern wohl eher aus den endlichen Weiten der Siedlung, an die sich eine Feldmark anschließt. Fremdartig ist das Gebilde dennoch, und das gefällt mir gut, obwohl es Beetnachbarn verschattet und bedrängt. Selbstverständlich lasse ich Onopordum acanthium also stehen, wenngleich die Übersetzung so etwas Ähnliches bedeutet wie „dornige Eselsblähung" und daher eine Art Furzwellenmaschine beim nimmersatten Vierbeiner darstellt, was aber nichts damit zu tun hat, dass der Pflanzenriese mit den graugrünen, tief gezähnten und flaumigbehaarten Blättern aus einer, wie es fachanalytisch richtig heißt, „grundständigen Rosette" hervorsprießt. Ist nur ein Wortspiel, nichts weiter.

Disteln, so sie denn nicht gerade als Züchtungen aus Eryngium oder Echinops im Verkauf stehen, haben niemals eine gute Lobby gehabt, weil sie in gepflegten Anlagen dazu neigen, Strukturen zu zerstören. Das stimmt jedoch nur, insoweit nach der Blüte die Samenstände belassen werden. Wer früh genug zur Schere greift, kann Eselsdisteln – mindestens 40 Onopordum-Arten sind bekannt – sogar sehr gezielt einsetzen, um Atmosphäre außerhalb bekannter Pflanzenpfade zu schaffen, sogar als Leitstaude. Die skulpturale Form ist mindestens erachtenswert, wenn nicht gar kunstvoll. Und die wehrhafte, brüske Erscheinung wird aus

Das Sonnenauge gibt der Clematisranke Halt und Geleit –
jedoch nur bis zum Schnitt im Herbst.

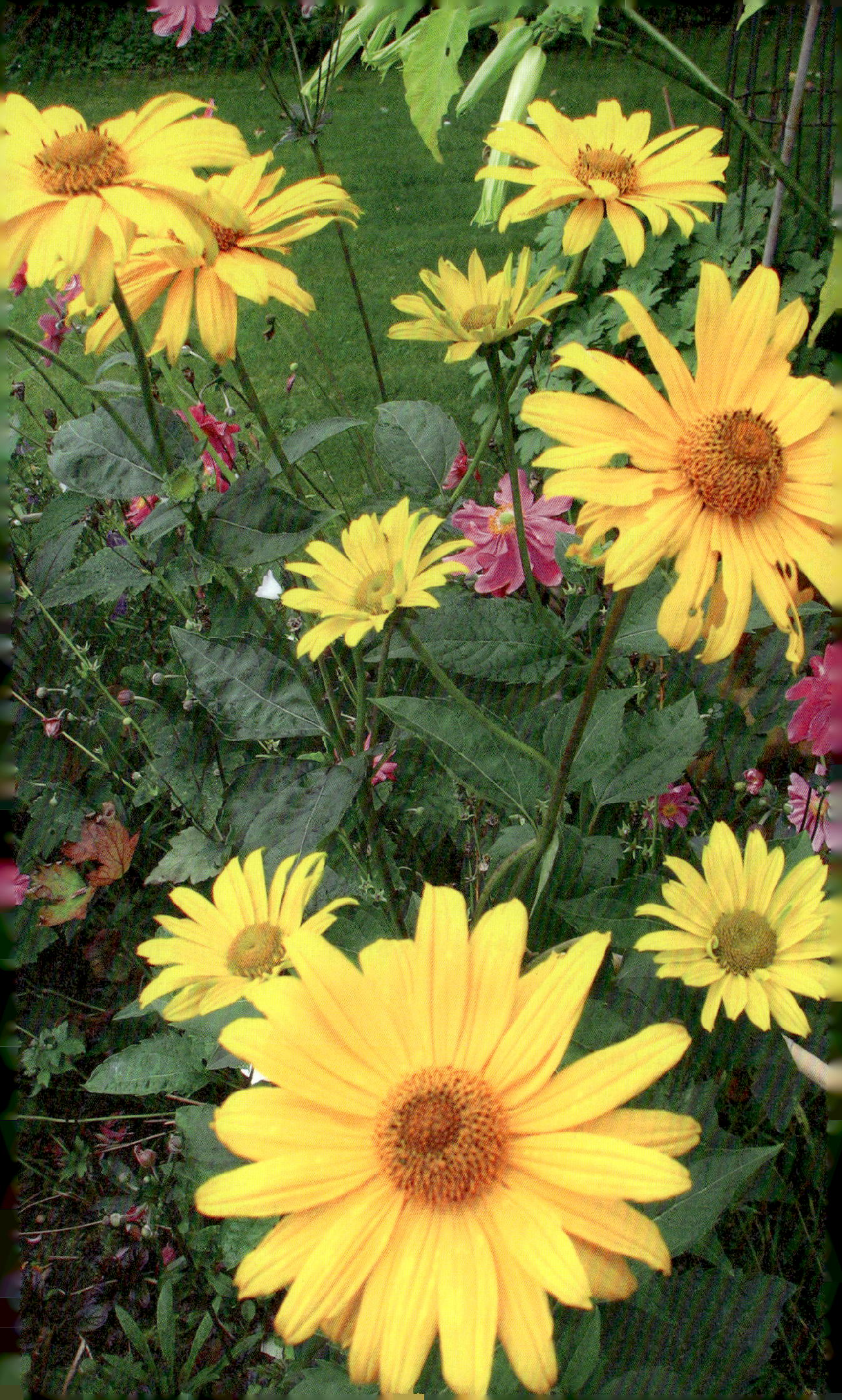

der Nähe betrachtet zum Zeugnis der Täuschung, denn die zarten Marienkäfer, mit wie vielen Punkten auch immer versehen, wandern gerne über die oft mit Läusen übersäten Blätter. Auf Pflanzen, die in der Nähe stehen, ist aber kein Lausbefall zu sehen. Hat die Eselsdistel noch gar einen Nutzen? Ich liebe es jedenfalls, wenn die Pelargonienfraktion auf der anderen Seite des Gartenzauns ihre Nase rümpft. Mit Wilden Karden kann man solcherlei Gesinnung ebenso artischocken, denn als dekorative Blattpflanzen sind diese Exoten großartig. Sollten sich solche eher ungebetenen Gäste ins Beet schummeln, dann ist das kein Malheur, sondern eine Fügung des Schicksals, weil sie für sich selber werben und dieses Marketing nur logisch erscheint, weil kaum jemand auf die Idee kommen würde, sie in die Gartenplanung miteinzubeziehen. Erst wenn sie wahrhaftig vor uns stehen, wissen wir ihre Grazie wirklich zu schätzen. Also um Himmels (und um Hummels) willen nicht gleich entwurzeln und zerstören, sondern das Zufallsprodukt als Chance begreifen.

Kaum ein Terrain bietet für die Gunst so viel Spielraum wie der Garten. Kurios allemal, dass zum Beispiel auch das Sonnenauge, gut und gerne zwei Meter hoch, stumm und still nach einer Stütze gegen dräuenden Windbruch verlangt und ihn von der nebenstehenden Waldrebe erhält. Die Clematis kommt dem Wunsch nur zu gerne nach, denn ihre Ranken suchen ja ebenso nach einem Ziel zum Festmachen wie ein Schiff, das in einen Hafen einläuft und dessen Kapitän am nahenden Kai nach den Pollern für die Seile schaut. Die Ranken der Clematis umringeln Heliopsis an den Stielen und unterhalb ihrer strahlend schönen Blüten. Es sieht aus, als befänden sie sich im Clinch, ist aber eine Zweckgemeinschaft zweier vollkommen gegensätzlicher Pflanzen, denen der Zufall zu ihrem Glück verholfen hat, nichts als der Zufall, und ich habe sie gelassen.

Der Zufall ist hier ein Meister der Schönheit. Weltoffene Gartenschwärmer machen um ihn kein Gewese. Was sich aus der Fügung des Schicksals entwickelt, lässt sich mit den Augen der Gelassenheit am besten betrachten. Die Bestimmung des wie vom heiteren Himmel sich bildenden Glücks bedarf keiner pflegerischen Korrektur, schon gar nicht, wenn sich eine Staude und ein Gehölz wie Heliopsis und Clematis auf der Mitte ihrer beider Begierden begegnen, um übrigens sich selbst und keinesfalls ihrem Gegenüber einen Gefallen zu tun. Die Natur regelt den Lauf der Dinge egoistisch, ein sich daraus ergebender Idealzustand wie dieser wäre mit keinem noch so kompetenten Eingreifen zu verbessern. Ein Idealzustand, der sich nicht rein zufällig aus meiner Untätigkeit heraus ergeben hat, der Clematis ein Rankgerüst zu verpassen. Aber wie es der Zufall wollte, hatte sich diese Waldrebe aus einem Samen geschält und fasste dort Fuß, wo sie es nicht sollte: im Staudenbeet. Schlussendlich hätte sie wahlweise versetzt oder zerstört und zerschnippelt werden müssen, doch beides ließ ich sein, aus Demut gegenüber der Urkraft dieses Geschöpfes und aus unerfindlichen Gründen ebenso. Dort wuchs sie dann zwei, drei, vier Jahre, und was tut eine Pflanze, der man nicht hilft? Sie hilft sich selber und vereinnahmte in diesem Fall das Sonnenauge.

Nun ist das Sonnenauge bekanntlich eine Staude und wird spätestens im Herbst überirdisch kaum bestehen, sodass der Waldrebe dann ihre Stütze fehlt. Ihre Ranken werde ich einkürzen. Im nächsten Jahr, wenn ich wieder das Rankgitter vergesse, was ich jetzt schon weiß, muss ich natürlich erneut auf eine glückliche Fügung hoffen. Aber das ist in Ordnung, ich will nicht alles en détail durchplanen, wo bliebe denn da die Freude an der Überraschung? Jener unberechenbare Faktor hat schließlich auch den Stachelbeerstrauch unterhalb der Forsythie wachsen und groß werden lassen, wild und ungestüm, und die roten Beeren sind köstlich! Zudem ist es dem Umstand des zufälligen Hummelbesuchs zu verdanken, dass die Stockrosen in immerzu neuen Farbtönen erblühen, Sommer für Sommer, Glück um Glück. Und die tief in guter Komposterde vergrabene Saat erwacht aus dem Dornröschenschlaf, keimt und wird ein Pflänzchen, das größer und größer wird, sich schlängelt und rekelt aus einem Topf, der eigentlich die Heimat einer Chilipflanze sein sollte. So und nicht anders schenkt uns der Garten das Glück, Dinge wiederzufinden, die wir schon vergessen hatten. Er spielt uns in all seinen Facetten Streiche, und sein Potenzial als Überraschungsbringer ist riesig. Über die einjährigen, sich selbst aussäenden Pflanzen gelingt ihm diese Fantasterei der Launenhaftigkeit mithin am besten. Die Hainblume hatte ich jedenfalls nicht auf meiner Rechnung, und doch strahlte sie mich mit ihren knopfgroßen Blütchen aus jener Rabatte an, die im Vorjahr neu entstanden ist. Vorher war da nur Gras, schnödes, vermoostes Gras, nichts weiter. Dann drehte ich mit Hunderten von Spatenhieben die vier Quadratmeter auf links und pflanzte drei Säulenapfelbäume als kleine Allee, zu deren Füßen die Hainblume von ganzem Herzen lächelte. Wie sie dahingekommen war, weiß der Wind, vielleicht aber noch nicht einmal der. Es mag zwei Jahre her gewesen sein, als die fleißig blühende Nemophila, von der es verschiedene Sorten gibt, die als kaum 30 Zentimeter groß werdende Einjahresblüher sowohl im Topfgarten als auch in Beeten als Bodendecker eingesetzt werden können, in einer weiß-lila kolorierten Sorte üppig wuchs. Mit dem Winter verschwand sie und tauchte im kommenden Frühling auch nicht mehr auf. Ihr Antlitz verblasste in meiner Erinnerung so, wie es die Sommerliebe tut, die man als Jugendlicher an der Ostsee für zwei Wochen genoss. Die Hainblume war Geschichte, doch nun tauchte sie wieder auf. Es war mir unmöglich, das zarte Grün im Beet anfangs zu deuten, bevor sie ihre erste Blüte entfaltete. „Ach, Du bist es, ja wo kommst Du denn her?", stellte ich ihr die Frage. Sie bleibt mir die Antwort schuldig, weil Blumen nicht sprechen können, auch die Hainblume nicht. Ob von Samen schleppenden Ameisen, Samen köttelnden Vögeln oder dem Wind herangetragen – die schöne Hainblume war jedenfalls wieder da und als Überraschungsgast im Gegensatz zu den Sommerliebeleien jugendlicher Tage herzlich willkommen.

24

Selbst das schwierigste Terrain muss nicht an Alternativlosigkeit leiden

Im Juli hat die schmale Rabatte am Haus ein Problem, nicht nur in diesem Juli, sondern in jedem. Die blaublütigen Rittersporne sind handbreit über dem Boden zurückgeschnitten, damit sie noch einmal austreiben und Septemberflor verkünden. Dasselbe Schicksal haben die Akeleien über sich ergehen lassen müssen. Und dass die ausgeblühten, mit der Zeit trockenen fallenden Fingerhüte, ohnehin nur Zweijährige und von Jahr zu Jahr mal stärker, mal schwächer ausgeprägt, ein Schatten ihrer selbst sind, ist eine in der Tradition verhaftete optische Schäbigkeit, an der kein Gärtner vorbeikommt, solange er sie bei ihrer Selbstaussaat nicht stören will. Hinüber also ist das blaue Wunder des fast zwei Meter aufragenden Delphinium. Vorbei die bunte Fröhlichkeit von Aquilegia, lang gesport und auch gefüllt als Sorte 'Nora Barlow'. Und keine Hummel, ja selbst kein Hümmelchen, das noch die Möglichkeit hätte, in die Schlünde der Digitalisblüten zu schlüpfen und von einem Quell zu kosten, der uns Menschen verborgen bleibt. Von den Frühlingszwiebelblühern ganz zu schweigen. Die Rabatte ist lückig geworden; böse Zungen würden behaupten, sie sei eine einzige Lücke, und wenn ich so davorstehe und mir dieses schmale Stück verblichener Pracht betrachte, trifft das auch zu. Der Ysop, momentan gerade in Flor geratend, hält's irgendwie auch nicht aufrecht. Es muss was passieren, aber was?

Diese Problemzone macht's mir nicht einfach, denn bis weit in den Juni hinein ist sie einer der gelungensten Teile des Gartens überhaupt. Selbst die schwindende Schönheit der Akeleien, schon weitestgehend blütenlos, kann noch bezirzen, denn das anständig aussehende Laub nimmt eine kupferfarbene Röte an, gewissermaßen ein herbstlicher Charme im sommerlichen Kleid. Aber plötzlich, wie über Nacht, von einem Tag zum anderen, ist das Flair dahin und ein Juliloch entstanden. Alles trocken und verblüht. Das Einzige, was glänzt, ist die scharfe Klinge der Gartenschere, mit der die vertrockneten Strünke entfernt werden, und nach der Räumung das Desaster blanker Erde. Es gibt Möglichkeiten, aber die sind rar gesät, hier auf dem drei Meter kurzen Streifen, dessen Tiefe keine siebzig Zentimeter zu bieten hat, direkt an der Hauswand. Vielen großen Prachtstauden fällt es dann schwer, zu Üppigkeit zu gelangen, noch dazu zur dem Wetter abgewandten Seite unter dem Dachvorsprung. Von manchem Regen kosten sie kaum. Ein Steingarten wäre nicht übel. Aber erstens ist der schon woanders. Und zweitens passen Rittersporn und Akelei dazu nicht wirklich ins Bild. Wollte ich den Boden nutzen, wie er da so trocken liegt, habe ich nach anderen Pflanzen Ausschau zu halten, die zudem nicht höher als fünfzig Zentimeter werden sollten, um als Unterpflanzung der bestehenden Stauden zu dienen, und die schließlich auch nicht vor Juli blühen. Möglichkeit Nummer eins: die Hohe Fetthenne. Warum? Weil Sedum telephium sich ab Frühling zunächst sehr hübsch und buschig aufrecht aus einem kräftigen Wurzelstock entwickelt, dann noch als Unterpflanzung dient, sich aber zur Blütezeit ab September – zum

Beispiel als Sorte 'Herbstfreude' – selber toll in Szene setzt. Möglichkeit Nummer zwei: Weidenblättriges Sonnenauge. Warum? Weil Buphthalmum salicifolium erst jetzt richtig in Schwung gerät, dazu ausladende, breite Horste mit langen, lanzettlichen Blättern entwickelt und eben deshalb zunächst den Rittersporn und die Akeleien grün unterfüttert, um schließlich selber sonnengelbe Akzente zu setzen. Möglichkeit Nummer drei: Heiligenkraut. Warum? Weil Santolina rosmarinifolia mit den trockenen Bedingungen und dem warmen Standort sehr gut zurechtkommen wird, starken Rückschnitt nicht übel nimmt und ergo perfekt in Schach gehalten werden kann. Außerdem wird es kaum höher als dreißig Zentimeter und blüht hübsch gelb bis Ende August.

Wie schön, zu der Erkenntnis zu gelangen, dass selbst das schwierigste Terrain nicht an Alternativlosigkeit leiden muss. Mit ein paar einjährig kultivierten Einsprengseln, zum Beispiel Tagetes und Klatschmohn, streuselt man das Gesamtwerk schlussendlich ab wie einen Kuchen und sorgt auf diese Weise für optischen Genuss. Augenschmaus. Dies zeigt, dass es eine Kunst ist, zwischensommerliche Beetverkahlungen sinnvoll aufzufüllen, denn darin liegt auch der Widerspruch, zunächst einmal mit einem Schnitt handbreit über dem Boden konsequent für noch mehr Lücken zu sorgen, damit aus dem Juli- nicht noch ein Septemberloch wird. Trockenes muss raus, um dem frischen Austrieb Raum zu geben. Der Rittersporn steht dann schon Ende

Selbst aus dem schmalsten Grund lässt sich eine blühende Landschaft kreieren.

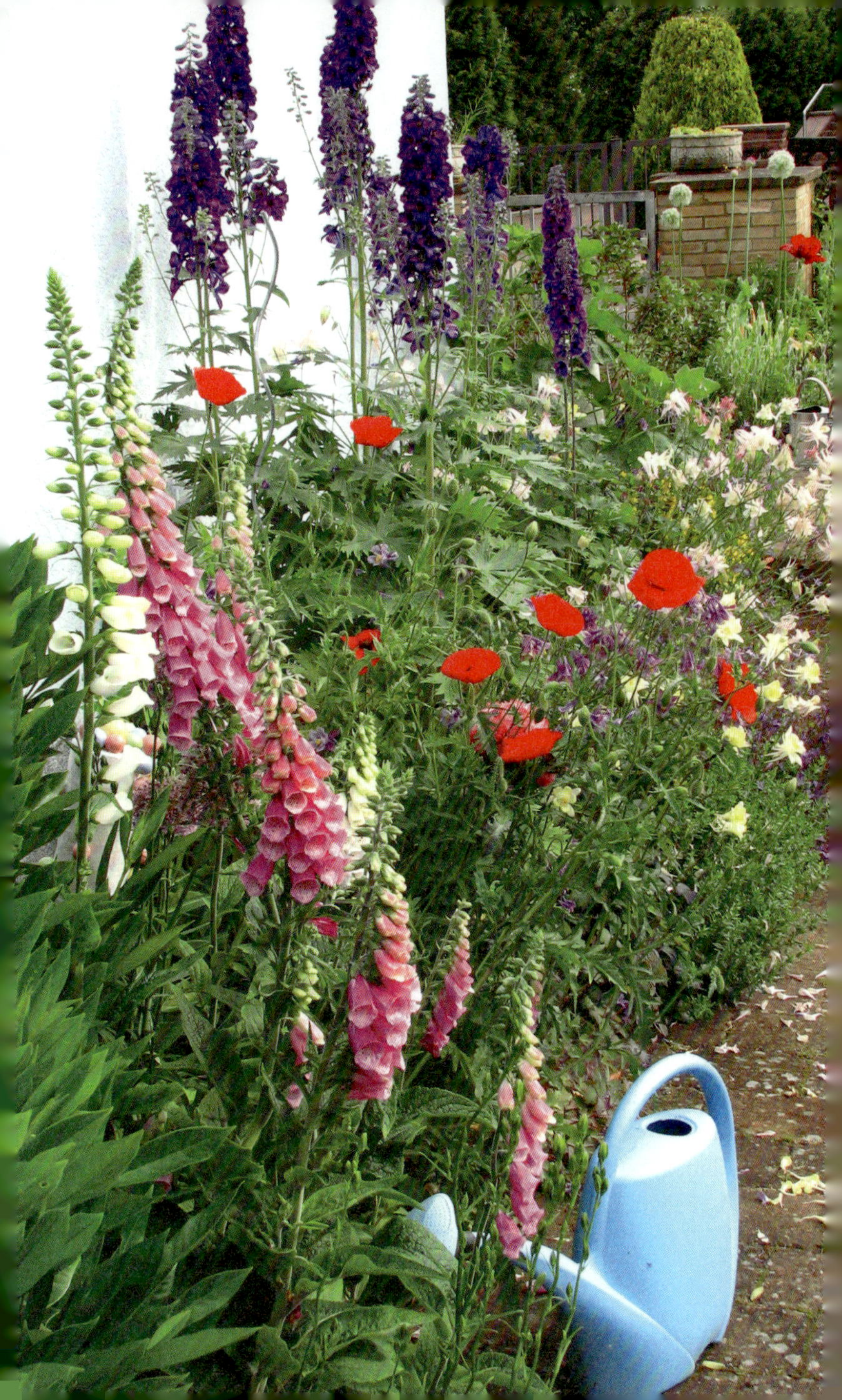

August wieder in Blüte. Auch die Akelei hat es im Spätsommer erneut weit gebracht. Die Katzenminze wird auf diese Weise zum Paradebeispiel für wiederauferstandenes Blütenglück in den Beeten und Rabatten, auch das Mutterkraut und viele Stauden und Kräuter mehr. Gleichwohl mit dem September der Herbst Einzug hält, so schleicht sich doch während des Spätsommers eine Leichtigkeit in den Garten, die unwiderstehlich wirkt. Das ist kein Zauberwerk, aber von ganz alleine würden Stauden während einer Vegetationsperiode ein zweites Mal nicht ausschlagen. Deshalb gilt, im Juli oder den ersten Augusttagen mit scharfer Klinge einen Schnitt zu machen – nur auf diese Weise erfolgt ein kompletter Neuaustrieb vieler prächtiger Stauden. Das Ergebnis dieser gärtnerischen Konsequenz trägt fachsprachlich den Namen „Remontieren". Die Angst der Unentschlossenen ist also unbegründet, mehr noch: Ein korrekter Schnitt führt zu mehr Vitalität vieler Stauden und Kräuter. Das Ergebnis: zwei Blütenschübe innerhalb eines Sommers. Was kann sich ein Gärtner mehr wünschen?

Nicht alle Stauden sind dazu in der Lage; Rudbeckia-Sonnenhüte, Flammenblume, Prachtscharte und viele mehr dürfen nur ausgelichtet werden. Aber die Liste derer, die nach einem Totalrückschnitt zu remontieren in der Lage sind, ist groß. Neben den bereits genannten Arten gehören auch dazu: Frauenmantel, Schafgarbe, Bunte Margerite, Kugeldistel, Lupine, Ziersalbei. Totalrückschnitt bedeutet, handbreit über dem Boden nach der ersten Blüte zu schneiden; schon nach wenigen Tagen wird neuer Austrieb sichtbar. Mit Kräutern genauso zu verfahren, ist ebenso gut.

Minze und Zitronenmelisse stehen als wahrhaft schnelle Remontierungspflanzen als beste Beispiele. Vorteil: Die im Laufe der ersten Sommerhälfte gewachsenen Blätter, schon leicht trocken oder ledrig, haben an Aroma eingebüßt. Man schneidet also die Kräuter knapp über dem Boden ab, zwingt sie auf diese Weise zu neuem Austrieb. Die zarten, lindgrünen Blätter haben wieder mehr Aroma – Tees schmecken besser, Salate können schmackhafter abgerundet werden. Allein der Mut ist entscheidend, die Klinge auch ansetzen zu wollen. Grundsätzlich kann man nichts kaputtschneiden – im Sommer schon mal gar nicht. Eher schon in den späteren Herbsttagen. Will heißen, dann auf den Rückschnitt zu verzichten. Das ist sinnvoll, zumal ein später Rückschnitt die Winterhärte von Stauden und Kräutern zurücksetzen kann, weil sie zu einem Austrieb gezwungen werden in einer Zeit, in der es nachts schon eisig werden kann. Mit dem nächsten Rückschnitt ist also zu warten bis zum Frühling kommenden Jahres. Den Garten „winterfein" zu machen, ist ohnehin falsch verstandene Ordnungsfreude.

Julinacht

Die Dunkelheit hat fest umschlossen,
Was mit Helligkeit der Tag versah.
Und selig schlafen all die Drosseln
In den Bäumen mit der Vogelschar.

Geister flüchten in die Hecken,
Und sie flüchten sich ins leise Nichts,
Wo sich die Träume eines Tags verstecken
Vor dem Schein des Mondenlichts.

Die Sterne wandern
Der Mond zieht erhaben
Die Nacht ist dunkel
Der Tag liegt begraben

Wie ein müd' gewordener Gedanke
Liegt die Stille auf der jungen Nacht.
Sie schweigt sich aus an einer Ranke,
Dabei erzählt sie viel und lacht.

Mit einem Silberstreif benetzt der Tau
Die Welt und was sich mit ihr dreht.
Ein Igel kriecht aus seinem Bau
Und Nachtgespenster sind verweht.

Die Sterne wandern
Der Mond zieht erhaben
Die Nacht ist dunkel
Der Tag liegt begraben

Solang das Morgenrot nicht leuchtet.
Solang der Tau die Welt befeuchtet.
So lange zieht der Mond erhaben.
So lange liegt der Tag begraben.

Und Sterne wandern übers Land.
Und Träume schweben unerkannt.
Und treffen sich in lauen Lüften.
Und mischen sich mit Kräuterdüften.

So ist es, wenn die Sterne wandern.
So bleibt es, bis die Sonne steigt.
So wird es, wenn der nächste Tag
Sich wieder seinem Ende neigt.

Die Sterne wandern
Der Mond zieht erhaben
Die Nacht ist dunkel
Der Tag liegt begraben

25

Die Pfingstrosen, der Schwarze Holunder und das goldene Licht der Erinnerung

An belgischen Autobahnraststätten möchte keiner tot überm Zaun hängen, was nichts mit den Belgiern zu tun hat als vielmehr mit dem Drang Reisender, sich auf öffentlichen Einrichtungen wie offene Hosen zu benehmen. Aber ich schweife ab, denn eigentlich erinnere ich mich zwar auch an die schmutzigen Toiletten und die faule Reinigungskraft, die fürs Nichtstun Geld bekommen wollte, aber vor allem erinnere ich mich an ein Gehölz, dass ich nie zuvor gesehen hatte. Es war Spätsommer, das Korn gedroschen, und die Sonne ließ ihr Haupt schon nicht mehr so sehr lange über den Himmel schweifen, kraftlos geworden vom ewigen Auf- und Untergehen in den zurückliegenden Monaten. Ich war aus dem Reisebus gestiegen und hatte Zeit, weil der Fahrer seine gesetzlich vorgeschriebene Pause einhalten musste. Eine Dreiviertelstunde kann lang werden, dachte ich mir, verließ den Parkplatz über einen kleinen Weg in Richtung einer nahe gelegenen Ortschaft. Es dauerte nicht lange, bis der Raststättenmuff vergessen war, und da stand er, prächtig in Blüte stehend und duftend wie Honig: der Kugel-Sommerflieder! Weil die Zeit bisweilen schneller voranschreitet als gewünscht, musste ich nach einem Weilchen aber wieder ablassen von dem drei Meter hohen Strauch und sauste zurück zum Rastplatz. Immerhin, die Entdeckung war gemacht. Es dauerte aber geschlagene fünf Jahre, bis ich diesen Strauch

auch im eigenen Garten pflanzte. Es ist nicht die Sorte von damals, nicht einmal die Art, kein Buddleja globosa, sondern die Züchtung 'Sungold', aber ich freue mich trotzdem auf seine Blüten und denke dabei an den Tag der ersten Begegnung. Sommerflieder waren mir bis dahin nur als blau, violett, rosa oder weiß sich in Schale werfende Gehölze bekannt, deren Blütenstände lange Rispen sind. Von gelbem Kugelflor ahnte ich nichts. Umso größer ist die Überraschung gewesen, und selbst wenn es mir wohl nicht mehr gelingen wird, die olle Raststätte aus meiner Erinnerung zu verdrängen, lächele ich doch still und genieße diesen Glücksfall.

Pflanzen sind ein Kompass. Sie navigieren uns zu besonderen Momenten, manchmal eben auch auf belgische Raststätten. Anhand ihres Flors erinnern wir uns an Plätze, Begebenheiten, Menschen. Ich weiß noch sehr genau, dass ich das Panaschierte Kaukasus-Vergissmeinnicht 'Jack Frost' im Berggarten der Herrenhäuser Gärten in Hannover entdeckte. Zum Niederknien sah es aus, und es war schon im allerersten Moment die logische Konsequenz, dass ich es zu Hause auch pflanzen würde. Dem Mammutblatt begegnete ich das allererste Mal in Groombridge Place, einem sonst wenig bemerkenswerten Park in der südenglischen Grafschaft Kent, aber es war Liebe auf den ersten Blick. Wie bei der September-Silberkerze, die mich eines sonnigen Spätsommertags im geschützten Senkgarten Great Dixters mit Duft und Schein zu verzaubern wusste. Erinnerungen, die spätestens zur nächsten Blütezeit wieder wach werden. Größeres Kapital werde ich nie besitzen. So tragen Pflanzen, große wie kleine, einjährige wie ausdauernde, Stauden wie Gehölze, dazu bei, die Erinnerung an Freunde und Verwandte, an fröhliche Stunden und schwere Zeiten nicht erlöschen zu lassen, und daraus resultierend vermag das goldene Licht der Hoffnung über allem zu schweben. Diese Schätze tragen uns durch gute wie durch graue Zeiten und erfüllen unser Herz mit Wärme. Es ist leicht, sie als Mittel zum Zweck zu verwenden, wenn man sie nur pflanzt.

Ein Stück vom alten Stamm eines längst vergangenen Baumes ist ein Teil Geschichte, oft Familiengeschichte. Wenn ich den rotbraunen Spalt der windgekrümmten Zwetschge, von deren Früchten ich als Kind naschte und in deren Umfeld ich von den Sonnenstrahlen trank, in die Hand nehme, dann entsinne ich mich an meinen Großvater. Ich habe ihn nie richtig kennengelernt, weil er viel zu früh gestorben ist, ich kenne ihn nur von Fotos, aber er hatte diesen Baum gepflanzt, der vor einigen Jahren so altersschwach geworden war, dass er einem nächtlichen Sturm nicht standhalten konnte. Er fiel. Aber vor meinem inneren Auge steht er unverrückbar, sommers wie winters, glühend beschienen und schneehaubenbedeckt, weil ich ein Stück seines Kerns bei mir habe und es von Zeit zu Zeit in den Händen halte.

Von der Seele eines Baumes zu erzählen, entspricht vermutlich nicht dem gängigen Verhalten, ich tue es dennoch. Junge Familien, nicht alle, aber ein erschreckend großer Teil, sägen nach dem Kauf einer Immobilie ja lieber den in vielen Jahren gewachsenen Hain nieder; manchmal ist es das Erste, was sie tun, noch lange vor Badsanierung und Dachdämmung. Sie legen eine kahle, nackte Grasfläche an, auf der sie nicht von der Sonne trinken, wie ich es einst im Schatten der Zwetschge tat, sondern in ihren Strahlen verbrutzeln wie Würstchen, die man auf dem Grillrost vergessen hat. Immerhin: Von einem Ast getroffen oder von einer Frucht erschlagen werden können sie nicht mehr. Was ich als trostlose Langeweile verurteile, gilt in solchen Kreisen als kindersichere Gestaltung. Die infantile Gesellschaft entwickelt sich leider sprunghaft. Erst wer im Kampf gegen diese sinnlose Ordnungsprinzipienreiterei alte Bäume belässt, wo sie sind, wer sie pflegend beschneidet und nicht blindlings herumhölzelt, freut sich wohl sicher mehr über die nächsten Sommer als die, die wie die Axt im Walde werkeln. Kein Sonnenschirm und keine Markise vermögen die kühlenden Schattenspiele einer satten, grünen Krone zu übertreffen. Gehölze sind das Grundgerüst eines jeden Gartens, und der Hausbaum ist der Primus inter Pares. Auf kleinen Grundstücken darf er nicht zu groß werden, dort verbieten sich Pflanzungen von Walnuss, Buche oder Eiche. Sie gehören in keinen kleinen Garten, sondern in einen großen, in ein Arboretum oder den Wald. Andere aber, zum Beispiel Obstbäume wie Apfel, Birne oder Kirsche, sind eine verlässliche Größe, weil sie erstens süße Gaumenfreuden bieten, zweitens in Form gehalten werden können und müssen und drittens auf die Verhältnismäßigkeit zu Haus und Grundstück nicht über sich und die anderen hinauswachsen. Allein sie brauchen Zeit, um groß zu werden. Hier schließt sich der Kreis meiner zwetschgenholzgetränkten Melancholie. Denn bereits vor einigen Jahren bemerkte ich am Fuß des Boskop-Stamms Hallimaschbefall. Ein schlechtes Zeichen für den

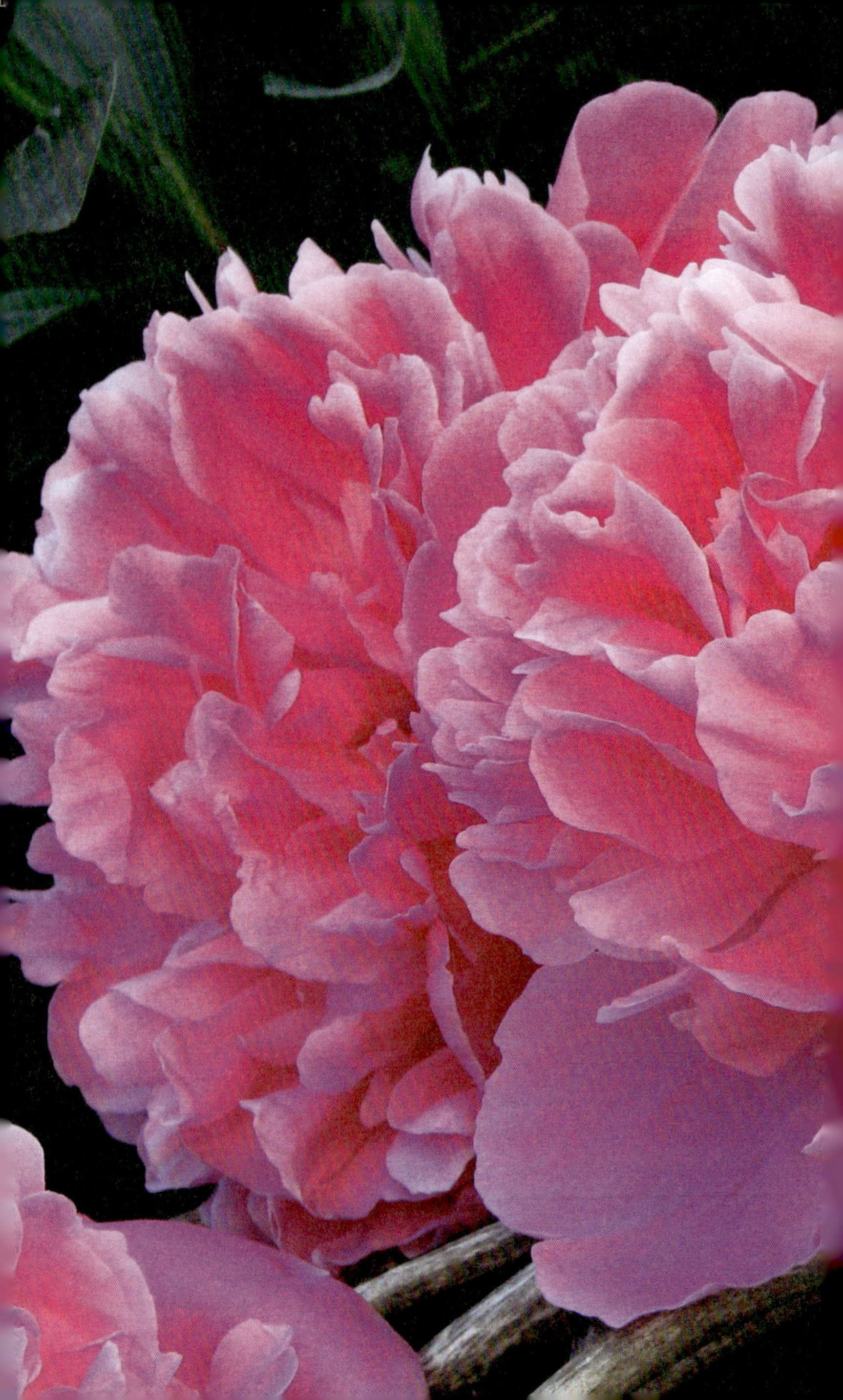

Die Blüten der Pfingstrosen gehören zu den schönsten, die der Garten im Mai und Juni zu bieten hat.

Anfang vom Ende. Der Apfelbaum, gleichzeitig Hausbaum, wurde Langzeitpatient eines befreundeten Gärtners, der ihn mit Rindenbalsam behandelte und die vom Pilz bereits faul gewordenen Stellen im Holz zumindest so weit schließen konnte, dass der Baum noch jahrelang standhielt. Nur über einen einzigen schmalen Strang zog das Kambium noch Nährstoffe. Nach und nach sah die ehemals dichte Krone licht aus, bevor sie endgültig auch während der Sommermonate in ein herbstlich-blattloses Antlitz wechselte; sie blieb nackt. Der Boskop war zuvor ein letztes Mal aufgeblüht, er entwickelte noch 99 hinreißend süßsaure Äpfel als letztes liebes Adieu ...

Neben dem alten Zwetschgenbaumspalt liegt nun ein weiteres Stück Holz. Vom Boskop. Und ich erinnere mich an Stunden voller Wunder, in denen ich dort von den Früchten aß und von den Sonnenstrahlen trank.

Diese Hochachtung vor den Bäumen sich grundsätzlich zu bewahren, nährt die Bedeutung ihrer mächtigen Magie. Es rührt mich zu Tränen zu sehen, wie beispielsweise die Bretonen – mit dem Wald von Brocéliande ohnehin dem Zauber Merlins verfallen – einer alten, vom Sturm gefällten Linde ihre Ehrerbietung darbringen. Im Park der Abtei Saint-Maurice an den Ufern des Laïta, der noch kilometerweit im Land die Gezeiten des Atlantiks zu spüren bekommt und von ausdrücklicher Schönheit ist, verblieb nach schwerem Sturm nur ein Baumstumpf. Anstatt den Geknickten dem Erdboden gleichzumachen und Gras darüber wachsen zu lassen, beließen die Gärtner in weiser Voraussicht den

Weiß auf schwarz: Ein Hinweisschild aus Schiefer erinnert an die alte Linde, gepflanzt 1877, vom Sturm gefällt 2011.

verbleibenden Reststamm dort, wo vor dem himmlischen Getöse ein großer, stolzer Baum gestanden hatte, der an heißen Tagen Schatten und an regnerischen Unterschlupf bot und der seine Äste ausbreitete, um den Wind zu empfangen und daraus ein Lied zu spielen, das niemals verweht. Und sie huldigen ihm, dem Lindenbaum in memoriam, mit einem Schild: „Linde 1877. Gefällt vom Sturm im Jahr 2011". Auf diese Weise wird die Linde nicht für tot erklärt, sondern am Leben erhalten, und dies nicht allein in der Erinnerung, vielmehr sogar ganz real, denn der geköpfte, aber nicht entwurzelte Baum hat in der Zwischenzeit starke

Triebe entwickelt, die den Stammesmeter so buschig umkränzen, dass er sommers bei vollem Laub nicht mehr zu sehen ist. Mein Freund, der Baum, er lebt! Hätten die Männer von der Straßenbaubehörde 1985 doch auch so weise gehandelt, dann würde eine von Jane Austen unweit Chawton Cottage nahe Alton in der Grafschaft Hampshire gepflanzte Eiche noch heute dort ihren Platz haben, wo jetzt Autos rollen. So bitter dieses Leben, so gemein und missachtend. „Stolz und Vorurteil" hat Jane Austen geschrieben, „Northanger Abbey" ist grandios und „Sinn und Sinnlichkeit" unübertrefflich. Jeden Baum, ja, jede Akelei, die diese Nationalheldin Englands jemals pflanzte, hätten sie stehen lassen müssen, die Deppen aus Verwaltung und Politik. Stattdessen nichts als rücksichtsloses Sägen, um eine Straße zu bauen, eine schnöde, blöde Straße. Tausend Jahre hätte die Eiche alt werden können! Anstatt einmal darüber nachzudenken, ob es nicht sinnvoll wäre, die Straße versetzt zu diesem bedeutenden Gewächs zu bauen, gewissermaßen aus Ehrfurcht einen Bogen zu schlagen, der die Gegenwart mit der Zukunft bindet, ohne die Geschichte zu beschädigen, rückten die Bauarbeiter an und baumfrevelten auf Geheiß der Amtsschimmelreiter und Freizeitpolitiker. Die mächtige Eiche, für ihre Verhältnisse noch jung an Jahren, konnte nicht zum Denkmal werden. Was geblieben ist, sind blasse Sequenzen auf den Synapsen. Die Töne der Vögel im Bereich der Krone sind verklungen, die Aura des Baumes ist versiegt.

Die Lehren, die wir daraus ziehen können: Nicht die Säge noch die Axt sind des Baumes Feinde, sondern Menschen, die wissen, wie sie mit den Werkzeugen umzugehen haben, die aber nicht wissen, wann die richtige Zeit dafür gekommen ist. Ein erkranktes, immer lichter werdendes Gehölz, zu einem bestimmten Zeitpunkt von seiner Last zu befreien, ist gut und richtig, aber bei kerngesunden, Jahrzehnte oder gar Jahrhunderte alten Linden, Eichen, Buchen und dergleichen rücksichtslos die Flammen der Zerstörung lodern zu lassen, ist moralisch unterste Schublade. Natürlich gibt es Gründe, auch gesunde Bäume zu fällen, und meistens ist der Straßenbau daran schuld, weil die immer mobiler werdenden Gesellschaften nach Kahlschlag verlangen. Beim Autobahnbau A 4 zwischen Köln und Aachen war das nicht anders. Dort sind weite Teile des Hambacher Forstes, einem bedeutenden Tiefwaldgebiet, zerstört worden. Immerhin aber wurde entlang des Teilstücks bei Buir eine Allee von Bäumen des Jahres (1985 bis 2014) gepflanzt. Hinweistafeln weisen die Autofahrer darauf hin, und es gibt nicht wenige, die ihren Fuß vom Gaspedal nehmen, weil die Allee ihr Interesse weckt. Ross-Kastanie, Schwarz-Erle, Sand-Birke ... – durch den Straßenbau hat die Natur schwer gelitten, aber wenigstens ist der gute Wille erkennbar.

Sich erinnern und ein Andenken bewahren, das ist mit Gehölzen und Stauden sehr gut möglich. Dabei geht es oft nicht um die Pflanzen selbst, sondern um die Menschen, für die sie stehen. Oma Meyer liebte Pfingstrosen. Wenn es Frühling wurde, freute sich meine Großmutter über den zipfelmützenähnlichen Austrieb, der für mich als kleiner Junge so aussah, als wenn Zwerge nach der Winterruhe aus dem Erdboden auftauchten, dort, wo sie in Maulwurfsgängen lebten und es sich gemütlich machten bei einem Feuerchen und gegrilltem Mäuseschwanz. Die Freude meiner Großmutter wuchs mit jedem weiteren Blatt, und als schließlich die ersten Blüten aufgingen, tauchte sie ihre Nase tief hinein und schwelgte im Duft und in der Pracht der Päonien. Dieses Bild ist mir sehr präsent, als wenn es gestern sich zugetragen hätte, doch es ist lange her, viele Jahre. Mein Herz ist sein Rahmen, meine Seele sein Passepartout. Oma und die Pfingstrosen sind unumstößlich eine Einheit geworden, nicht nur zur Blütezeit, sondern das ganze Jahr hindurch. Die Kraft von Pflanzen hört nicht mit dem Vergehen ihrer Blüte auf, sie ist immer da. Wie die der Menschen. Denn die Liebe bleibt.

Pflanzen sind ein Buch der Erinnerungen. An Menschen. An Begebenheiten. An fröhliche Tage und stille Stunden. Als ich im Park des Château de Chaumont-sur-Loire einem Schwarzen Holunder meine Aufmerksamkeit widmete, nahm ich unwillkürlich Verbindung zu meinem Vater auf, spannte einen roten Faden über Hunderte Kilometer bis ins Weserbergland, wo er wahrscheinlich gerade Rasen mähte oder sich an der Natur erfreute. Meine Gedanken kreisten um ihn, dem Mann, der aus den Früchten und Säften des Sambucus nigra Brötchengold zu kochen wusste. Gelee mit Sternchen. Nach der Rückkehr habe ich ihm von diesem schönen Busch erzählt und dass ich dabei an ihn gedacht hatte. Das Schicksal hat nun einen bösen Haken geschlagen, und die Strecke zwischen meinem Vater und mir ist nicht mehr in Kilometern messbar. Was bleibt, ist die Bedeutung des Schwarzen Holunders, der jetzt und in Zu-

Schwarzer Holunder gilt als der Hüter des Gartens und gehört, noch dazu als Sortenzüchtung 'Black Lace', zu den schönsten Gehölzen.

kunft mehr denn je ein Kapitel in meinem persönlichen Gartenpoesiealbum sein wird. Ich erkenne meinen Vater in jedem Zweig. Der Schwarze Holunder gibt mir einen Schimmer seines Lichts.

Ein Andenken zu bewahren ist eine gute Sache. Wer dazu bereit ist, wird den Lohn der Erinnerung als Ernte begreifen. Gehölze, deren Leben annähernd ein Jahrhundert dauern können oder weit darüber hinaus, machen es uns einfach. Sie werden gepflanzt, und dann gedeihen sie. Jährlich ein Erziehungsschnitt. Kein Denkmal ist schöner als ein solches, denn es ist Teil der Schöpfung. Mit Stauden und sogar einjährigen Sommerblumen funktioniert das auch, wobei die Mühewaltung eine größere ist. Denn Stauden wollen von Zeit zu Zeit geteilt und neu gepflanzt, gedüngt und ausgeputzt werden. Einjährige sind sowieso Jahr für Jahr neu zu kultivieren. Obwohl nicht wenige in der Lage sind, sich selber auszusäen und beständig zurückzukehren, muss hier doch nachgeholfen werden, ob nun im Anzuchthaus oder per Direktaussaat im Beet ab April. Auf diese Weise entsteht ein Garten der Erinnerung; dabei geht es unbedingt um den fröhlichen Beistand, um die Früchte, die der Verstorbene gemocht, um den Duft, den er geliebt, um die Blüten, die er verehrt hat. Alles aus dem Leben, nichts aus dem Tod. Wer eine Trauerweide als Mahnmal des Gedenkens begreift, mag darin einen Halt finden. Mir scheint es hingegen sinnvoller zu sein, jenes lebendige Element herauszutüfteln, das an die guten Zeiten erinnert. Die Tränen rollen ohnehin von allein, wenn sie rollen wollen, dann und wann passiert das eben. Dafür braucht's nicht auch noch eine Trauerweide. Lieber nehme ich das Strahlen der Holunderblüten und den Glanz der Beeren in mich auf und empfinde ihr Licht als das meines Vaters.

In Erinnerung an meinen Vater Fritz Meyer

26

Mit einem Durcheinander verschleudert man das Talent der Fläche

Es ist wie die Furcht des Poeten vor dem weißen Blatt Papier. Nur ist der Poet in diesem Fall ein Gärtner und das weiße Blatt ein Stück Land. Sechs Quadratmeter Verzweiflung. Nicht viel Fläche. In der Planphase, lange vor dem Urbarmachen mit Umgraben und Entkrauten, verwandelte sich jeder Gedanke an das Projekt in Gold; auf alten Briefumschlägen, Kladden und Notizzetteln sammelte ich die Gedanken ohne Unterlass. Ich machte Zeichnungen, verwarf sie, kritzelte neue, radierte, rotierte. Ich hielt eine Idee fest, um sie mit einer nächsten zu vergleichen, wissentlich, dass es nicht der Weisheit letzter Schluss sein würde. Konnten die beiden nicht miteinander in Einklang gebracht werden, verwarf ich sie und fing bei null an. So etwas geht nicht gut. Die nächste Alternative schon nicht mehr als die beste zu erachten, weil ihr vielleicht noch eine andere schon im Ansatz den Garaus macht, ist ein toxischer Verdrängungswettbewerb. Dabei ist es unbestritten wichtig, Vergleiche zu ziehen, Abstände zu messen, Blütenfarben und Laub sowie Pflanzengrößen miteinander zu vergleichen, um auf dieser Basis Stufung, Kolorierung und Blattbild sinfonisch aufeinander abzustimmen. Denn es gibt niemals nur die eine Möglichkeit, es gibt viele. – Bekanntlich ist das Bessere der Feind des Guten. Aber nach einiger Zeit des Sinnierens über Für und Wider muss eine definitive Entscheidung stehen. Spatenhieb- und stichfest. Es gilt, ein Statement zu setzen. Ein Statement ist das Gegenteil von Herumeiern und das Fokussieren auf Wesentliches. Wesentlich ist, dass es um bescheidene sechs Quadratmeter ging, die sich im Halbschatten auf normal durchlässigem Gartenboden befinden. Das schränkte die Pflanzenauswahl noch nicht sehr ein. Die Stelle ist windanfällig. Das schränkte sie schon mehr ein. Und sie liegt im Nahbereich zu im Mai und Juni weiß blühenden Gehölzen. Also musste etwas Farbiges her, das folglich früher und später den Flor entwickelt, um die Baisse im Blütenindex aufzufangen. Auf diese Weise minimiert sich die Auswahl der Pflanzen und ist trotzdem gewaltig. Aber man bringt sich in die vorteilhafte Position, schon einmal Eingebungen zu Grabe zu tragen, indem man sie nicht unter die Erde bringt.

Ich bin mir sicher, bis heute mehr Einfälle beerdigt als umgesetzt zu haben. Hin- und herzuschweben wie ein Blatt im Wind, ist kein Makel, solange die Erkenntnis bleibt, es beim nächsten Mal standhafter durchzuziehen. Abwägen ja, hadern nein. Eine oder zwei Leitstauden müssen her, der Rest ist Spiel. Ein Durcheinander zu pflanzen, nur um der Sortenvielfalt Rechnung zu tragen, erbringt keinen Nutzen. So verschleudert man das Talent der Fläche. Sie zerfasert. Besser ist es, auf Wiederholungen zu setzen. Je größer das Areal, desto mehr Raum müssen Wiederholungen einnehmen. Rudbeckia-Sonnenhut ist ein vortreffliches Beispiel: In einer langen, tiefen Rabatte muss er mehrmals in größeren Tuffs vorkommen. Das geht natürlich auch mit anderen Stauden. Auf kleinen Flächen hält sich die Wiederholung in Grenzen, aber doch ist sie möglich. Ich versuche es mit Wasserdost, der über zwei Meter Höhe erreicht. Die September-Silberkerze mit ihrem bordeauxroten Laub ist ein guter Begleiter, auch hoch. Beide blühen aber spät. Davor also Orientalischer Mohn, lachsfarben und rot, der ab jetzt blüht. Den Halbschatten kann er gut ab. Zwiebelblumen – Traubenhyazinthen und Osterglocken – blühen ab April. Der große Zierlauch steht schon aufrecht und schön als weiße Sorte 'Mount Everest', während die lilafarbenen Kugeln des 'Purple Sensation' sich daran anschließen werden, bald, bald. Die niedrige Abgrenzung zum Gehölzbereich mit unterschiedlichen Strauchveronika-Sorten in geschwungener Form runden das Werk ab. Es ist noch nicht fertig, es wird vermutlich nie fertig werden, aber das, was ich im Oktober vergangenen Jahres von der Kladde ins Beet gebracht habe, hat Struktur.

Ein wenig Raum für Kompromisse sich zu lassen, weicht das Statement nicht auf. Im Gegenteil: Ein Berg-Tabak mit seinen duftenden weißen Röhrenblüten und den großen Blättern oder die zweijährige Lichtnelke in kräftigem Lila tupft das neue Beet mit Farben aus und lässt genug Raum, mit weiteren saisonal gesetzten Sommerblumen ein anderes Bild zu malen. Die Einjährigen in gemischten Staudenpflanzungen zu unterschätzen, wäre fatal, sie überhaupt nicht in Erwägung zu ziehen, ein gärtnerischer Fauxpas. Sie bringen ja immer neue Farbe ins Spiel, verändern das stete Bild der dauerhaften Pflanzen und minimieren die Bereitschaft zum Risiko, weil sie ohnehin nur in dieser Saison dort stehen, wo sie stehen. Da kann man wenig falsch machen und gerne offen sein für Stilbrüche, von denen es unendlich viele zu realisieren gibt, weil sie von der Gewohnheit müde gewordene Augen wach werden lassen. Dass also zum Beispiel ein Besenginster zwischen Cornus kousa und Buddleja davidii einen suboptimalen Platz hat, könnte bei näherer Betrachtung zum vorschnellen Urteil zusammenschrumpeln. Vom Laub her will die Pflanze mit ihren besenartigen Ruten nicht wirklich zu ihren Nachbarn passen, darüber dürfte kaum ein Zweifel bestehen. Aber der Stilbruch in dieser Sammlung von Gehölzen hat sein Gutes: Er wirkt aus der Reihe tanzend, belebt das Terrain und verschafft Spielraum für Diskussion und Träumerei. Ich spüre die Wichtigtuer ihre Nasen rümpfen ob solcher Geicheleien: Ein Besenginster gilt schon mal per se nicht zur Crème de la Crème der Gartenpflanzen, ist eher ein Unkraut, dass in unmittelbarer Nähe zum edlen Hartriegel (Sorte: 'Milky Way') dessen majestätisches Antlitz besudelt und wohl kaum dazu geeignet ist, den Schneeball, der nur zwei Grashüpferhopser entfernt steht, in seiner ausgezeichneten Wirkung zu unterstützen. Ginster, bäh, was macht er da?

Zunächst mal war er ginstergünstig. 9,50 Euro sind kein Risiko. Der Preis unterstützte den Mitnahmeeffekt deutlich, denn zu dem Zeitpunkt war ihm ein Platz im Garten noch gar nicht beschieden, er war nie Teil einer Planung. „Irgendwo werde er schon stehen können", dachte ich und dachte richtig, wenngleich dieses Kaufverhalten Gift ist für maßvolles Gärtnern. Das kennt jeder, der seine Scholle zum Blühen bringen will, dagegen darf man sich auch nicht dau-

Mutterkraut umkränzt Mohn – manche Schönheit ergibt sich aus dem Zufall.

erhaft wehren. Niemals wäre ich ja losgezogen, um einen Besenginster zu kaufen; er spielte nie eine Rolle. Jetzt spielt er eine. Und bei Licht betrachtet (im Dunkeln würde es wenig nützen, es sei denn, er bekommt eine Taschenlampe umgehängt) war es eine gute Wahl, ihn genau dort und nirgendwo anders zu platzieren. Ob eine Pflanze unpassend ist, darüber entscheidet nämlich mehr als nur ein Augenblick, darüber entscheiden 365 Tage im Jahr. Jahreszeitliche Betrachtungen helfen Stilbrüche zu verstehen und decken auf, dass manch vordergründige Spielerei gar nicht dumm ist. Abgesehen von seiner eigenen reichhaltigen

Blüte – 'Andreanus splendens' ist nur eine von vielen prächtig in Farbe stehenden Hybriden – gibt es zum Ginster noch einige Vorteile mehr zu benennen. In den Sommermonaten, nach seiner üppigen Blüte, mag er wieder nur eine Nebenerscheinung sein und im Herbst ein stiller Vertreter schwachbrüstiger Blattmasse, aber wenn die Blütenrispen des Sommerflieders vergangen sind und das letzte Laub des Hartriegels, so schön die herbstliche Farbe auch sein mag, zu Boden gefallen ist, dann stolziert der Ginster aus seiner saisonalen Bedeutungslosigkeit und gibt der Anlage Struktur.

Die Quintessenz ist nicht, Besen-, Elfenbein- oder sonst einen Ginster deshalb als komplett pflanzenswert anzuerkennen; im gemischten Staudenbeet und beim Rhabarber würde er als quälgeistiger Meuchelmörder die Stimmung zerschlagen. Nichtsdestoweniger zeigt dieses Beispiel, dass ein Stilbruch nichts Kryptografisches ist, sondern in der umfassenden Betrachtung seine Berechtigung haben kann und übrigens mit Zufall nichts gemein hat. Etwas zu tun, das nicht zu passen scheint, aber genauso gewollt ist, ist eine klare Botschaft, solange man sie begründen kann. Und wenn man sie nicht begründen kann, dann sagt man einfach, dass es einem so gefällt, wie es ist. Das ist ebenfalls eine klare Botschaft, man muss sie nur überzeugend vertreten.

27

Berlepsch, Boskop, Champagnerrenette und Gravensteiner – das Quartett der Saftigen

Und wenn morgen die Welt unterginge, würde ich noch heute ein Apfelbäumchen pflanzen. – Prinzipiell 'ne gute Idee, was Martin Luther ehedem von sich gegeben hatte. Es war zwar nicht eine der 95 reformatorischen Thesen, die er an die hölzerne Pforte der Kirche zu Wittenberg nagelte, und doch ist dieser Satz auf eine andere Art prägend für den Glauben: den Glauben an das, was den Gartenprofis und Hobbygärtnern, den Beetschwestern und Blumenbrüdern, blühen könnte. Der Apfelbaum ist ein Synonym für Lebensfreude und vitale Kraft. Kaum ein anderes Gehölz ist in der Lage, den Platz als Hausbaum so klassisch-korrekt einzunehmen. Malus domestica, der Kulturapfel, bewährt sich stets im wahren Sinn des Wortes als Stammhalter mit stolzer Krone, und er verbindet Generationen. Manchmal ist es der Vater oder auch Großvater gewesen, der das Gehölz pflanzte, von dem nun die Kinder und Kindeskinder ernten. Ein Stammbaum, im besten Sinn, der bei guten Bedingungen 90 Jahre alt werden kann. Ab dem Spätsommer beginnt die Erntezeit. Wer dabei auf den Geschmack kommt und in seinem Garten Platz für einen weiteren Apfelbaum hat, sollte nicht zögern, denn Erntezeit ist auch gleichzeitig Pflanzzeit. Der Boden ist warm, das Angebot in den Baumschulen groß, und noch bevor der Winter seine frostigen Krallen auszufahren droht, ist der Neue im Garten vielleicht schon ein wenig angewurzelt. Ob er schon im Folgejahr Früchte tragen wird, steht in den Sternen, und vielleicht nicht einmal dort. Aber die Hoffnung darauf ist immer groß.

An der Sortenfrage scheiden sich die Gartengeister: Die Kulturapfelparade in Deutschland umfasst mehr als 1.500! 'Golden Delicious', 'Granny Smith', 'Jona Gold' oder 'Pink Lady' wären bei aller Liebe zum gewohnt guten Geschmack jedoch eher eine langweilige Auslegung des Gärtnerns, weil diese Äpfel fast das ganze Jahr über in Super- und auf Wochenmärkten zu haben sind. Ist es nicht vielmehr so, dass in einer sich rapide ändernden Gesellschaft, in der Menschen teils nicht in der Lage sind, ordentlich zu grüßen, die alten Werte von Barmherzigkeit, Freude, Freundlichkeit, Verlässlichkeit und Zuwendung neu zu entflammen wären? Genau hier setzt das Pflanzen eines Apfelbaums an: Eine gute alte Sorte soll's sein, die gegenüber modernen Züchtungen schorfresistenter und weniger anfällig gegen Mehltau oder Obstbaumkrebs ist und die – daran besteht kaum ein Zweifel – geschmacklich überzeugt. Es liegt in der Natur der Sache, dass der Geschmack Geschmackssache ist. Ein 'Cox Orange' ist eher für „Süßmäuler", während der 'Kaiser Wilhelm' meist sehr säuerlich ist. Am besten, man pflanzt gleich zwei oder drei Bäume unterschiedlicher Sorten, damit das süß-saure Portfolio besser ausgelebt werden kann – zudem ist es immer ratsam, mehrere Bäume zu haben, weil sie sich gegenseitig bestäuben, was schlussendlich zu besseren Ernten führt. Das geht ja auch per Halb- oder Viertelstamm, falls

Apfel im Glas: In der Normandie wird aus Äpfeln köstlicher Calvados und Pommeau.

der Platz zu beengt ist. Empfehlenswert sind Sorten, die zu unterschiedlichen Zeitpunkten pflück- und genussreif und überdies lagerfähig sind. Das unwiderstehliche Apfel-Quartett, sozusagen Bube, Dame, König, Ass, besteht aus 'Gravensteiner', 'Berlepsch', 'Boskop' und 'Champagnerrenette'. Die Sorte Gravensteiner aus Gravenstein in Schleswig-Holstein bildet große, gelbe Früchte aus, die ein saftig-würziges Fruchtfleisch haben. Pflück- und genussreif ist er ab September, doch selbst unter guten Bedingungen hält er im Lager kaum länger durch als sechs Wochen. Der edle Gravensteiner ist also vor allem für das

Sofortverkosten gemacht. Mit dem Berlepsch verhält es sich anders: Die aus dem Rheinland (bei Grevenbroich) gezüchtete Sorte bildet mehr breite als hohe Früchte mit edlem Aroma und hohem Vitamin-C-Gehalt aus. Pflückreif ist er ab Ende Oktober, aber haltbar bis Ende März! Der Boskop, 1856 in Holland entstanden als Top-Tafelsorte mit fein-säuerlichem Geschmack, kann sein komplexes Aroma sogar bis April bewahren, wenn er denn nach der Ernte ab Oktober gut gelagert wird. Schließlich noch die Champagnerrenette: Eine uralte französische Sorte, die 1799 entdeckt und kultiviert wurde. Merkmale: glatte, fettige, grüngelbe Schale mit rosa Tönung zur Sonnenseite, festes, saftiges, sehr helles Fruchtfleisch und frisch-säuerlicher Geschmack. Ab Oktober können die Schampusäpfel gepflückt werden und halten unter Umständen bis zum Sommer!

Reiche Blütenpracht verspricht übrigens nicht immer auch einen Früchtesegen. Innerhalb eines Jahres können viele Faktoren dazu führen, dass die Ernte weniger ertragreich ausfällt, als die Blüte im Frühling versprochen hatte. Spätfröste, Krankheiten und Schädlinge führen zu Ausfällen, die innerhalb der Vegetationsperiode kaum noch zu verhindern sind. Deshalb ist es wichtig, dem Apfelbaum mit Leimringen, einem Winterschnitt und einem geschulten Blick das Leben so angenehm wie möglich zu machen. Oder mit einer Zahnbürste ... Eigentlich und uneigentlich ist der Minimalschrubber zwar erfunden worden, um Plaque und Paradontitis beizukommen, aber in einem für meine bescheidenen Verhältnisse erstaunlich erfinderischen Moment schritt ich mit dem Bürstchen am Stiel zum Apfelsäulenbaum 'Flamenco', um dort gegen eine Art Baumkaries anzutanzen. Blutläuse kann man wohl getrost so bezeichnen, weil sie auf Dauer in der Lage sind, jungen Gehölzen alles zu nehmen, was sie haben: das Leben. Sie schädigen die Blätter und Knospen, sie bilden wulstartige Auswüchse und flaumigen Belag, der nach Schimmel aussieht. Weil die biologische Komponente mit der Unterpflanzung von Kapuzinerkresse, die das schädigende Gesocks fernhalten soll, nicht hundertprozentig funktioniert und der Einsatz eines Pestizids immer verbunden sein sollte mit einem schlechten Gewissen (gegenüber der eigenen Gesundheit, nicht gegenüber den Blutläusen!), fing ich also an zu putzen, und noch bevor ein falscher Zungenschlag diese Zeilen besudeln könnte, darf ich darauf aufmerksam machen, ein längst ausrangiertes Exemplar verwendet zu haben, das auch schon gegen Badezimmerwaschtischschlundschmutz zum Einsatz gekommen war und also bereits ganz viel schlimmere Sachen über sich ergehen lassen musste. Ich stand vor dieser gerupften Säule und dachte: „Sapperlot, wenn mich hier einer sieht, was mag er denken?" Aber bekanntlich heiligt der Zweck die Mittel und Not kennt kein Gebot. Der arme 'Flamenco' sah auch schon so bemitleidenswert aus, als wenn er nicht mal mehr einen langsamen Walzer hinbekommen würde. Ich schrubbelte deshalb mit Verve, aber Fingerspitzengefühl, nicht zu fest, um Verletzungen zu vermeiden, Zentimeter für Zentimeter, von ganz unten, an der Veredelungsstelle, bis zur Spitze. Die Laushaufen, ascheähnlich koloriert, rieselten zu Boden. Die Borsten färbten sich dunkelrot. Tro-

*Äpfel im Korb: Wenn die Ernte so reichhaltig ausfällt,
kann der Winter kommen.*

ckenschrubben wäre okay, aber ich zog es vor, zusätzlich eine Seifenlösung anzusetzen. Lauwarmes Wasser, dazu einige Tropfen Spüli. Später nahm ich auch Speiseöl.

Es dauerte sicher gut eine halbe Stunde, bis der Baum sauber war. Das Bürstchen habe ich gleich im Gartenschuppen gelassen und als multifunktionale Gerätschaft neben Rosenschere, Handspaten und Zwiebelpflanzer gelegt. Kommt in kleine Ecken gut hinein, fegt Nischen sauber, bürstet en miniature in insektiv besetzten Parallelwelten. Wie ein Zahnarzt anzuraten pflegt, empfehle auch ich, eine weiche

Bürste zu verwenden, am besten ein solches Modell, das in der Fernsehwerbung von einem angeblichen Herrn Doktor Dingenskirchen keiner noch so treulosen Tomate etwas zuleide tun kann. Mit mittelharten bis harten Borsten droht Verletzungsgefahr am Gehölz. Muss ja nicht sein. Ich scheuerte das Bäumchen im Winter, ich tat es im Frühling und auch noch im Juli. Jetzt ist es läusefrei. Das ist die gute Nachricht. Ich bin ein Held. Nicht ein Apfel hat 'Flamenco', sinnigerweise in Nachbarschaft zur Sorte 'Polka' gestellt, ausgebildet, aber immerhin doch gritzegrün glänzendes Blattwerk entwickelt. Das Kerlchen ist gerettet, aber ich werde weiterhin meinen Blick darauf werfen, auf jedes einzelne Zweiglein. Wehret den Anfängen! Hat damals auch der Zahnarzt gesagt.

Das Apfeltrauma

Zwei Äpfel hängen nur noch fast
Als Vitaminduett an einem Ast.
Der eine sagt: „Jetzt reicht es mir.
Ich hänge hier schon seit halb vier
Und länger noch – nein – jetzt ist Schluss!"
Er fällt und trifft den Thalamus
Von einem Herrn in feinem Zwirn.
Er trifft ihn also voll aufs Hirn.
Der Apfel, zu französisch pomme,
Haut, lax gesagt, ihm auf die Omme.

Der andere Apfel stellt nun fest:
„So ist also des Lebens Rest.
Erst wird man reif, dann kriegt man Firne
Und trifft schlussendlich eine Birne."

28

Die Philosophie der Herrlichkeit verkündet Wellen weniger Arten, nicht Pfützen vieler

Schmucklos, bisweilen zerzaust und verlumpt sind diverse Teilbereiche aus den letzten sommerlichen Tagen in den Herbst hineingestolpert. Das ist kein Malheur, weil dieser Umstand im weitesten Sinn zu reparieren möglich ist. Einerseits sind die Lücken ja entstanden, weil den Frühlings- und Sommerblühern beim Bepflanzen keine Stauden in Nachbarschaft gesetzt wurden, die ihren Flor erst zu späterer Zeit entfalten. Ergo: ein selbst erzeugtes Problem. Andererseits erweckt manches Terrain einen lieblos hingeklatschten Eindruck, weil sich unter den einst auch mit größtem Engagement und Weitblick komponierten Bestand Stauden und Zweijährige gemogelt haben, die dort zwar jetzt noch nicht stören, aber sicher im kommenden Jahr. Das Risiko einer Zerfransung solcher Bereiche wäre zu groß, als dass den belästigenden Elementen ohne Gegenwehr jedweder Raum überlassen werden sollte. Die Selbstaussaat attraktiver Pflanzen ist nur in Maßen zu empfehlen.

Die Septemberfragen kreisen folglich um Sein und Nichtsein. Darf es sein, dass die Stockrosen das Sonnenbeet okkupieren und Rittersporn, Sonnenauge, Orientalischen Mohn, Hebe oder Silberkerze mit ihrer Nachbarschaft bedrängen? Darf es sein, dass die Knoblauchsrauke sich bis zum Buchsbaum vorgekämpft hat, wo sie doch vor zwei Jahren nur am Randstreifen des Gartens blühte und Buchs doch unbedingt ein „anständiges", aufgeräumtes Antlitz tragen soll? Und es muss doch wohl nicht sein, dass das Silberblatt, so köstlich sein Anblick für unsere Augen im Frühling auch ist, mehr und mehr und mehr wird! Auch die Rote Spornblume war wieder fleißig, und erst das Johanniskraut ... – darf es weitere Rabatten in Anspruch nehmen oder soll man ihm die Grenzen zeigen?

Wer sich vom Charisma des jungen Grüns blenden lässt und keinen Gedanken an das kommende Jahr verschwendet, wird im Ergebnis kein Glück finden. Hier gilt die Konsequenz. Der Blick muss mäandern, durch die Reihen, um Pflanzen herum; er muss hängen bleiben und Antworten auf Fragen finden, die die Blumen erst im nächsten Jahr stellen werden. Das Beet zu lesen, ist eine Kunst, die nicht von heute auf morgen funktioniert, sondern im Laufe von Jahren sich entwickelt. Da ist, um ein Beispiel zu nennen, dessen Ausmaß nur als akut störungsintensiv zu bewerten wäre, die Stockrose. An sich eine hübsche Pflanze, und solange sie sich im ersten Standjahr zurückhält, schmückt sie kahle Erde mit kräftigem Grün. Aber die Zeit wird kommen, da die imposante Erscheinung ihre tageszeitungsgroßen Blätter ausbreiten und nebenstehende Stauden verschattet. Sie erobert Plätze, die ihr bei kluger Planung nicht zuteil geworden wären, und versucht sich in Omnipotenz. Es wird nichts anderes übrig bleiben, der Stockrose hier und dort ein letztes Geleit zum Kompost zu geben, mehrfach zerschnitten und bitte in absehbarer Zeit, weil die

Pfahlwurzel der jungen Brut sich noch nicht mit Macht in den Boden stemmt. Sie darf dort nicht bleiben, sie nähme dem Mohn die Luft zum Atmen, bedrängte das Sonnenauge und ließe sich mit dem Rittersporn auf keinen Kompromiss ein. Sie ist absolut egoistisch, und je stärker die Flora sich darin gebärdet, desto entschlossener muss eine Gegenoffensive erfolgen.

Diese Entschlossenheit kann schmerzen. Mir tut es weh, wenn das Blatt meines Spatens in wenigen Minuten dem Werben der Stockrose um Teilhabe am Beet ein Ende setzt. Das geht schnell, und weil es so schnell geht, sollte jeder Hieb wohlüberlegt sein. Bei der Stockrose mache ich mir im Nachhinein keine großen Sorgen, denn sie hat sich an vielen weiteren Stellen versamt, wo ich sie dann auch gewähren lasse. Sie wird sehr groß, bis drei Meter, also sind die wenigsten Plätze für sie passend. Je kleiner die Pflanzen sind, desto einfacher fällt die Entscheidung, sie stehen zu lassen. Konkret denke ich an das Johanniskraut. Irgendwann hatte es vom Zufall begünstigt den Weg mitten ins gemachte Nest gefunden, einer nach bestem Wissen und Gewissen angelegten Staudenrabatte. Es blüht herrlich, ist reich verzweigt, wird kaum einen Meter hoch. Ich freute mich. Mal was neues Schönes, ohne dass ich dafür auch nur einen Finger krumm gemacht haben musste. Ich ließ es leuchten mit seinem gelben Flor, neben Skabiosen, Akeleien und Silberblatt-Salbei. Von dort verbreitete es sich dann in den Halbschatten (Teufel noch mal, den mag es eigentlich gar nicht so sehr), dann fand ich eines milden Frühlingstages eine weitere Pflanze im Steingarten, vor dem Gewächshaus, bei den Gehölzen und, und, und ... – jetzt ist dann aber doch mal Schluss mit lustig. Zwar gilt das Johanniskraut in der Medizin als Stimmungsaufheller, aber ich merke, dass ich schlechte Laune bekomme, wenn es mit seiner Gier nach neuem Lebensraum so weitermacht. So viel Fröhlichkeit vertrage ich nicht und werde, wie so viele Septemberfragen, auch diese, so leid es mir tut, mit dem Spaten beantworten müssen.

An sich gehen Gärtner im neunten Monat mit dem Spaten und der Grabegabel aber gerne schwanger, und die Konsequenz ist in der Tat ein guter Begleiter, um Akzentuierungen vorzunehmen. Mit Klein-Klein ist kein Staat zu machen. Erst die Wiederholung von Schlüsselpflanzen betont die Struktur eines Gartens. Im September, neben dem goldenen Oktober der beste Pflanzmonat für Stauden und Gehölze, gilt diese Regel mehr denn je. Ich erinnere mich mit einiger Scham an die ersten Jahre, in denen ich in autodidaktischem Zaudern eine endlose Reihe von Blumen wahllos zusammenwürfelte, fast peinlich übereifrig gekauft, umso viele Farben und Formen wie möglich unterzubringen, der Fröhlichkeit in den Beeten halber und mit der Aussicht darauf, interessierten und auch weniger interessierten Menschen erklären zu wollen, welch toller Hecht ich bin. Zurückgekehrt aus den Gärtnereien und Baumschulen, den Kofferraum voll mit Erde und Grünzeug und Dünger, grub ich Löcher, buddelte, schnitt und pflanzte, goss an und schrieb Schildchen, um nach dem Vorbild der botanischen Champions League alles nachvollziehbar zu machen. Ich tat wichtig.

Es kam schließlich, wie es kommen musste: Es wuchs, ja, aber das war's auch schon. Nichts von dem, was ich in die Erde gebracht hatte, ergab ein schlüssiges Gesamtbild. Der Fehler war die Arroganz anzunehmen, dass viel auch gleich gut sei. Die Sucht nach dem Besonderen und die Suche nach der Fülle hatten mich aufs Glatteis geführt, noch lange, bevor der Winter sich mit schwerem Geschütz ankündigte, mir meine Träume madig zu machen. Erst nach einiger Zeit – oh ja, es ist eine Kunst, sich beschränken zu können, aber sie ist wichtig – begann ich zu begreifen, dass alle Wirkung und Ästhetik niemals im Kuddelmuddel zu erreichen ist. Jede noch so gut gemeinte Aktion, die darauf abzielt, so viele Sorten und Arten unterzubringen wie möglich, wird ins Allerleiland führen, dorthin, wo Wirkung und Gegenwirkung einander neutralisieren. Kein roter Faden, kein Spannungsbogen. Das Beet ertrinkt im eigenen Blumenbrei.

Nur ein einzig Ritterspörnchen 'Galahad', ein bescheidener Wurzelstock des Phlox in Gesellschaft einer Bunten Margerite, eines Feinstrahls, eines Schleierkrauts, eines Ziersalbeis, eines Mädchenauges, eines Echinacea-Sonnenhuts und hier und dort noch weitere Stauden. Das Projekt war zum Scheitern verurteilt, schon bevor ich den ersten Spatenstich getan hatte. Denn die Philosophie der Herrlichkeit verkündet anderes: Wellen weniger Arten, nicht Pfützen vieler. Daraus entsteht die Energie und Spannung, an der sich der Blick festhalten kann. Tröstlich festzustellen, dass selbst eine Gertrud Jekyll, Erschafferin der Traumlandschaften Sissinghursts im südenglisch-grafschaftlichen

Kent, sich mit dem eigenen Reglementieren schwertat. Das darf indessen kein Freifahrtschein für belanglose Vielpflanzerei sein. Denn Miss Jekyll komponierte dennoch außerordentlich, erschuf Wellen verschiedener Farbfamilien, die ineinanderflossen, weil sie sich auskannte. Mir scheint, dass es zudem ratsam wäre, zum Beispiel in die Fußstapfen einer Phyllis Reiss zu treten. Auf Tintinhull in Somerset, ebenfalls eine dieser vom Golfstrom geküssten Grafschaften des britischen Königreichs, schuf sie Gruppen von Farbfamilien und kontrastierenden Blöcken und arbeitete bewusst mit sich wiederholenden Elementen. Viele Gärtner nach ihr nahmen sich daran ein Beispiel. Und wenn ich sehe, dass Phyllis Reiss von der Gartenhistorikerin und Autorin Penelope Hobhouse in allerpositivstem Sinn als „begabte Amateurin ohne formale gärtnerische Ausbildung" umschrieben wird, fällt es umso leichter, sich daran ein Beispiel zu nehmen.

Maus am Mais

Am Mais die Maus sich nagend labt.
Die Öhrchen aufrecht. Augen groß.
Die Maus am Mais sich labend wagt
Auf der Terrasse. Großes Los.

Welch Frechheit, welch ein Wagemut
Am Tag, der helllicht wie ein Stern
Bei Nacht als Himmels flammend Glut,
Mucksmäuschen aller Zweifel fern.

Am Mais die Maus den Hunger stillt.
Der Schwanz liegt ruhig. Ihr Knuspern leis'.
Vom kalten Himmel Watte quillt
Als einzig' Wölklein. Rein und weiß.

Die Maus am Mais nichts Fremdes kennt
Umgarnt vom lüstern' Appetit.
Unter dem opulenten Firmament
Macht alles keinen Unterschied.

Nur noch ein Stückchen. Letzter Biss.
Es ist nun Zeit, das Feld zu meiden.
Am Mais. Die Maus. Nichts ist gewiss.
Nicht Freude und auch nicht die Leiden.

Den Traum gelebt. Und morgen weiter.
Am Mais die Maus verschwindet heiter,
Um glücklich untertags zu sein
In einem stillen Kämmerlein.

29

Fristgemäß frostgemäß

Den kalten Hauch des Todes spüren Kalanchoen, Haworthien, Echeverien und dergleichen schon rund um den Gefrierpunkt. Diese Dickblattpflanzen sind nicht winterhart. Und stehen sie draußen, was ihnen während der Frühlings- und Sommerzeit nur zu wünschen ist – welche Blume möchte nicht vom Regen kosten und frische Luft schnuppern, anstatt im Muff des Hauses zu verstauben –, sei ihnen doch im Übergang zum Herbst besonderes Augenmerk verliehen. Schneidige Winde und nächtlicher Flugfrost lassen ihre fleischigen Blätter schnell Schaden nehmen. Sukkulenten haben einen hohen Wasseranteil. Bei klirrender Kälte sind sie gleich verloren, platzen auf, gefrieren von innen heraus am eisigen Herzen, aber auch schon bei Temperaturen über und unter null Grad stehen sie auf der Schwelle des Endlichen. Muss nicht sein. Also heim ins Haus. Die Fensterbänke und Treppenstufen sind frist- und frostgemäß bereit, sie wieder aufzunehmen, mindestens für das nächste halbe Jahr. Dort sind sie sicher.

Die aufopferungsvollen Rettungstaten mehren sich an Tagen, an denen anstatt eines goldenen Oktobers mit warmen Sonnenstrahlen die Kälte wie eine vagabundierende Bande um die Häuser zieht. Da sind nicht nur die Kakteen und Sukkulenten zu nennen, da müssen auch die Fuchsien und Pelargonien vor dem sicheren Untergang bewahrt und ins eisfreie Lager befördert werden, nicht ohne ihnen einen erzieherischen Schnitt anzugedeihen und sie in der Folge von Zeit zu Zeit mit einem Schlückchen köstlichen Wassers zu versorgen, ohne Dünger, nur ein paar Tropfen, denn wer schläft, der braucht nicht viel. Von Engelstrompeten und den Knollen der Begonien und Kallas, die im trockenen Dunkel in Holzwolle gebettet selig schlummern, bis sie wieder Erde spüren im kommenden Jahr, ganz zu schweigen. Natürlich ist es möglich, sie alle erfrieren zu lassen dort draußen; die Gärtnereien sorgen bestimmt für Nachschub im Folgejahr. Aber der Winter kann lang und das schlechte Gewissen bissig werden. Die Leidenschaft, mit der wir diese Pflanzen eine ganze Vegetationsperiode hindurch gegossen, gedüngt, geschnippelt, gestützt und genossen haben, darf doch um Himmels willen nicht mit einem Paukenschlag Petrus' enden!

Das ist eben auch der Grund, weshalb im Wohnzimmer von Zeit zu Zeit ein Dutzend Chili-Pflanzen ihren Platz einnehmen müssen. 'Habanero Big Sun', 'Elefantenrüssel', 'Fatilii' und wie sie alle heißen, ließen schon die Blätter hängen; erwischt vom nächtlichen Frost. Als einjährig gezogenes Gewürzgrün wäre es kein Problem gewesen, sie kompostreif werden zu lassen, wenn denn die Früchte ausgereift wären. Sind sie aber im Oktober manchmal noch nicht, und wenn dann so viele unreife daran hängen, verbietet es die Ehre eines Gärtners, sie umkommen zu lassen. Gerade bei Gewürzpaprika ist das Problem gar nicht selten: Ein kühler Frühling bringt diese kälteempfindlichen Pflanzen nicht gerade in die Pole Position, sodass sie später als geplant knospen. Ergo schiebt sich auch die Ernte weiter hinein in den Herbst, und wenn dann der Oktober früh grimmig wird, geht es ums nackte Überleben. Ich möchte den sehen, der in Anbetracht dieser Fülle an Schärfe und Schönheit abwinkt und seine Schä(r)fchen ihrem Schicksal überlässt, anstatt sie ins Trockene zu holen! Wer so etwas tut, hat die Vitamine, Wohltaten und Wärme nicht verdient, die die Früchte ihm jederzeit zu geben in der Lage sind. Ich schleppe sie vom Kalthaus dann jedenfalls ins Warme, und das ohnehin nicht riesige Wohnzimmer wird kurzerhand zum Wintergarten. Dann stehen die Sträucher hübsch aufgereiht in Untersetzern auf Zeitungspapier, verlieren zwar ihre blasser und gelb werdenden Blätter, aber nicht die Geduld, wenigstens die Schoten noch zu versorgen. Wie lange dieses Spiel dauert, ist kaum vorhersehbar. Die Heizungswärme ist ja nicht alles, es fehlt ihnen natürlich vor allem das himmlische Licht, das bei immer kürzer werdenden Tagen ein irreparables Problem darstellt. Es hineinzutragen, haben schon die Schildbürger nicht wirklich geschafft.

Aber das wird schon, ganz bestimmt sogar. Weil Pflanzen keine Wegwerfartikel sind, sondern lebendige Wesen. Das Jahr war lang, die Mühen umfangreich, die zu wuchtenden Töpfe schwer. So etwas lässt sich nur mit Begeisterung und Hingabe bewältigen, mit Liebe und Leidenschaft. Sie werden es uns in anderer Weise genauso zurückgeben. Das ist wie im richtigen Leben. Einziges Manko: Besuch muss in der Küche verweilen, denn das Wohnzimmer ist leider voll.

30

Zum letzten Gebe(e)t ...

An einem Totensonntag die Grabegabel (Achtung: nicht Grabgabel) zur Hand zu nehmen, ist nicht fein. Glaubensbekennende Christen, die zur selben Stunde im Gottesdienst der Predigt ihres Pastors lauschen und danach das Vaterunser murmeln, werden diese, ja, jede vergleichbare Arbeit als blasphemische Unverschämtheit abkanzeln. Aber einen leidenden Lavendel zu retten, in letzter Minute, gerade noch, bevor seine Wurzeln der Fäulnis verdammt sind, duldet keinen Aufschub. Wenngleich die Glocken vom Kirchturm mit mahnendem Donner das Totengedenken einläuteten, konnte ich nicht umhin, Erste Hilfe zu leisten. Über die Rettung eines Pflanzenlebens wird der liebe Gott schon seinen Segen leuchten lassen, selbst an einem solchen Tag. Etwas Notwendiges zu tun, hängt nicht mit dem Kalender zusammen. Wenn es getan werden muss, dann jetzt!

Der Zeitpunkt Ende November war natürlich ungewöhnlich, und ich erinnere mich vor allem deswegen daran, da Lavandula in der Zwischenzeit wahrlich wundervoll zu blühen wusste. Mein Spatenhieb an jenem tristen Feiertag hatte sich also gelohnt. In vielen Jahrhunderten zuvor hatte es zu so später Stunde wohl nur selten solche guten Bedingungen gegeben, um Gehölze umzusetzen. Man hat ja dann auch irgendwie damit abgeschlossen, sieht den Garten und sich selber schon in winterlicher Ruhe, will die Beine hochlegen und sinniert über kommende Projekte. Doch das Auge ist weiterhin wachsam. Die Blätter von Gehölzen sind zu Boden gefallen. Das freie Geäst gibt der gesamten Anlage eine neue Optik. Strukturen werden sichtbarer und durchlässiger. Das verkahlte Bild macht den Blick frei auf vergessene, verdeckte Pflanzen. Dazu gehörte der Lavendel. Er war sicher im Frühling oder Sommer für einen Platz auserkoren, dann aber in einen Topf gestellt worden, wahrscheinlich in einer Art Lauerstellung darin parkend, weil seine neue Heimat noch belegt war.

Solche Übergangslösungen verheißen oft nichts Gutes. Speziell mit dem Lavendel hat das nichts zu tun, dieses Schicksal kann einem Rittersporn oder Wasserdost vor dem Hintergrund allüberall aufblühender Seligkeit in einer Art amnesisch sich auswirkenden Glückstaumels zwischen den Blüten und Blumen genauso passieren. Aber abgerechnet wird zum Schluss, und der Schluss ist immer der Winter. Was soll ein Lavendel in einem zu kleinen Topf? Wie wird er sich in zu fetter Erde, ohne Zusatz von Kies und Stein, fühlen? Welche Möglichkeiten hat ein Sonnenkind wie er, sich im verschatteten Bereich zu entwickeln? Schlecht wird er sich fühlen. Und wachsen mag er dort nicht. Seine einzige Wahl: kämpfen, um zu überleben, und auf das Glück hoffen, dass er noch rechtzeitig aus seiner misslichen Lage befreit wird.

Nichts anderes hatte ich an jenem Totensonntag getan. Ich grub ein Loch ins Beet, vermischte die lehmige, schwere Erde mit Kies und Sand, um sie durchlässiger zu machen, und setzte Lavandula angustifolia hinein. Einige Wurzeln waren sehr angegriffen, und auch obenherum hatte der Strauch schon bessere Tage gesehen, aber er lebte. Nach strenger christlicher Sitte hätte ich es auf morgen verschieben müssen, aber morgen hätte es schon zu spät sein können. Die Stringenz der Tat ergab sich aus dem logischen Denken, nicht aus dem Glauben. Manchmal kann das ein Vorteil sein. Der nächste Totensonntag im Gedenken an den leider eingegangenen Lavendel wäre ein denkbar schlechter Trost gewesen.

Der nächste Totensonntag kommt bestimmt. Wer in die Kirche gehen will, soll das tun; ich gehe in den Garten für ein letztes Gebe(e)t vor der Winterruhe und um noch einmal nach dem Rechten zu schauen.

An meinen Sommer

Das Wandelröschen blüht noch ganz passierlich,
Obgleich es weiß, dass dies nicht mehr von Dauer ist.
Das Jahr – es kommt und geht. Jetzt geht's manierlich,
Bis erster Frost die letzte Blüte frisst.

Die Dahlien noch, und Fuchsia formidable.
Der Sommer macht sein Bett sonst schlicht.
Ein letztes Mal summt eine Biene
Und auf dem Dachfirst kräht ein Rabe,
Der sich ein Bad noch gönnt im späten Licht.
Immerhin: Brugmansia scheint zu genießen,
Lässt duftend neue Blüten sprießen.

Und morgen, morgen fallen Laub und Vorhang,
Wenn ringsherum es firnt und gärt.
Mein Sommer! – Lebe wohl in meinem Herzen,
Bis abermals dein erster Tag sich jährt.

31

Der schmale Grat zwischen dem Verwildernlassen und dem Antlitz des Verwunschenen

Was muss ein Garten können und worin besteht sein tieferer Sinn? Um diese Frage fair und offen im Angesicht vollkommen unterschiedlicher Gestaltungsansätze zu betrachten, ist eine vorurteilslose Einstellung notwendig, die keine Pflanzen verteufelt (Ausnahmen bestätigen die Regel, denn es ist mir wirklich kein einziger Mensch bekannt, der im Franzosenkraut jemals eine gestalterische Chance noch einen Sinn erkannt hat, nicht einmal Franzosen). Es verbietet sich von selbst, über einen anderen als den eigenen Garten zu richten. Komposition und Kreation müssen zuallererst dem gefallen, der sie geschaffen hat. Beim Blick über fremde Zäune die Nase zu rümpfen, weil dort die immergrüne Zypresse neben Laub abwerfenden Gehölzen steht, ist falsch, derweil dies nicht im Geheimen, sondern nonchalant ganz offensichtlich mit vorwurfsvoller Miene geschieht. Über Geschmack lässt sich doch nicht streiten.

Außerdem bietet ein gelassener Blick über fremde Grenzen auf unpassend erscheinende Arrangements die Möglichkeit, solche Fehler selber zu vermeiden, um daraufhin zu größtmöglicher Zufriedenheit zu gelangen. Solange das grüne Wohnzimmer es schafft, seinen Besitzer zwischen Spannung und Entspannung zu halten, ist der richtige Weg eingeschlagen worden. Das Auge darf so wenig ermüden wie die Freude am Umgang mit den Pflanzen. Und um des Selbsterhaltes willen muss das Terrain gestalteter Erhabenheit auch sich selber in Spannung halten. Folglich ist nicht jede Korrektion eine gute Maßnahme. Zwischen dem Verwildernlassen und dem Antlitz des Verwunschenen ist es zwar ein schmaler Grat; dennoch scheint es mir nicht allein aus Umweltschutzgründen wichtig zu sein, auf diesem Kurs einige Schritte zu gehen und Brennnesseln, Wiesenschaumkräuter oder Löwenzähne unbedingt auch stehen zu lassen, zum Beispiel unter Tannenreihen, auf Rasenflächen oder zu Füßen von Bäumen und Sträuchern. Natürlich darf diese Kehrseite der Gestaltung nicht überhandnehmen und hat im gemischten Staudenbeet ebenso wenig Berechtigung wie im Steingarten. Viel Spürsinn ist notwendig, um die unplanmäßigen Auswüchse als passive Art des Gestaltens zu entdecken, um sie gezielt und wirkungsvoll einzusetzen. Im Grunde kann das aber jeder, und viele tun es, ohne davon zu wissen.

Traubenhyazinthen oder Winterlinge stehen ja auch nicht in Reih und Glied, sondern bilden immerfort Brutzwiebeln und geben nach einigen Jahren der Fläche, auf der sie einst versenkt wurden, ein vollkommen anderes Bild. Wie sich das Feld der blauen und weißen und gelben Blüten schließlich ausbreitet, liegt nicht in unserer Hand, auch nicht in deren der Erbsenzähler und Korinthenkacker. Mäuse, Würmer, Vögel, Wetter tragen zum ständig sich verändernden Blumengemälde bei, ein Tableau, das die Natur niemals zu Ende malt. Fast schon Kunst und in seiner Fülle ein kaleidoskopisches Erlebnis. Diese Pracht und Schönheit, nicht geplant und doch gewollt, ist über jeden Zweifel erhaben. Über den eigenen Schatten zu springen, um dem Garten ein gewisses Maß an eigener Dynamik zu belassen, ist demzufolge nicht schwierig. Dafür muss man nur Folgendes tun: nichts, absolut nichts. Selbst Dünger benötigen sie nicht, höchstens mal eine Schicht reifen Kompost im Laufe des Spätsommers, um die Nährstofflage im Boden zu verbessern. Das wäre dann aber auch schon genug der Mühewaltung, und es ist doch wahrhaft erfreulich, dass ein Gärtnern mit dem Mindestmaß an Aufwand ein maximales Ergebnis erbringen kann. Überhaupt scheint mir hier zu viel von der Arbeit und zu wenig vom Genuss die Rede zu sein, auch im Hinblick auf die Herbstzeit. Denn mit jedem nächsten Blatt, das zu Boden fällt, mehren sich die Stimmen, den Garten winterfest machen zu müssen. Diese weitverbreitete Meinung ist aber leider nur falsch verstandene Liebesmüh.

Der Garten, so bin ich mir sicher, macht sich selbst winterfest, so wie es der Wald nicht anders tut, und alles übertriebene Herumgefingere in den Beeten, Rabatten und Gehölzen ist nichts weiter als eine aus der Lamäng herausquellende Übersprunghandlung in der Annahme, dass an einem nicht mehr fernen Tag der Winter sein kaltes Beil in die Landschaft rammt und die eigens kreierte Grünanlage kaum verschonen wird. Besonders aufgeräumte Charaktere wollen es dann nicht nur sauber, sondern rein haben, jedoch sei ihnen gesagt, dass es sich dort draußen, wo die Wetter niedergehen, wo Regen und Schnee fallen, wo die Sonne scheint und Stürme toben, nicht um Wäsche handelt, sondern um Pflanzen und Natur. Die kennen das. Das Bild, das sich aus diesem boshaften, weitestgehend egoistischen Handeln ergibt – boshaft und egoistisch deshalb, da nicht das Wohl des Gartens im Fokus steht, sondern die Beruhigung des eigenen Gewissens –, ist schmerzhaft. Nichts Verblühtes schwebt über dem ohnehin schon relativ müde gewordenen Grün; selbst die Stauden im Ganzen sind entfernt worden. Handbreit über dem Boden, weg damit. Nackte Erde. Eine Gräueltat.

Erst wo verwelkter Flor des Purpurdosts stehen gelassen wird, wo die braun gewordenen Blütenstände der Hohen Fetthenne die Erinnerung an den Spätsommer in melancholisch anmutenden Skulpturen formen und Dutzende Köpfchen der Sonnenbraut von kupferfarben in ein geheimnisvolles Fastschwarz wechseln, ist die scharfe Klinge der Gartenschere mehr als unangebracht. Außerdem hat die Halm- und Blütenschau von Gräsern im Grunde jetzt erst begonnen; den ersten Nachtfrost anhimmelnd, warte ich bisweilen eben schon in goldenen Oktobertagen auf Raureif, auf den Wunder verheißenden, weißen Mantel aus Eis und Kristallen, die am Morgen, wenn die Schornsteine in der Siedlung rauchen, daran haften wie Diamanten. Diese Reinheit an Liebreiz und Eleganz ist nur möglich, wenn man mutig genug ist, vertrocknete Pracht als kunstvolle Inszenierung anzuerkennen. Diese Zurückhaltung bedeutet dennoch nicht, den Garten complètement zu ignorieren. Natürlich sollte das Laub aus Gründen des Schimmelns nicht einfach auf dem Rasen liegen gelassen werden. Und es gibt auch Stauden, die den Komplettrückschnitt im Herbst besser vertragen als im Frühling, zum Beispiel die Kokardenblumen, und Funkien sowieso. Rosenstämmchen, vor allem noch junge, könnten einige Zentimeter angehäufelt werden, um den alles entscheidenden Wurzelbereich vor klirrender Kälte zu bewahren. Aber geschnitten, nein, geschnitten werden sie nicht mehr, denn erstens dienen die Samenanlagen als Futterquelle für heimische Singvögel. Und andererseits würden Rosen bei warmen Tagen, die ebenfalls noch kommen können, Wetterlagen sind meistens labil, in der Folge versuchen, neu auszutreiben. Wenn dann plötzlich die Eiseskälte in sternenklarer Nacht hereinschneit, kann das Gehölz, gerade zu frischem Leben angefacht, an diesem späten Scherenschnitt zugrunde gehen. Alles nur, weil ein Schnippler im Schönheitswahn reinen Tisch machen wollte.

Sich zurücknehmen ist angebracht, nicht die Pflanzen. Abwarten und Tee trinken. Der Garten macht sich selber winterfest, er braucht uns dazu nicht. Wer ihn jetzt in Frieden lässt, wird denselben Frieden spüren, den er zurückzugeben in der Lage ist. Ich wäre fast gewillt, nun noch ein Amen dranzuhängen. Aber ein Halleluja ist viel angebrachter. Wenngleich das Licht nun in den späten Monaten Mangelware zu werden droht, die Tage so kurz sind wie mancher Verstand, kommt doch die Zeit des Remontierens in eigener Sache. Pflichten gibt es nicht mehr viele, dafür mehren sich die Träume und Wünsche nach Verbesserungen. Der Reiz der grauen Tage liegt im Verborgenen. Man weiß, dass die Sonne und der blaue Himmel nur hinter den Wolkenvorhang gerutscht, aber eben nicht auf Dauer verschwunden sind. Keine Zeit ist besser, seine Gedanken schweifen zu lassen als die grauen Tage im späten Winter oder frühen Vorfrühling, weil sie die Hoffnung auf Besserung eher befeuern denn zerstören. Der farblose Schleier verliert sich schnell und verkehrt sich in einen Silberstreif, jene viel zitierte helle Spur, die am Horizont die Welt erleuchtet, einem Horizont, der bisweilen überhaupt nicht weit entfernt liegt, sondern uns ganz nah ist. Auf diese Weise gewinnt der Frühling an Kontur, und ein Regenbogen stülpt sich über den Süden unserer Seele, während draußen noch ein kalter Wind aus Osten im kahlen Geäst um eine letzte Aufmerksamkeit buhlt. Aber drinnen duftet es nach Sommer! Unter der Kuppel des Anzuchthäuschens, das zwischen kunstvoller Keramik und Kerze auf der Fensterbank des Wohnzimmers den Platz einnimmt, an dem sonst die große Echeverie steht, setzen die jungen Sämlinge in gespannter Luft und hoher Feuchte anerkennenswerte Ausrufungszeichen ab Februar. Winziges Grün, das täglich größer wird. Haben sich zwei Blattpaare gebildet, wird es umgesetzt in größere Töpfe. Manche Pflanzen sind schon so weit, andere haben sich noch nicht herausgetraut, wenn sie es denn überhaupt noch tun wollen. Neunzehn Tage sind seit der Aussaat vergangen. Das Hoffen und Bangen um Gemüse und Sommerblumen hält sich die Waage. Die Tithonie hat es geschafft, dem Himmel sei Dank. Die Chilisorte 'Lemon Drop' – ein Ausbund an ausgewogener Frucht und Schärfe und deshalb einer der besten Gewürzpaprika – ist auch endlich aus dem Dunkel hervorgekrochen, beim zweiten Versuch. Nach der ersten Aussaat im Februar war nichts passiert, erst die zweite Anfang März führte zum Erfolg. Der Same des Stachelmohns liegt leider noch verborgen in der Erde. Vielleicht morgen. Man soll die Hoffnung nicht aufgeben, die genauso zu betrachten ist wie alle diese Samen und Keimlinge. Sie wächst von Tag zu Tag, manchmal wird sie enttäuscht, aber meistens wird's was. Die grauen Tage werden auf diese Weise hübsch bunt.

Dieses Gärtnern en miniature ist nur der erste Schritt und ein Synonym für all das Schöne, das noch folgen wird. Man sieht die Apfelblüte bald zum Greifen nah, weiß, wie sie duftet und nach einigen Tagen herabschneit, Blättchen für Blättchen. Man ahnt, wie die Hummeln sich in prachtvolle Mohnkelche plumpsen lassen, und man wähnt sich auf dem mit Tau benetzten Gras, das Staudenbeet mit den dazwischen getupften Sommerblumen fest im Blick, während Currykraut und Lavendel abermals versuchen, um die Wette zu duften. Graue Tage vermögen so viel Farbe in sich zu tragen.

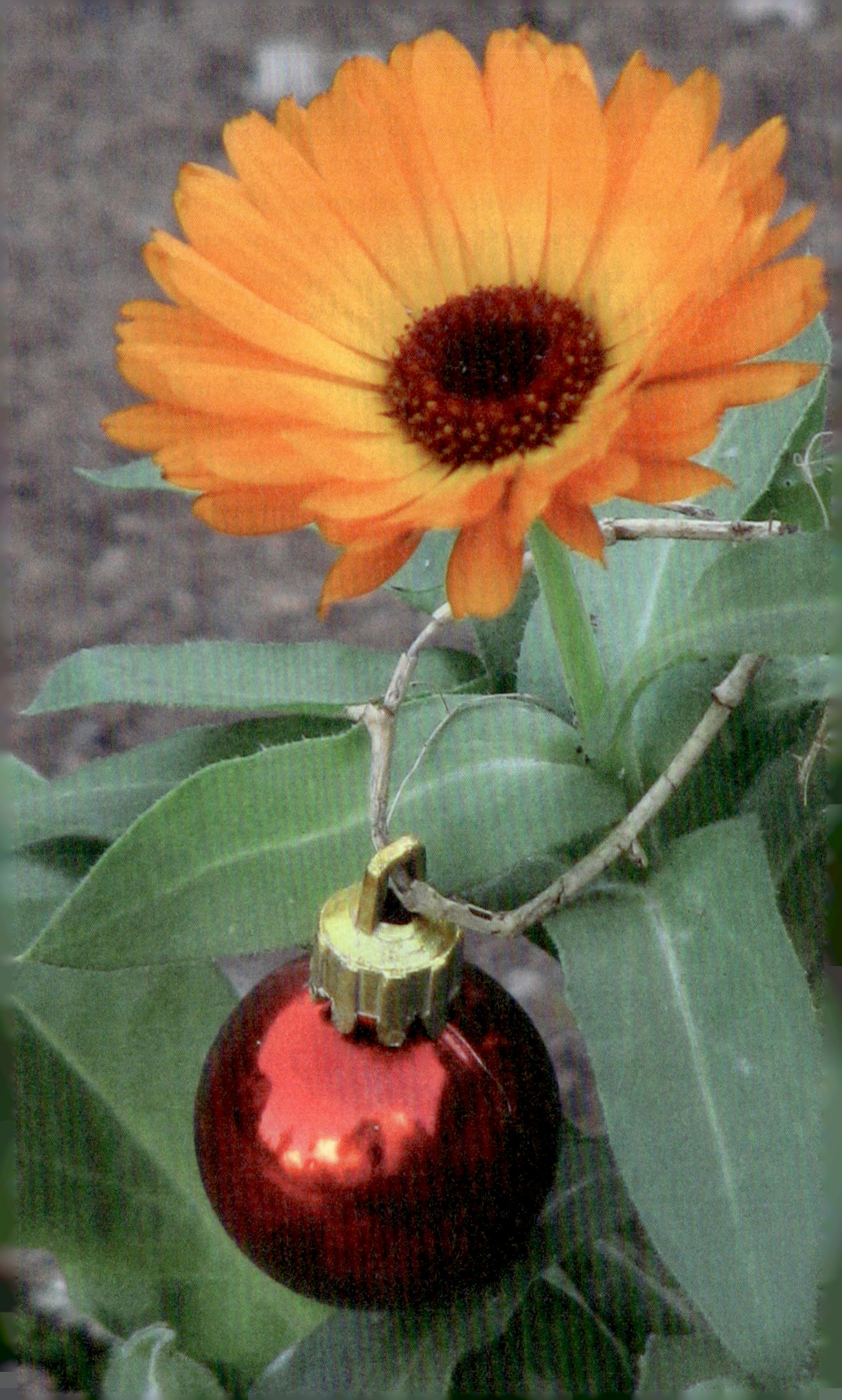

Letzte Worte, bevor es wirklich endet

Gesegnet sei die Ringelblume

Das Techtelmechtel, das der Winter mit dem Frühling viel zu früh begonnen hatte, war nicht gut fürs Gemüt. Wer will schon im Dezember Glockenblumen blühen und Rosen knospen sehen? In dieser Zeit der dunklen Tage, die in aller Regel durch Kerzenschein und Lichterketten erfüllt werden, denken die wenigsten Gärtner über ihre Passion nach – theoretisch wohl, blätternd in einem Buch oder Bildband, der ihnen die Gewissheit verschafft, dass es noch neue Ideen umzusetzen gilt, aber doch nicht in der Praxis, nicht jetzt! Ihr Blick fällt aus den Fenstern ihres Hauses oder bei einem ruhigen Rundgang durch ihre Anlage auf das, was Altweibersommer und Herbst zurückgelassen haben: Beete und Rabatten voller Würde, in denen die Stauden eigentlich schlummern sollten und das Verblühte in Form Abertausender Körnchen gebender Samenkapseln und Balgfrüchten für die daheimgebliebenen Vögel stehen muss, was die aufgeplusterten Amseln, frechen Spatzen und nimmersatten Meislein gewissermaßen zu Picknickern macht. All dies unterliegt aber dem Joch der Wetterkapriolen, und wenn Petrus nun einmal entschieden hat, dass noch kein Platz für Raureif und Eis, noch keine Zeit für fröhliches Flockenvergnügen ist, haben wir es hinzunehmen, obgleich die

Weihnachtsfein: Wenn die Ringelblume so spät im Jahr blüht, ist das zwar ungewöhnlich, aber ein hoffnungsvolles Zeichen.

schmelzenden Gletscher und gestiegenen Temperaturen vermutlich nicht allein darauf gekommen sind, zu schmelzen und zu steigen; wir haben einen Anteil daran.

Wehe nur, der Treibhauseffekt würde auf Dauer als Effekthascherei verschrien – es könnte der Anfang vom Ende sein. Denke ich an den sich bereits abschwächenden Golfstrom, verkehrt sich das Verhältnis komplett ins Gegenteil, wenn er ganz und gar aufhören würde, als Wunderwelle über den Globus zu rollen: Im Norden Europas, gleich vor unserer Haustür, wo aufgrund der dann beißenden Kälte selbst der Winterweizenanbau vermutlich nur schlecht möglich wäre, hätten wir größere Probleme als den eigenen Garten. Die Palmen an Cornwalls Küste gäbe es nicht mehr, und das süße Lächeln, das uns die bekannten Gärten Englands einstmals ebenso schenkten wie die herrschaftlichen Anlagen in der Bretagne und Normandie, in den Niederlanden und Belgien und nicht zuletzt auch in Deutschland, wären in Bitterkeit erstarrt. Alles fröhliche Geplänkel zwischen Kornblumen, Akeleien und Berg-Tabak, zwischen Eselsdistel, Fingerhut und Honigmelonen-Salbei, all die kolibrileichte Unbeschwertheit siehe dahin mit jedem neuen Tag Eis und Schnee, weil die Vegetationsperioden – so sie denn überhaupt noch als solche zu verstehen wären – zu kurz ausfielen. 100 Tage Minimum von der Aussaat bis zur Frucht sind bekanntermaßen notwendig; ohne Golfstrom im Gepäck, ohne diesen nimmermüden Fluss der wärmenden Wiederkehr, verändert sich alles. Vielleicht entsteht ein neuer Zauber, aber es könnte ein fauler sein. Die Angst liegt im Verborgenen, und die Frage ist: Nehmen wir das Risiko ernst? Keiner kann sich von seinen Umweltsünden freisprechen, von Dingen, die dazu führen, dass die Natur nicht gesünder wird. Große Autos mit leistungsstarken Motoren werden auch für die Kurzstrecke zum Bäcker genommen, anstatt sich auf das Fahrrad zu setzen oder zu Fuß dort hinzugehen, immer der Nase nach, den Düften der Backstube folgend, die die Straßen entlangziehen. Heizungen werden über Gebühr hochgefahren, auch wenn die Räume schon saunenhaft erwärmt zu sein scheinen. Und Müll wird lieber sortiert als vermieden. Die Lösung kann nur im Verzicht liegen, aber Verzicht zu üben ist eine Kunst, und von Kunst halten viele Menschen viel zu wenig.

Es ist gottlob aber noch nicht aller Tage Abend, und solange der Nacht ein Morgen folgt, besteht Hoffnung. Hoffnung für das Leben, für die Liebe, für den Garten. Und so schritt ich kurz nach einem viel zu warmen Jahreswechsel wie von Sinnen vergnügt über Schnee, nicht an den Golfstrom denkend, sondern ganz im Gegenteil freudig erregt über die Pause, die das Eis den Bäumen, Gehölzen und Stauden bot. Es war nicht viel Schnee, aber doch genug, um ins Schlingern zu geraten, was mich dazu bewog, wie ein Kind Anlauf zu nehmen und zu schliddern wie damals, auf dem zugefrorenen Teich des Schlosses zu Schwöbber, dass zu jener Zeit noch kein Sterne-Hotel in sich barg, aus dem erstaunte Blicke meinen Kufen hätten folgen können. Winter, endlich Winter. Die leichengraue Landschaft hatte Konturen bekommen. Der Pulverschnee lag auf Ästen und Zweigen, deckte die Beete und das Gras, lag auf dem Dach des Gewächshauses und enthielt ein Leuchten von erhabener Schönheit. Noch

Silvester war es viel zu warm gewesen; vierzehn Grad waren mindestens vierzehn zu viel, und wer annimmt, dass Temperaturen weit vor dem Gefrier- gleichzeitig zum Siedepunkt der Fröhlichkeit führen, liegt falsch. Die angefrorenen Fingerkuppen zu spüren, ist ein Vergnügen, das man umso mehr schätzt, wenn man nicht einmal mehr Handschuhe tragen muss. Ein Winter ist ein Winter. Erst die Kraft seiner Kälte schickt die Pflanzen in den Dornröschenschlaf, lässt ihre Säfte zu den Wurzeln purzeln und vermag mit bisweilen wenig zartfühlendem Getöse dennoch ein Liebkosen zu entfachen, eine kühle Streicheleinheit als Dankeschön für Blatt- und Blütespiel der zurückliegenden Zeit. Was für die Flora gilt, kann unmöglich dem Menschen schaden. Der eisige Hauch, der sich als Raureif über den gesamten Garten legt, der ein Bild von dieser uns zu Füßen schlafenden Landschaft zeichnet und die Ausdruckskraft eines Gemäldes von Caspar David Friedrich erreichen kann, reinigt auch unsere Seelen. Der Atem, den wir als weißes Wölkchen vor uns hertragen, wenn wir vorsichtig schreitend durch den Garten tapsen und den Schnee unter unseren Sohlen knirschen hören, ist melancholischen Ausmaßes. Wir atmen durch, eventuell auch sichtbar erleichtert darüber, dass es jetzt gerade nichts zu tun gibt ringsherum. Es wächst kein Gras, die Blumenzwiebeln schlafen und die Regentonnen sind leer. Alles, was wir tun müssen, begrenzt sich auf das Auffüllen der Knusperhäuschen für die Singvögel, und sind auch die meisten Äpfel schon nicht mehr von bester Qualität und schrumpeln im Winterlager, Tag für Tag ein kleines bisschen mehr, so können sie wenigstens gut sein für Amseln und Wacholderdrosseln. Nichts macht den Winter so schön wie

Ringelblumenglück: In dieser Masse ist Calendula allerdings nur im Sommer zu sehen.

die Kälte. Die Kälte ist sein Mantel, sein Umhang, mit dem er Flora und Fauna einerseits frieren lässt und andererseits die Kraft gibt, um aus dunkel liegenden Niederungen erstarkt ans Licht hervorzutreten.

Es gibt konkrete Beispiele dafür, wie wichtig über mehrere Wochen andauernde Minustemperaturen für bestimmte Pflanzen sind. Den Kalifornischen Strauchmohn aus Saatgut zu ziehen, gelingt nur auf diese Weise. Allein der Frost ermöglicht die Keimfähigkeit seiner Samen, und das bedeutet, ihn aus der Komfortzone zu entnehmen. Im Topf nach draußen müssen die ausgebrachten Samen gestellt werden, über mehrere Tage und Wochen. Diese Stratifikation funktioniert auch im Kühlschrank, aber dort ist meistens nicht viel Platz. Aus Sicht bereits bestehender Pflanzen ist, abgesehen davon, der eisige Hauch des Winters aber noch viel wichtiger. Pfingstrosen wünschen am allerliebsten unter einer dicken Schicht Schnee ihre Wurzelstöcke zu betten, um nach langer, gesegneter Ruhe in den dunklen Monaten umso schöner ihren Blütenschaum ab Mai entfalten zu können. Wie es scheint, gilt für sie das Prinzip, sich ausgiebig auszuruhen und währenddessen zu neuen Kräften zu kommen. In der Tat habe ich gerade bei den Päonien dies schon oft bemerkt: Je wärmer die Zeit zwischen Dezember und März war, je seltener der Frost das Land in eine erholsame Starre legte, desto weniger schön haben diese wundervollen Blumen im Nachhinein geblüht. Allein um ihrer Schönheit willen wünschte ich mir in jedem Winter sechs Wochen knackigen Frost mit Schneegestöber. Aber wünschen kann ich mir viel, nur das Wetter nicht, und schon so mancher Winter ist vergangen, in dem die soziale Kälte die der Jahreszeit übertrumpfte. Das eine wäre grundsätzlich zu beklagen, das andere nicht. Denn was vermögen wir Menschen an den spinnerten Launen des Petrus schon ändern zu können? Außerdem liegt selbst in diesem für den Winter als unrühmlich zu erachtenden Faktum doch auch ein Glanz ganz anderer Couleur. Kein Weiß, kein Eis, dafür das Durchbrechen einzelner Blüten, mit denen keiner rechnen würde. Gesegnet sei daher die Ringelblume. Die Grandezza ihrer Blüte glänzt dort, wo sie für gewöhnlich am allerwenigsten vermutet wird: in ihrer Schlichtheit. Ringelblumenköpfe sehen so aus, wie Kinder sich Blüten vorstellen: Leuchtende Zungenblätter in Gelborange umkränzen ein Nektar bietendes Rund, ganz einfach, ohne viel Tamtam. Auf diese Weise entsteht ein Lächeln, das sich im Sommer auf kleinem Feld hundertfach entfalten kann. In der Fülle liegt die Wirkung zwar, doch eine einzelne Blüte, an grauem Tage ebenso über und über strahlend, ist dazu auch in der Lage, vor allem in einer Zeit, in der niemand, wirklich niemand mehr das zuckersüße Lächeln der Calendula officinalis für möglich gehalten hätte. Dieses Antlitz ist ein sommerliches; was hat es am Heiligen Abend verloren?

Aber es blühte, das Ringelingeling. Und es ist vermutlich die falsche Frage. Nicht in dem, was es dort draußen am 24. Dezember verloren hatte, ist eine Antwort zu finden, sondern darin, was es mit seiner Glorie gewinnt. Gerade weil der Dezember kein Ringelblumenmonat ist (also nein, das kann man wirklich nicht behaupten), nimmt sich das Bild der blühenden Calendula nicht nur vor unseren Augen, sondern auch tief in unserem Innern Raum. Ein bisschen Seelenheil gegen dunkle Gedanken. Die Leuchtkraft dieser Blume ist auch größer als das Wehklagen über den Klimawandel. 14 Grad Celsius an einem Heiligen Abend, sogar bis zu 17 Grad Celsius davor, keine einzige Flocke und nur einige wenige Streifen Raureif Wochen zuvor zeugen nicht von einem normalen Wetter. Sich Gedanken darüber zu machen, ist keine schlechte Sache, und die Ringelblume, diese eine, vor der ich stehe, die sich aus der Enge zweier aneinander gelegter Steinplatten hervorgezwängt hat, aus einem Samenkorn, das, was weiß ich wie, dort hingelangt ist, darf nicht hinwegtäuschen über ein mögliches Klimaproblem. Aber gleichfalls tun wir gut daran, diese Calendula auch als ein Wunder wahrzunehmen, und sei es nur ein kleines. Deshalb noch einmal: Gesegnet sei die Ringelblume.

Als klassisch einjährig kultivierte Pflanze, die so gut wie keinen Frost verträgt, ist das Bild der blühenden Besonderheit an einem Heiligen Abend wahrhaftig eines mit Seltenheitswert, weshalb es sich nicht nur in meine Erinnerung, sondern auch in mein Herz gebrannt hat. Hätte der Frost in den zurückliegenden Wochen über sie sein scharfes Schwert kreisen lassen, und sei es nur in einer anderen stillen, weniger heiligen Nacht zwischen drei Uhr zwanzig und vier Uhr zweiunddreißig, nur in aller Kürze und kompromisslos, dann würde sie nicht dort stehen, wo sie jetzt steht. Aber sie tut es, mit großer Würde und irgendwie auch in memoriam an die vielen Sommer, die sie an den weißen Stränden unserer Seelen in Erinnerung ruft. Obwohl ihr ohne Zweifel das Licht des Himmels fehlt, die Tage zu kurz und die Nächte zu lang sind. Obwohl keine Biene in ihrer goldenen Mitte landet. Obwohl die Zeit vermutlich gerade wenig Erheiterndes für sie bereithält. Abends schreitet die dicke rote Katze aus der Nachbarschaft an ihr vorbei, markiert ihr Revier nur drei Dezimeter entfernt, und Krähen kreisen bedrohlich nah über ihrem Köpfchen. Und doch: Sie steht und blüht aus einer Art asketischem Überleben heraus. Wir stehen davor und blühen mit. Die Stille, die wir dann in uns tragen, legt sich wie Balsam auf unsere Sorgen und Ängste. Das fröhliche Lachen, das wir vernehmen, ohne es zu hören, spüren wir in der tiefen Poesie dieser Blume: das fröhliche Lachen des Sommers, eines Sommers, der ewig währt, wenn wir ihm und uns dazu die Chance geben. Auch im Dezember, und selbstverständlich erst recht an einem Heiligen Abend.

So blühe, mein Schatz, meine Calendula, und glühe in der Nacht. Versprühe Mut und Hoffnung und Freude, die die Welt, die große dort draußen und die kleine in meiner Westentasche, immer gut gebrauchen kann. Schicke dein Lächeln hinaus, auf dass es sich vervielfacht. Und im Frühling werde ich Ringelblumensaat kaufen und sie ausbringen, damit ich von diesem Lächeln auch weiterhin ernten kann.

Anhang / Register

In diesem Beetgeflüster-Buch ist von folgenden Pflanzen die Rede:

A

Akelei (Aquilegia) 11, 37 f., 100, 118 f., 202 ff., 206, 218, 239, 260
Alraune (Mandragor) 121 f.
Ananassalbei (Salvia rutilans) 146
Ananasminze (Mentha rotundifolia) 'Variegata' 150
Anis-Ysop (Agastache anisata) 175 f.
Apfelbaum (Malus domestica) 52, 93 f., 115, 128, 183 f., 189, 201, 216, 229 f., 232
'Gravensteiner', 'Berlepsch', 'Boskop', 'Champagnerrenette', 'Cox Orange', 'Kaiser Wilhelm', 'Golden Delicious', 'Granny Smith', 'Jona Gold', 'Pink Lady', 'Flamenco', 'Polka', 'McIntosh'
Aster (Aster) 65, 166

B

Bartfaden (Penstemon) 153, 195
Begonie (Begonia) 23, 86, 93, 245
Beifuß (Artemisia vulgaris) 120 f.
Berg-Bohnenkraut (Satureja montana) 38
Bergtabak (Nicotiana sylvestris) 225, 260
Besenginster (Cytisus scoparius) 226 f.
Birnbaum (Pyrus) 168
'Condo'
Blaukissen (Aubrieta) 36
Blutjohannisbeere 33, 45
Brennnessel (Urtica) 127, 161, 175, 195, 252
Buche (Fagus) 128, 213, 219

Buchsbaum (Buxus) 31, 87, 90, 133, 238
Bunte Margerite (Tanacetum coccineum) 206, 241

C

Chili (Capsicum) 200, 245, 256
'Habanero Big Sun', 'Fatalii', 'Elefantenrüssel', 'Lemon Drop'
Christrose (Helleborus) 118
Cosmea 61
'White Sensation'
Currykraut (Helichrysum italicum) 38, 52, 257

D

Dachwurz (Sempervivum) 112
Dahlie (Dahlia) 22 f., 65, 81, 86, 250
Deutzie (Deutzia) 45, 50, 101, 103
Dickmännchen (Pachysandra terminalis) 41 f.

E

Eberraute (Artemisia abrotanum) 39
Echeverie (Echeveria) 244, 256
Echte Engelwurz (Angelica archangelica) 122 f., 172, 175
Echtes Löffelkraut (Cochlearia officinalis) 177
Eiche (Quercus) 213, 218 f.
Eisenkraut (Verbena officinalis) 61, 175
Elfenbeindistel (Eryngium giganteum) 59

Elfenbeinginster (Cytisus x praecox) 226, 228
Elfenblume (Epimedium) 36, 40 f.
Engelstrompete (Brugmansia) 11, 93, 245
Eselsdistel (Onopordum acanthium) 195 f., 198, 260

F
Fackellilie (Kniphofia) 65, 86
Faselbohne (Lablab purpureus) 177
Feinstrahl (Erigeron annuus) 241
Felsenbirne (Amelanchier lamarckii) 136
Fenchel (Foeniculum vulgare) 123
Fetthenne, Hohe (Sedum telephium) 203, 254
Fetthenne, Weiße (Sedum album) 163
Fingerhut (Digitalis) 38, 106, 202, 260
Flammenblume (Phlox paniculata) 195, 206
Flockenblume (Centaurea) 157 ff.
Forsythie (Forsythia) 33, 200
Franzosenkraut (Galinsoga parviflora) 251
Frauenmantel (Alchemilla) 206
Fuchsie (Fuchsia) 65, 86, 93, 244, 250
Funkie (Hosta) 24, 51, 125, 255

G
Gänseblümchen (Bellis perennis) 45, 124 ff., 132, 175
Gänsekresse (Arabis) 195
Goldmohn (Eschscholzia californica) 195
Goldwolfsmilch (Euphorbia polychroma) 136
Granatapfel (Punica granatum) 114 f.

H
Hahnentritt (Ranunculus acris) 124
Hainblume (Nemophila) 200 f.
Hartriegel (Cornus) 34, 226, 228
Hauswurz (Sempervivum) 71, 112 f.
Haworthie (Haworthia) 244
Hebe (Hebe) 237
Heiligenkraut (Santolina) 38, 163, 204
Herbst-Silberkerze (Cimicifuga) 65, 211, 225, 237
Herbstzeitlose (Colchicum autumnale) 60
Himbeere (Rubus idaeus) 175
Hyazinthen (Hyacinthus) 26, 36, 225, 252

I
Island-Mohn (Papaver nudicaule) 45

J
Johannisbeere (Ribes) 33, 162, 175, 192
Johanniskraut (Hypericum perforatum) 110, 113 f., 238 ff.

K
Kalanchoe (Kalanchoe) 244
Kalifornischer Baummohn (Romneya coulteri) 47, 263
Kambrischer Scheinmohn (Meconopsis cambrica) 49
Kamelie (Camellia) 46 f., 84
Katzenminze (Nepeta) 155, 195, 206

Kaukasus-Vergissmeinnicht (Brunnera macrophylla) 24, 26, 29 f., 94, 212
'Jack Frost', 'Hadspen Cream', 'Dawson's White'
Kerbel (Anthriscus) 176
Kirschbaum (Prunus) 51, 192
Klatschmohn (Papaver rhoeas) 108, 117, 204
Klee (Oxalis tetraphylla) 19 ff., 125
Kokardenblume (Gaillardia) 255
Koloquinte (Citrullus colocynthis) 114
Kosmee (Cosmea) 61
'White Sensation'
Knoblauch (Allium sativum) 15 ff.
Knoblauchsrauke (Alliaria petiolata) 162, 195, 237
Kreuzkraut (Ligularia dentata) 51
'Othello', 'Desdemona'
Kugeldistel (Echinops) 86, 206
Kürbis (Cucurbita) 65, 114

L

Lampenputzergras (Pennisetum) 10, 74, 77
'Hameln'
Lavendel (Lavandula angustifolia) 38, 53, 91, 94, 133, 173, 195, 247 ff., 257
Lebensbaum (Thuja) 31, 182
Lerchensporn (Corydalis flexuosa) 24 ff., 30, 36
'Purple Leaf'
Lichtnelke (Silene) 225
Liebesperlenstrauch (Callicarpa giraldii) 34
'Profusion'
Linde (Tilia) 59 f., 133, 216 f., 219
Löwenzahn (Taraxacum) 126, 131 f., 175, 252

Lupine (Lupinus) 9 f., 206
Lungenkraut (Pulmonaria) 24, 26, 28, 30
'Sissinghurst White', 'Highdown'

M

Mädchenauge (Coreopsis) 241
Mähnengerste (Hordeum jubatum) 10
Majoran (Origanum majorana) 176
Mammutblatt (Gunnera manicata) 211
Mariendistel (Silybum marianum) 176 f.
Minze (Mentha x piperita) 52, 100, 146, 150 ff., 154, 176, 207
Apfel-Minze, Bananen-Minze, Marokkanische Minze, Orangen-Minze, Schokoladen-Minze, Wasser-Minze
Mutterkraut (Tanacetum parthenium) 206, 227

N

Nashi-Birne (Pyrus pyrifolia) 35

O

Olivenbaum (Olea europaea) 115
Orientalischer Mohn (Papaver orientale) 225, 237
Osterglocke (Narcissus) 119, 225

P

Pelargonie (Pelargonium) 46, 93, 198, 244
Pfefferminze 151 f.
Pfingstrose (Paeonia) 84, 210, 215, 219 f., 264
Purpur-Dost (Eupatorium fistulosum) 161, 254
Purpur-Sonnenhut (Echinacea pupurea) 73, 161, 241

Q
Quecke (Elymus) 124
Quendel (Thymus pulegioides) 149

R
Rhabarber (Rheum rhabarbarum) 83, 228
Ringelblume (Calendula officinalis) 176, 259, 263 ff.
Rispenhortensie (Hydrangea paniculata) 104
Rittersporn (Delphinium) 36 f., 80, 90, 153, 202 f., 237, 239, 241, 248
Rose (Rosa) 12, 21, 51, 59, 61, 68 f., 71 f., 82, 94, 97, 107, 118, 140 f., 144, 179, 255
'Iceberg', 'White Wings', 'Ronsard'
Rosmarin (Rosmarinus officinalis) 176, 204
Rotdorn (Crataegus laevigata) 34, 50 103
'Paul's Scarlet'
Rote Spornblume (Centranthus ruber) 238
Rotschwingel (Festuca rubra) 128
Rudbeckia-Sonnenhut (Rudbeckia) 195, 206, 224

S
Salbei (Salvia officinalis) 146, 148, 150, 153 f., 156, 195, 206, 239, 241, 260
'Purpurascens'
Säuleneibe (Taxus fastigiata) 59
Schachblume (Fritillaria meleagris) 119
Schafgarbe (Achillea) 206
Schlaf-Mohn (Papaver somniferum) 10, 49, 59, 86, 107 f.
'Scarlet Paeony', 'Flamish Antique', 'Black Current Fits'
Schleierkraut (Gypsophila paniculata) 241
Schmetterlingsflieder, Sommerflieder (Buddleja davidii) 161, 164, 166 f., 194 f., 210 f., 228
'Purple Prince', 'Royal Red', 'Black Knight', 'Pink Delight', 'Empire Blue', 'Papillion Tricolor' Kugel-Sommerflieder (Buddleja globosa) 'Sungold'
Schneeball (Viburnum) 34, 226
Schwarzer Holunder (Sambucus nigra) 115, 210, 220 f.
'Black Lace'
Schweizer Minze 52
Schwertlilie (Iris) 140
Sellerie (Apium) 123
September-Silberkerze (Cimicifuga ramosa) 65, 211, 225, 237
Silber-Pampasgras (Cortaderia selloana) 128
Silberblatt (Lunaria annua) 238
Silberblatt-Salbei (Salvia argentea) 239
Silberweide (Salix alba) 59
Skabiose (Skabiosa) 239
Sonnenauge (Heliopsis) 196, 198 ff., 204, 237, 239
Sonnenbraut (Helenium) 65, 77, 80, 254
'Wesergold'
Spinnwebwurz (Sempervivum arachnoideum) 112
Stachelbeere (Ribes uva-crispa) 162, 200
Stachelmohn (Argemone) 257
Stockrose (Alcea rosea) 98 f., 123, 200, 237 ff.
Straußgras (Agrostis) 128
Strohblume (Xerochrysum bracteatum) 65
Studentenblume (Tagetes) 176, 204

T

Thymian (Thymus vulgaris) 39, 146, 148 ff., 163, 177
Tibet-Scheinmohn (Meconopsis grandis, M. betonicifolia) 45, 47 ff.
Tithonie (Tithonia rotundifolia) 32, 256
Traubenhyazinthe (Muscari) 26, 36, 225, 252
Trauerweide (Salix babylonica) 222
Trollblume (Trollius europaeus) 136
Tulpe (Tulipa) 36, 119, 136

W

Waldmeister (Galium odoratum) 24 ff., 30, 110
Waldrebe (Clematis) 24 ff., 30, 59, 110, 140, 196, 198 ff.
Walnussbaum (Juglans regia) 87, 119 f., 213
Walzen-Wolfsmilch (Euphorbia myrsinites) 59
Wandelröschen (Lantana camara) 250
Wasserdost (Eupatorium) 164, 225, 248
Weber-Karde (Dipsacus sativus) 177
Wegwarte (Cichorium intybus) 109 f.
Weidelgras (Lolium perenne) 128
Weidenblättriges Sonnenauge (Buphthalmum salicifolium) 204
Weigelie (Weigelia) 101 ff. 'Bristol Ruby'
Weinrebe (Vitis vinifera) 115, 137
Weiße Melisse (Nepeta cataria ssp. Citriodora) 155
Wiesenrispe (Poa pratensis) 128
Wiesenschaumkraut (Cardamine pratensis) 162, 195, 252
Wilde Karde (Dipsacus fullonum) 176, 198
Winterling (Eranthis) 252

Y

Ysop (Hyssopus officinalis) 38, 100, 166, 175 f., 202

Z

Zierjohannisbeere (Ribes sanguineum) 33
'Icicle', 'Pulborough Scarlet', 'King Arthur VII'
Zierlauch (Allium) 225
'Mount Everest', 'Purple Sensation'
Ziersalbei (Salvia nemorosa) 153, 195, 206, 241
Zimmerkalla (Zantedeschia aethiopica) 59
Zinnie (Zinnia) 45
Zitronenmelisse (Melissa officinalis) 146, 152, 154, 156, 207
'Binsuga', 'Lemona', 'Aurea'
Zitronenstrauch (Aloysia citrodora) 177
Zitronen-Thymian (Thymus x citriodorus) 149
Zwetschge (Prunus domestica) 212 f., 216
Zypresse (Cupressus) 251

Vielen Dank an Brigitte Mück, die diesem Buch den letzten Schliff gegeben hat.
Jens F. Meyer